文吉栄喜 小説コレクション 1

日も暮れよ 鐘も鳴れ

コールサック社

又吉栄喜小説コレクション1

日も暮れよ鐘も鳴れ

日も暮れよ鐘も鳴れ

日も暮れよ　鐘も鳴れ
月日は流れ　私は残る

ミラボー橋

万聖節（十一月一日）にフランス中の枯木の墓地が花で飾られてから、三週間がすぎた。パリはすっかり冬になった。太陽が見えるのは希《まれ》だった。鉛色の空は万物をおさえつけるようだった。陰鬱《うつ》な日がつづいた。

影絵のようなマロニエの黒い樹体が寒々と固まった空間に突きあげ、枝をのばし、プラタナスが無数の丸い実をぶら下げていた。

パリ市十六区のモザール通りのシュペレット（小規模スーパー）で買い物はすんだ。午後三時すぎだった。花崗岩を敷いた道を半時間も歩いた。敷石道にも石積みの壁にも枯木の淡い影がおち、続いていた。

今しがたまで朋子の手を握っていたはるみがいないのに朋子は気づいた。朋子はかたわらの母の向こう側を見た。母は異常に太っていた。三十七歳の時に避妊手術をしたせいと、母は朋子たちによく言った。母の陰にもはるみはいなかった。朋子は立ち止まり後ろを振り返った。はるみはブーランジュリー（パン屋）のショーウィンドーをのぞき込んでいる。大きめの赤いトッパーコートから出た小さい両手とセンターパートのセミロングの黒い髪の間からのぞく頰を大きい一枚のガラスにくっつけている。ショーケースには、クロワッサンやバゲットが積まれている。りんごや小鳥の形のパンにはるみは見入っている。

「お母さん」

朋子は母を呼んだ。肩を左右にゆらしながら十メートルも先を歩いている母が振り向いた。朋子は指ではるみを指し示した。

「はるみ、いらっしゃい」

母は朋子に近づきながら、しゃがれ声を出した。はるみはうらめしそうに祖母と朋子を見た。

「お母さん、買ってあげようね」と朋子は小声でいった。

「このような見知らぬ所ではお金がたよりだけど、でも、まだ何も食べさせていないからね」

二人ははるみに近づきショーウィンドーをのぞいた。はるみは二人の顔とショーウィンドーのパンをかわるがわる見た。朋子がかぶっているクロシュと亀の形のパンがガラスの表面で重なっている。

「好きなの買っていいよ、はるみ」

「ほんと、ありがとう」

はるみは小走りで自動ドアの中に入った。二人も入った。はるみは店内を慌てて見回し、すぐ二人に走り寄ってきた。

「何個買っていい？　おばちゃん」

「三個ね、はるみの分だけよ」

はるみはまたかけ出し、棚につまれ、かごに盛られたパンを熱心に見回した。朋子と母は自動ドアの脇の長椅子に腰かけた。

「ここのパン屋初めてよ……」

朋子が言いかけ、はっと気づき、立ち上がった。

「どうかしたの」

母がきいた。朋子はショルダーバッグから財布をとり出した。一個のコインも入っていなかった。

「お母さん、お金もってる？」

「いつものとおりよ、買い物代しか渡されてないよ」

朋子ははるみを探した。棚の向こう側にいた。二個のパンを小さい両手でかかえ、残りの一個を身をかがめたり、背のびをしながら探している。朋子ははるみの背後に近づいた。だが、どう言っていいのか迷った。母が座っている長椅子に戻った。

「お母さん」

母を手招き、耳うちした。

「私、お金もっていないの、どうにかして」

「どうにかって、買わなければいいじゃないの」

「店の人にたのんで、お金は後でもってくるわけにはいかない?」

「見ず知らずの外国人でしょ。できるわけないよ」

「私、アパートに帰ってとってきていい?」

「何を言ってるのよ。何十分も歩かなければならないんでしょ」

「お母さんたち、外のベンチででも休んでてて。私、荷物もっていくから」

「寒いのに、外でなんか待てないでしょ」

「じゃあ、中で待ってて」

「この子、もう、二十歳にもなって何をるぅまんぎて（心が乱れて）いるの」

「まだ十九よ」

「明日買ってやればいいじゃないの」

「私、明日はアルバイトがあるのよ」

「じゃあ、あさってでもいいよ」

首が長い、目のまわりにそばかすがめだつ中年の女店員が朋子たちを見ている。

「三時間も買物に連れて歩いたのよ。はるみはおなかがすいているのよ」

「勝久のアパートに帰ったら、サーターアンダギー（砂糖天ぷら）を揚げてやるよ」

「知っている人、いないかしら？」

朋子は店の中の客や店員を見回し、ショーウィンドーの外側のショッピングプラザの通行人をみわたした。

「知っている人がいるはずないでしょ。知っているのは管理人のアニーさんと一階下のダニエルばあさんだけだよ。勝久や、早知子さんならいろいろ知っているだろうけどね。ここに七カ年も住んでいるんだし、柔道道場の生徒とか、それから早知子さんが働いている、何だったかね、そうだね、ルモ店の店員とか、常連客なんかね」

母は細かい毛がおおっているくすんだ茶褐色のぶあついボックスコートの腕をこころもち伸ばし、ゆっくりとはるみに寄った。強引にはるみの手を引っぱる、と朋子は感じ、母のコートの袖をつかんだ。

「私が言うから」

朋子ははるみの肩にやさしく手をおいた。はるみはふり向いた。

「あと一つが選べないの、たくさんあるから」

朋子はかがみ、はるみの腕を軽くだきよせ、顔を見あげた。

「はるみ、おばさんも、おばあちゃんも、今、お金もってないの。だからお家に帰ってから明日にでも買いに来ようね」

「いや」

はるみは強く首をふった。はるみの目にただならぬ色がにじみ、それから口元が歪んだ。朋子が哀願するようにみつめる。はるみの目はぼんやりとくもり、やがて潤いをため、涙になった。今にも泣きだしそうだった。朋子は何度も頷き、なだめた。はるみはパンを赤いトッパーコートの胸元に抱えたまま、唇をかんでいる。

「いい子だね。あったところに置いておいで。一年生でしょ」

母がはるみの細い肩をおした。はるみのまばたきがふえた。黒いソフトハットをかぶった男がふりかえった。顎髭は豊かだったが、若くはなかった。

「はるみ、お願い」

朋子ははるみの背中をさすった。

「返そうね」

母はパンをとりあげようとした。朋子は立ちあがり、母の手を軽く引いた。

「はるみがちゃんと返すから、ね、はるみ」

はるみは首を振り続けたが、やがてていねいにパンダとパイナップルの形のパンを棚に返し、後ろをふりかえらずに店を出た。

空は灰白色というよりは、うすいぶどう色だった。パン屋の斜め向かいのカフェの前に止まっている赤いスポーティーな乗用車も垂れ込めた大気のせいか、輪郭も色彩もにぶかった。

「気にしちゃだめだよ。あんたは小さい頃からつまらないもんを気にする子だったから。……アパートから少し離れたモチプリ（商店街）のおもちゃ屋でも、泣きべそかいていたんだよ、この間も」

「何を欲しがっていたの」

「ピストルよ。散歩のついでだったから私、何も持ってないでしょう。散歩でなくても持ち歩かないんだけど……沖縄から持ってきたお金は勝久に預けてあるからね」

「買ってあげるって口を滑らせたんじゃないの、お母さん」

「いつか買ってあげるって言ったよ」

「はるみはパリの習慣が身についているんだから、ほんとにできる約束以外はしちゃだめよ。言葉には厳しいし、敏感なのよ」

「はいはい、分かりましたよ」

「で、どうしたの」

「何が？」

「はるみよ」

「すぐ機嫌をとりもどすよ。くどくど慰めたら、かえってひよわになるよ」

「ピストルの時よ」

「だからピストルを持って涙をためていたよ。私はずっと知らんふりしたよ。そしたら、とうとう店のおばさんが出てきたんだよ。私より若いのに髪がまっ白なんだよ。はるみに何やら言ってたけど、フランス語でしょう。最初は意味が分からなかったんだけど、はるみはね、私に日本語とフランス語で何やら言っていたんだよ。だからね、たぶんフランス語で私をののしっていたんだよ。店のおばさんは聞き捨てならなかったんだね。でも説得は無駄じゃなかったよ」

「はるみは、お母さんをフランス語なんかで罵ったりはしないわ。はるみは私やお母さんに甘えたいのよ。早知子さんと一緒の時は涙ぐんだりなんかしないわ」

「そうだろうね。でも、早口だったから、叱られている気がしたよ」

はるみは朋子たちの数歩前を歩いている。一度も振り向かないが、朋子たちを引き離さないように足取りは注意深かった。プラタナスの幹は太い。朋子は今だに驚く。梢は高層集合住宅の四階の窓にとどいている。無数の小枝が錯綜している。枝も黒く、幹も黒い。幾百本の冬枯れの大木が石畳のメインストリートに沿い、四方八方にのび、遠くは冬の靄にかすんでいる。朋子は小走り、はるみに追いついた。

「はるみ、おばちゃん、歌、歌ってあげようか。いい、はい、雨々、ふれふれ母さんが、じゃのめで……」

「これはだめ」

はるみが朋子のトッパーコートの裾をひっぱった。「これは、ママの歌、おばちゃんはかきねの、かきねのでしょう」

「そうそう、それいい？　はい、かきねのかきねの曲がり角、はい、はるみも歌って」

「……おばちゃん、だめ、私の後から歩いて」

はるみは足を速めた。

「そうだ、はるみ」

朋子はおおげさに顔をほころばせ、はるみの前に回わり、はるみの腕をつかんだままかがんだ。「明日から、アルバイトのない日はおばちゃんがはるみを学校に送ってあげようか。ママお仕事忙しいでしょ」

はるみはうつむいている。

「そうしてもらいなさい、はるみ。それとも、おばあちゃんと行くかい。でも、おばあちゃん、年だからはるみについて行けるかな。はるみのママ、おばあちゃんにはるみの送り迎えをお願いって言ってるけど、おばあちゃんがパリに来た時から」

朋子は母のコートの袖を引っぱり、黙るように小さく首を振った。

「私、はるみからフランス語も習いたいしね、一緒に学校の門まで連れてって」

朋子はS高等学校に在学中の時からNHKの外国語講座を早朝も深夜も聴いた。フランス語と英語の日常会話はほとんどマスターした。

「うん、教えてあげる。おばちゃんと一緒に行く」

はるみは小さい手をのばした。朋子は握った。

レンガ造りの雑居ビルディングがアーチ形にくり抜かれ、石畳の車道がつきぬけていた。薄暗かった。冷気が留まっていた。朋子ははるみの肩を抱き、引き寄せた。緩やかにくねっている石畳の坂を登った。

「向こうから来るのは日本人じゃないかね」

母が声をひそめた。朋子ははるみから顔を上げた。小柄な男だった。薄い黒い髪を七・三に分けていた。頬骨がめだった。不格好に顎を上げ、プラタナス並木の歩道の真ん中を歩いて来る。日本人に見えた。一重瞼の目は細く、沖縄出身者とは違う。朋子と目が合った。朋子は会釈をした。だが、男は知らんふりをした。

「一旗あげようと思っているのよ」

すれちがった男を振り返りながら母が言った。「顎があがっていたでしょう。日本じゃ浮かばれない人だよ」

〈私たちは違うでしょ、お母さん〉と朋子はききかけた。だが母に聞くのは惨めな気がした。〈まず、何が何でもフランス語認定試験に合格しなさい〉朋子は胸の中で言った。

「パリで見かける日本人はたいがい小さいね。朋ちゃんは小さくないよ。いくらあるんだね」

「一六〇よ」

「フランス人にもひけをとらないんだからね。堂々としなさいよ。……だが、はるみは誰に似たのか、伸びないね」

母は声をひそめたが、はるみは母を見上げた。

「お母さん、はるみはまだ子供よ。体の大きさじゃないのよ。プロレスラーが一番偉いわけじゃないでしょ」

朋子は母をたしなめた。

「はるみ、クラスで背は小ちゃいけど、頭では負けない」

母を見上げたままはるみが言った。朋子ははるみの髪を撫でた。

ミラボー橋の橋桁に冬枯れの蔦がはっている。落葉が石の階段の隅に溜まっている。朋子たちは狭い階段を上り、ミラボー橋を渡った。河畔をとりまいているのは枯木だから、緑陰が映えているはずはないのだが……セーヌ河の豊かな緑色だった。水面が弱く光っているのは、小さいさざ波のせいだった。朋子の左手の方向にも右手の方向にもよく似た橋がかかっていた。朋子が高校に在学中の時に暗唱し、夢想した〈ミラボー橋〉は長さ数メートルほどのみすぼらしい、古い石橋だった。この橋の下はゆうに大型の遊覧船が通れる。だが、遊覧船はミラボー橋までは来なかった。遊覧船はシテ島とサン・ルイ島をぐるりとまわり西に下り、エッフェル塔の下のイエナ橋をくぐって、また東に上っていった。

「はるみ、学校では詩も習っているんでしょ」

朋子は握っているはるみの手を小さく揺すった。はるみは朋子を見上げ、大きく頷いた。

「この橋を歌った詩、知ってる?」

「この橋?」

「この橋知ってるでしょ」

「ええっと、ええっと、ミラボー橋」

「そうミラボー橋、知ってる?」

「うんアポリネール」

「そう、暗唱できる?」

「ええっとね、ミラボー橋の下をセーヌ河が流れ、われらの……ええっと……ミラボー橋の下をセーヌ河が流れ、……ええっとミラボー……ううん、分かんない、おばちゃんは?」

「おばちゃんも分からない。はるみ、今度覚えたら、おばちゃんに教えてね」

はるみは小さく笑って頷き、うつむきかげんのまま、何やらつぶやき続けた。朋子は唇を小さく動かし、声をひそめ暗唱した。

ミラボー橋の下をセーヌ河が流れ
われらの恋が流れる
わたしは思い出す
悩みのあとには楽しみがくると
日も暮れよ　鐘も鳴れ
月日は流れ　私は残る

月がたち週が行き
過ぎた時間も
昔の恋も二度とはもう帰ってこない
ミラボー橋の下をセーヌ河が流れる
日も暮れよ　鐘も鳴れ
月日は流れ　私は残る

セーヌ河の両岸に数階、十数階建ての重厚な石の建造物がひしめいていた。数十年、数百年の雨や雪が染み込み、色はくすんでいた。セーヌ河の遠くにかかる橋は冬の靄でかすみ、宙に浮いていた。朋子は遥か彼方の水平線さえもすぐ目の前に迫る広大かつ鮮烈な沖縄を想い、一瞬身震いがした。世界の果てにつきあたってしまったような沖縄の海だった。


「お母さんは沖縄に帰りたくないの」

朋子は母を振り向いた。

「二週間前に来たばかりなのに、何を言っているんだね」

窮屈気に歩くが、息づかいは荒くはない。

「ほんとに祐子姉さんたちの許しを得たの？」

「ほんとよ。でも、身の振り方は自分で決めるよ」

「祐子姉さんたち、年末に来るって電話があったけど、お母さんを連れ戻しにじゃないでしょうね」

「新婚旅行だよ」

「三年目でしょ、結婚」

「連れ戻しに来るわけはないでしょう。私は厄介者なんだから。祐子はともかく、潔さんはやっぱり他人ですからね」

「祐子姉さんたち、お母さんが身を寄せたから、新婚旅行も遅れたんじゃないでしょうね」

「私は自分で生活したのよ。飛行機代も自分で溜めたんだよ。勝久の世話にも祐子の世話にもならなかったよ。……朋ちゃんには会いたかったけど……もう、半年はなるかい、ここに来て」

「高校を卒業したのが三月でしょ、今十一月の末よね、ええっと、そう半年ちょっとね。パリでは月日がはっきりしないのね。季節ははっきりと変わっているのにね」

セーヌ河畔のベンチに二人の老人がいる。英国人が愛用するダービーハットをかぶった老人は、とっくりのセーターを着ているが、ジャケットの衿を立て、首をすくめながら、ベンチに座ったり、立ち上がったり、河向こうを見つめたりする。後頭部の灰色の髪が乱れている。もう一人の老人は赤と黒の縞模様のジャンパーに両手をつっ込んだまま、ベンチを立ったり座ったりしている。老人の周りをうろついている犬は老人の飼い犬なのかしらと朋子は思った。赤毛が汚れた貧相な犬だけど。

「お母さんとパリで一緒の買物は初めてね」

朋子が母を見た。

「そうだね、沖縄の小里島では二人よく一緒だったのにね」

「祐子が三年前に結婚したし……朋ちゃんだけだったね。勝久は七年前にパリに渡ったし……

「柔道の道場を開くってきかなかったんだから」

「でもお父さん満足だったのよ。男の子は外国で一旗あげるべきだというのが口癖だったでしょう」

「あの人も、朋ちゃんが生まれた頃、南米に移住しかけたのよ。バナナの農園を作るってきかなくてね。私は必死に止めたよ。男の子は勝久だけでしょ。四男も五男も産んでいたなら、あの人の願いを叶えてやったんだけどね」

「お父さん……ハブに咬まれて亡くなって、何日も病院の冷蔵霊安室にお願いして、勝久兄さんがパリから来るのを待ったんでしょ」

「ずっと遠くに行ったんだよ、あの人は、亡くなったらすぐ」

「何十年もお母さん一筋でしょ」

「何いってるんだね、この子は、あたりまえでしょ」

石造りの建造物も敷石道路も黴がかかっているような白っぽい肌色のせいか、車両進入禁止の赤い標識が妙にめだった。

「朋ちゃんは、私が祐子たちに世話になるって相談がついたからパリに行く気になったんじゃない?」

「違うよ。私、高校に在学中からフランス語聴いていたでしょ……お母さんは私をパリに行かせたくて、強引に祐子姉さんにお願いしたんでしょう」

「お願いなんかしないよ」

「お父さんがまだ意識のあるうちに、お父さんの枕元でお願いしたでしょう、祐子姉さんに」

「誰が言っていたんだね。嘘だよ」

「嘘にしたら、お父さんかわいそうよ」

「お父さんはかわいそうじゃないよ。通夜の時の顔見たかい。あんな綺麗な顔もあるもんだね。唇は薄桃色で……ほほえんでいるようだったね。耳たぶも赤味がさしていたんだよ」

「髪の毛も黒々としていたね、艶があったし……はるみ、疲れたの？」

はるみの足が遅れだした。朋子ははるみの手を取った。

「平気よ」

はるみはまた足を速めた。

「荷物がなければおぶってあげるんだけど……おばちゃん、末っ子でしょう。だからはるみのパパによくおぶってもらったのよ、夏の水遊びの帰りなんか、畑道を……」

「でも、はるみ、平気よ」

「もう、この辺も十五番街なんでしょう」

母が敷石道の両側の高層集合住宅を見上げながら言った。「こんなごちゃごちゃの住まいなんか、いやだね。小里島の家は小さくても、土地は広かったのにね。そんなに広くはなかったけど、でも、庭も、小さい裏の畑もあったでしょう。ここには庭なんかあるんかね」

「だから公園が多いのね……春になったら、モンソー公園に行こうか、はるみ」

「ブローニュの森がいい」

はるみは朋子を見上げた。

「うん、じゃあそこね」

「私も連れてってくれよ、はるみ」

はるみは大きく頷いた。

はるみはブローニュの森が恐くはないのかしら。朋子は思った。四十数日前の日曜日に朋子は小暮とブローニュの森に入った。無数のカエデやアカシヤやマロニエや樫の大木が林立し、多くが黄葉していた。

森中が妙に茶色がかった濃淡の黄色におおわれていた。最初のわずかな時間は美しかった。しかし、しだいにもの淋しくなり、やがて、うすら寒くなった。ラック（湖）やエタン（池）やマール（沼）やカスカードゥ（小さい滝）が目の前に現われた時にはほっとした。だが、水面にも黄葉が浮いていた。小暮はなぜ樹木という樹木がうつそうとした黄色い森の真っ只中を歩きたがったのか、朋子はわからなかった。

十五区のアパート

裏通りの街角には夕闇が溜まっていた。小さい街灯が点灯した。敷石道は明りを浴び、滑らかに光った。石の微妙な起状が浮かび出た。滑りそうな予感がした。兄夫婦が入居している十五区のアパートの近くには商店街や劇場などはなかった。近くの区のアラン・ドロンの住居には朋子は関心がなかったが、母は数日前の夕食の時に一目でもいいから見せておくれと、兄に頼み込んだ。

管理人のアニーさんがガラス張りのドアを開けた。このアパートの大屋はそれぞれ違う。二部屋を所有している人も三部屋を所有している人もいる。大屋たちはほとんどがパリ市郊外のサンジェルマンやバルビゾンに住んでいる。管理人の給料は借部屋人の家賃から捻出され、一部屋を無料で提供されている。借部屋人たちは管理人（コンシェルジュ）をマダムと呼んだ。

「お帰り、はるみ」

マダムは言った。マダムの背丈は一七〇センチをこした。だが、金髪の美人だった。四十三歳には見えなかった。子供は五人とも女の子だった。下から二番目のジネットは女優のように綺麗だとマダムはよく自慢する。朋子は一度は見たかった。だが、ジネットは滅多にマダムを訪ねて来なかった。東欧にいるらしかった。マダムの自慢はマダムの風貌から推し量り、あながちさもありなんと思う。

「ただいま、マダム」

はるみは手を指し出した。マダムは手の甲にキス（ビズ）をした。

「はるみ」

女の子がマダムの脇をすり抜け、とび出して来た。マダムの一番下の娘、キャロリーヌだった。茶色の目のまわりのそばかすはマダムにはない。

「ね、はるみの部屋に遊びに行っていい？」とキャロリーヌは額に垂れる金髪をかき上げながら、意気込んで言う。「すごい技覚えたから、教えてあげる、ね」

はるみはほほえんで頷き、朋子を見上げた。

「また、プロレスなの」

はるみは小さく肩をすぼめ、頷いた。マダムに許しを得たキャロリーヌははるみの手を取り、階段を上がった。

「おばあちゃんは年寄りだから、エレベーターに乗って」

赤いトッパーコートを脱いだはるみは振り返り、声をかけ、すぐ一目散に駆け上がった。階段は狭いが、重厚な造りだった。壁のソケットに裸電球がはめこまれていた。

「四階まで駆け上がって、大丈夫かしら」

朋子は階段を見あげた。

「五階でしょう、勝久たちは」

「ここでは一階は階数に数えないのよ。五引く一は四、四階」

「また、散歩に連れて行ってちょうだいね、マダム、と言ってよ、朋子」

「マダム、忙しくないかしら」

「大丈夫よ、散歩の間はキャロリーヌが留守番するから。もうできるんだよ」

母はマダムにほほえみかけている。朋子は通訳をした。

「おう、いいですよ、また、行きましょう、オキナワのマダム」

マダムは母の手を両手で握った。母はマダムを見上げ、目を合わせ、にこりと笑った。

エレベーターはなかなか降りてこなかった。

朋子は買物袋を胸に抱えたまま上を見上げた。

「野菜は小さいのも、大きいのも同じ値段なんだからね。選ぶと店のおばさんはいやな顔するしね。向こうが勧めるもんを買わなきゃならないんだから」

「でも、今日、お母さん、ほとんど缶詰を買ったんでしょう」

「人参の水煮の缶詰、キャベツの缶詰……じゃがいもの缶詰なんかね」

「じゃがいも、小里島の家では裏の小さい畑によく植えたね。私たちが食べる分は毎年できたのよね。私は祐子姉さんと灰をかけたのよ、木を燃やして……冬だったのね、焚火はあの頃とても珍しかったわ」

母は横目で長椅子に座ったマダムを見た。マダムは向こうむきのまま編物をしていた。エレベーターのドアが開いた。朋子たちは乗り込んだ。

「フランス人は蛙も食べるんだってね」と母ははっきり言った。

「小里島の家の近くの小さい田圃は蛙だらけだったよ。でも一匹も食べなかったね、私たち」

母が部屋の金属製のドアを開けた。小さい二足の皮靴がきれいに並んでいる。はるみとキャロリーヌは、階段をのぼりきり今、居間に入ったばかりなのか、息が荒かった。キャロリーヌは一息ととのえると、青いカーディガンのボタンを外し、背を大きく丸め、頭からワンピースを脱ぎ、青い水玉がちらばった化繊のビキニ姿になった。はるみも慌てて、胸のボタンを外し、セーターとキュロットスカートを脱いだ。キャロリーヌは朋子と身長はほとんど変わらなかったが、まだ乳房のふくらみはなく、乳首の周囲が微かに小さく固まっていた。はるみとキャロリーヌは体を用心深く互いの反対方向に傾け、右手を伸ばし握手をした。それから、すぐ向い合い十本の指をからまし、キャロリーヌは素早く、はるみの背中に回り、長い足をかけ、はるみを押し倒し、おおいかぶさった。

「最初、見た時はびっくりしたよ」と母が言った。「すぐ裸になるんだから」

「私もよ、でも、あの頃、キャロリーヌは今のように背は高くはなかったようだけど」

朋子は台所のテーブルに買い物袋をおいた。

「あの子も少し胸がふくらむと、今度は若い男の子の前で裸になるんじゃないかしらね」

朋子は聞かないふりをした。

「フランスの女はほとんどそうでしょう」

「ほとんどというのはまちがいよ。はるみも同じ裸だし」

朋子は買い物袋から品物をとりだし棚にしまった。

「キャロリーヌももう少し大きくなったら、きっと恥ずかしがるよ。お母さん」

母は磁器製の器のふたをあけ、粉の黒砂糖に小さじを入れ、手の平に取り、なめた。

「だめよ、お母さん、はるみやキャロリーヌもいるのに」

「沖縄から持ってきたもんは懐かしいよ」

母は手の平の黒砂糖の粉を一気に口に入れた。

「お母さん休んでいてね、私、牛肉焼くから」

「私にも何かさせておくれよ、はるみたちのプロレスを見るのはあきたから」

母は流し台に近づいた。

「疲れてない？　お母さんは太っているから」

朋子は上着の袖をまくり、エプロンをした。

「パリは恋の街だから、どこまで歩いても平気よ」

「じゃあ、お米を洗って炊飯器のスイッチを入れてくれる？　米びつは調理台の下よ」

朋子は牛肉をまな板に置き、包丁の背でたたいた。

「朋ちゃんは牛肉食べられないんじゃなかった？」と母が袖をまくりながら聞いた。

「なんとか大丈夫よ、ここのはそんなに臭わないの。牧草だけを与えるかららしいの」

「牛は何でも食べるからね。またね、人もどんな牛でも食べたんだよ。闘牛も食べたんだからね」

母もエプロンをした。子供用のエプロンのように小さくみえた。

「私、サーターアンダギーつくろうかね」

「お肉だから今日はいいよ、お母さん」

「マダム、サーターアンダギーが大好きなんだよ。二度もっていったけどね、二度とも親指を立ててね、おいしいっていう意味なんだよ。指で丸をつくったらだめ。丸は女のあそこという意味だから」

「何いってるのよ、お母さんは」

「冗談だよ、でも少しぐらいははめをはずしていいでしょう。今まで気が張り詰めっぱなしだったんだから」

「ね、キャベツすんだら、誰かが反則しないか、はるみたちを見てくれる？」

「悲鳴がないから大丈夫だよ。朋ちゃんは私を居候と思わないでちょうだいよ」

「居候は私よ」

「じゃあ、何でもいいからいいつけておくれよ」

「では、味噌汁の具をお願いね、ワカメね、湯沸かし器の下の棚にあるから」

母はボールにワカメを入れ、蛇口の水を注いだ。

「マダムね」と母が言った。「サーターアンダギーを持っていくとね、翌日は必ずコーヒーを飲みに連れていってくれるんだよ。腕を組んでね。言葉が分からないからね、お互いに顔を見合わせてね、にたっと笑うんだよ」

「いいお友だちね。油がとぶから気をつけて」

朋子は換気扇をまわした。

「勝久や早知子さんはどこにも連れて行く気がないんだね」

「忙しいのよ、今は」

「バカンスは連れていってもらおうね、いい、朋ちゃん、あんたからも強く約束してよ」

「バカンスって夏でしょ。お母さん、夏までいるの？」

「みんながいやがるんなら、帰るけど、でも、夏にはまた来るつもりよ」

「私が一人だちしたら、呼ぶから、勝久兄さんや早知子さんに無理強いしたらだめよ、いい？」

「わかりましたよ」

朋子はガスレンジのスイッチをいれた。

「でもね、朋ちゃん、早知子さん、エスカルゴの作り方、教えてくれないんだよ。作ってもくれないしね。朋ちゃんは作れないでしょ」

朋子は振り向き、頷いた。

「私が来るまでは、作っていたんでしょ、早知子さん」

「お母さん、来てまだ二週間しかならないんでしょ。早知子さんたちだって、二週間に一回食べてるわけじゃないのよ。手間がかかるらしいし」

ドアがあく音がした。母が包丁を持ったまま、玄関を覗いた。

「おかえり。はるみ、とうさんよ」

「とうさんじゃない、パパだよ」

長身の勝久はショルダーバッグを靴箱の上に置いた。はるみとキャロリーヌがかけよってきた。

「はるみ、裸で勉強しているのか」

勝久ははるみの頭に手をおき、小さく揺すった。

「プロレスよ」とキャロリーヌが胸をはって言った。

「キャロリーヌはもうお姉ちゃんだから、プロレスなんかよしなさい」

「おもしろいんだから」

「いい子だから、もう男の子と遊びなさい」

「そんなこと、言っていいのかね」

母がショルダーバッグを開け、汗で濡れた柔道着や下着をとりだしながら言った。

「はるみ、勉強はちゃんとしないとだめだよ」

勝久は長椅子にどっと座り込んだ。長椅子の背にかけた琉球紅型の飾り布は、祐子が結婚の記念に送ったものだ。

「はるみ、ここでは勉強しか頼れないんだよ」と勝久は言った。「親戚がまったくいないのは、もうはるみも分かるだろう。おばあちゃんも、パパもママも、死んでいるかも知れないんだよ、はるみが大きくなる頃には……」

はるみは百科辞典や児童雑誌がならんでいる本棚の前に両手をだらりとたらしたまま立っている。裸の胸がせわしげに動きだした。目に涙が溜まった。

「勝久兄さん、はるみは子供よ」と朋子が言った。「まだ、子供よ」

「飲んできたんじゃないのかね」と母が言った。

勝久は立ち上がり壁のハンガーにジャンパーをかけ、チェックのシャツのボタンをはずしながら浴室に入った。

「はるみのパパ、強そうね」

キャロリーヌは腕の力こぶをつくる真似をした。

「キャロリーヌも、はるみのパパみたいに丸たん棒のような腕になりたい？」

朋子がキャロリーヌとはるみに、彼女たちが脱ぎ捨てた服を手渡しながらきいた。

「ううん、いやよ、あんなのは」

キャロリーヌは頭にワンピースをかぶりながら言った。

「はるみ早く着なさい」と朋子は言い、かがみ、着けさせた。

「はるみが、おばあちゃんになるまでパパもママもちゃんと長生きするから」

朋子ははるみの服の着くずれをなおしながらはるみを見上げた。

「朋子おばちゃんは？」

「長生きよ、まっ白いきれいな髪になるまでね」

「おばあちゃんは？」

はるみは母にきいた。

「そうだね……」

母は口ごもった。

「もちろん長生きよ、もっとおばあちゃんになるのよ」と朋子が言った。はるみは大きく頷き、にこりと笑った。

「また遊んでね、キャロリーヌ」

朋子がキャロリーヌの左わけのストレートなダッチボブの髪を撫でた。

「はるみ、オルヴワー（さよなら）」

キャロリーヌは小走りで玄関のドアをあけ、出ていった。

「はるみ、おばちゃんたちが夕食をつくる間、本読んでいてね、あ、その前に籠のミスカーちゃんに水と餌をやるんだったね」

「はい」

はるみは玄関の靴箱の前に座り、一番下の引き出しをあけ、ミスカーの餌が入った袋をとりだした。この小鳥は二年前に勝久がアフリカ人の生徒からお土産にもらった、アフリカの保護鳥で、何十年も長生きするという。

夕食を作り終えた。朋子と母はテーブルにつき、お茶を飲んだ。はるみは黙ったまま机に向かっている。机の正面の壁には温度計やカレンダーがかかっている。脇の本棚の上には毛むくじゃらの熊や日本人形やロボットが立っている。オルゴールはベビータンスの上にある。ステレオのレコードと並んでいる日本わらべ歌全集ははるみが日本語を忘れないように勝久が買い与えた。早知子はわらべ歌を聴くのをいやがる。故郷の父や母を思い出すから、というのが理由だ。

勝久は厚手のタオルでくせのない長髪をこすりながら、テーブルについた。

「明日、小暮さんがおまえに会いたいそうだ」

勝久は朋子の顔を見た。

「帰ってきたの」

「道場に電話があった」

「あの、京都の金持ちの息子かい」と母がきいた。

「十六区の屋根裏部屋に住んでいるんだ」

勝久はサイドボードからシャトー・タルボ（ワイン）とグラスをとりだし、注いだ。

「屋根裏部屋、知ってるか、朋子」

朋子は首を横にふった。

「トイレも炊事場もないんだ。エレベーターもなくて、オーダー（もっこ）みたいなもんにのっかるんだ、今時」

勝久はワインを一息に飲んだ。「やがて、追放だよ。労働許可証がないんだ。この国は力がない者が金儲けはできないようになっているんだ」

「でも、小暮さんは同時通訳できるのよ」

「通訳の免許証もってるか？……もぐりの通訳だ」

「でも、いつも夜中まで勉強しているのよ。今度も通訳のためにスイスに行ったんでしょ」

「彼はもう三十四だ。憧れてるわけじゃないだろう」

勝久はグラスのワインをみつめながら、言った。母が朋子の横顔をみた。

「そんなんじゃないのよ」と朋子は慌てて言った。「私も早くあのように同時通訳ができるようになりたいのよ」

「彼の彼女知ってるか」

「フランス人でしょ」

「フランス人の女がいるのかい」と母が驚いたようにきいた。

「彼女が買物をするのを見せたいよ」と勝久が朋子に言った。「一色の口紅を買うのに何分かかると思う？　三時間だ。口紅を少しぬるだろう。じっくり鏡をみるんだ。顔の向きを変えたり、唇を歪めたりしながら。そこまではいいんだが、外に出るんだ。何をすると思う？　今度はしみじみと手鏡を見るんだ。内と外では口紅の色がちがうからと。それをすべての口紅でくりかえすんだ」

朋子は急須をもちあげ、母の湯のみに注いだ。

「労働許可証がないから、彼女までいじけているんだ」

「勝久は安心だね、柔道の検定に合格したからね」

母がお茶に息をふきかけながら言った。

「ヤンバル出身の床屋が髪を刈っている時に踏み込まれたよ。もぐりだったんだ。すぐ、強制送還だよ。

着のみ着のままでな。俺たちもどうしようもなかった」

「はるみ、ひもじいでしょう?」と母は声をかけた。はるみは机におおいかぶさり、ノートになにやら書いている。

「早く食事を出しなさい、朋子」と勝久が言った。

「もう少し待ちましょう」

「早知子さん、もうすぐ帰ってくるんじゃないかね」と母が言った。

「今日も外食だ」

勝久はワインをグラスに注いだ。

「でも、電話こないかな」

朋子が母をみた。

「電話がきても、こなくても食べる」と勝久が言った。

はるみは椅子に座ったまま、顔だけを勝久に向けている。じっと見ている。卓上蛍光灯のせいか、顔が青白くなっている。

「はるみ、おいで」と母が手招きをした。はるみは上半身を少しよじったが、またノートをみつづけた。

「朋子、俺は伊藤君も認めないよ」と兄が不意に言った。

「自称、映画監督……志望なら、毎日、絵コンテを描かなければならない。生活に緊張感がない。気が向いた時だけ向き合う男は信用できない」

「伊藤君て、桃園の息子という人でしょう。あの岡山かどこかの」と母がきいた。「跡継ぎなんでしょう」

朋子は頷いた。

「何億円の跡継ぎでもなんでも信用できん男は信用できん」と兄が言った。「朋子、食事を出しなさい。はるみ、おいで」

兄はワインを一気に飲みほした。朋子と母は立ち上がった。はるみはテーブルについた。

早知子は十時前に帰ってきた。

「ごめんなさい、遅くなって」

早知子は細かいウェーブの長い髪をかきあげながら言った。

「お疲れさま」

食器を台所の棚に片づけていた朋子が顔を出した。早知子はラップコートを脱ぎ、寝室に入った。

「食事は？　早知子さん」

母が立ち上がり、寝室をのぞきこんだ。

「すみました」と早知子は言った。荒々しいきぬずれの音がした。

「電話ぐらいすべきじゃないか」と勝久が板壁ごしに言った。

「あなたもしませんでしょう」

早知子の声は、はっきり聞こえる。

「男が夕食のおかずなんか聞けるか」と勝久は新聞から目を離さずに言った。

「そんな話じゃありませんでしょう」

ワンピースに着替えた早知子は椅子に座った。朋子がお茶をさしだした。

「ありがとう」

早知子は湯のみをつかんだが、朋子を見なかった。

「はるみは寝たのね」と早知子が聞いた。

「つい、さっき」と朋子が言った。

「残業手当、ほとんどつかないのよ」

早知子は誰にともなく言い、お茶を飲んだ。

「はるみは朋子が沖縄から来た時は、はしゃいでいた」

勝久は新聞をおき、ワインを注いだ。「貯金箱を割ったんだ。朋子にプレゼントするケーキを買うために……。前の日の日曜日は朝から部屋の掃除をしていた……」

「はるみは寝ているのです」と早知子が言った。「起きている時にいって喜ばせて下さい」

「はるみは玄関にプラカードも下げた」と勝久はグラスのワインを飲みほしてから言った。「〈いらっしゃい、朋子おばさん〉だったかな」

「三つ隣りの部屋のシャトゥネさんに会いましたよ、トロカデロ広場で」と早知子が言った。「あの人は、昔、よく奥さんと一緒にトロカデロ広場に行ったんです。だから、奥さんが自分を迎えに戻ってくる気があの人はするのです。それで、毎日、トロカデロ広場や、ギメ美術館やラヌラグ公園をまわっているんですよ。昔よく奥さんとまわった所なんですよ。〈どうして戻ってこないんでしょうね〉ってあの人は私にききましたよ。私は〈きっと戻ってきますよ、気をおとさないで〉と言いました。あの人は毎週火曜日には奥さんのお墓にいくんです。アパートの人たちは、あの人を気が触れていると言ってるけど、私はそうは思いません。あなたはどう思います?」

「他人だ。分からんよ」

勝久はワインをみつめている。

「ご自分は分かっていらっしゃるの」

「……」

「あの人の奥さんは自殺したのよ」

勝久は顔をあげた。

「君か、俺のどちらかが自殺するというのかね」

「筋違いです」

「朋子さん」

早知子が朋子に向いた。「勝久さんのズボンに、よく何本もアイロン跡があるんですよ。私じゃありません。きっと素人の人ですよ」

朋子と母は顔を見合わせた。母が勝久に何か言いかけた。朋子が母の膝をつつき、とめた。

「私は明日早いですから、シャワーを浴びたら、そのまま寝ます」

早知子は立ち上がった。勝久は一気にワインを飲み干した。

寝物語

白っぽい天井をじっとみつめていると、何かの形が浮かんでくる。朋子は静かに横を向いた。はるみは朋子と同じ毛布をかぶっている。もう何時になるのかしら。今日は歩き疲れたのかしら。はるみにパンを買ってやれなかったせいかしら。早知子さんの少し甲高い声が耳の底からきこえる。〈はるみは赤ちゃんの時、寝なかったのよ、毛布の中で目を閉じたり、開けたりしたの。私、よく窓際に椅子を引き寄せ、はるみを抱いて座ったわ。夜が白ずむのを待ったの。でも、どうしても寝なくちゃならない時は、はるみを犬みたいにハイハイさせたの。夕食後ね。体力を消耗させたのよ。私はあの頃も仕事に就いていたから〉
早知子さんはなぜ変わったのかしら。……勝久兄さんはなぜ変わったのかしら。勝久兄さんは昔、私に寝物語をきかせた。朋子は目をとじた。
何が勝久兄さんを変えたのでしょう。なぜパリに……。私たちはよく泣いた。何もかもが空回りしているようだった。勝久兄さんの〈旧盆の少女〉の寝物語は怖かった。
二十何年か前の旧盆の話。電灯も明るくはなかった。ウンケーの日に各家の門の角で焚く迎え火はとてもめだった。

勝久兄さんは仲間たちと集落内を歩きまわった。集落内に異様な雰囲気が漂っていた。夜は更けたが、家々の迎え火は消えなかった。

勝久兄さんたちは鈍い光がおちている電信柱の下に座りこんだ。三、四歳年上の中学生がいろいろな話をきかせた。

勝久兄さんの隣りの家の少女は沖縄戦で、ちょうど勝久兄さんと同じ十一歳で死んだという。少女は色白で美しく性格も優しく明るかったという。少女の親や兄弟はみんな生き残った。ただ一人死んだ少女はこの世に未練があるという。だから、少女は永遠に歳をとらず、十一歳の少年少女と仲良くなりたがり、毎年、お盆を待ちどおしがっているという。少女は仲良くしたい一心で、十一歳の少年少女を深い水溜りに引きずり込むという。

門から仏壇までの通り道に塩をまんべんなくまけば、あの世の人の足跡がはっきりつくと、話し手は言った。

勝久兄さんは半信半疑だった。試してみたかった。台所の棚が頭に浮かんだが、小さい陶器の壺の底にわずかしか塩は入っていなかった。学校の白い石灰でもいいかと話し手にきいてみた。話し手は塩がないとだめだという。勝久兄さんは一人で集落内をわけもなく歩きまわった。少女は自分を殺したアメリカ兵を恨まないのだろうか。ふだんはハーニー（愛人）と腕を組み、ひんぱんに通るアメリカ兵もあの夜はいなかった。

勝久兄さんは少女の家をのぞいてみようと考えた。さやいんげんの葉をかきわけ、仏壇のある六畳間をのぞきこんだ。いつもは電灯が消えているが、あの晩はとても明るかった。少女の家族は談笑していた。勝久兄さんは家族のふるまいが理解できなかった。少女が自分を迷わし深い水溜りに引きずり込むなんて考えたくもなかった。少女の姿が現れるのは怖かった。

勝久兄さんは何もかもから逃げたかったのかしら。私も母も邪魔だったのかしら、母のいびきが聞こえないが、もしかしたら、起きているのでは？　祝嶺市のアパートではよくいびきをかいた。頬を敷布団におしあてた髪の毛が首筋にまとわりつき、こそばゆくなった。勝久兄さんはなぜ、小暮さんや伊藤さんの話をしたのかしら――。

雪は祝嶺市にはもちろん降らなかったが、あの冬はなぜかとても寒かった。雪という現実がないから空想は自在に広がった。煉瓦造りの大きな煙突に降っている雪は庭のもみの木にも積もっている。せまい部屋に燃えさかるペチカの暖かい色が揺らぐ。電灯は消えている。健一君が薪をくべる。私もいる。健一君はお母さんとお姉さんの三人家族だった。物置のような古いトタン葺の貸家に住んでいた。家主の家はコンクリート造りだった。家主の娘もクラスは隣りだが同年だった。健一君の服はほとんどくたびれていた。襟巻きをプレゼントしようと私はずっと考えていた。私は無駄づかいはしなかった。新聞配達のアルバイト代がかなりたまっていた。健一君は貧しいにもかかわらず、色は白く体つきもふっくらとしていた。私も男生徒に特においてというわけでもなかったが、やはり襟巻きを手渡すのは躊躇した。クリスマスソングが目ぬき通りの商店から盛んに鳴りはじめた頃、紫色の新しいセーターを着た健一君が登校した。もともと色白だったが、急にあかぬけしたようだった。健一君は毎日そのセーターを着けた。私はますます近よりがたくなった。雨あがりの泥道の脇に立ち、健一君がクラスの女生徒と笑い合っていた。紫色のセーターに泥のかたまりを一瞬投げつけたくなった。数日後、急に健一君は授業を休んだ。盲腸炎を病み入院した。同級生のB子も盲腸の手術をした体験があった。B子は手術のもようを生々しく話した。丸裸にされる、大きなオナラが出ないと退院できない……。私は授業中も健一君の手術のようすを想像した。健一君は退院後もしばらくは自宅で養生をした。クラスの女生徒たちが見舞いにいく話をしていた。私もいきたかった。健一君が青白くやつれている、と思うと変に勇気がでた。しかしとうとういけなかった。

自由自在に寝返りをうちたい。朋子は手の甲をかんだ。飲めないワインを夕食の時に飲んだせいかしら。なぜ、今日にかぎって飲んだのかしら。

私が小学校六年生の時には、健一君は不良になっていた。敗けそうなけんか相手にはすぐナイフをつきつけた。同級生の男の子たちも鳥籠を作る竹を削るナイフは持っていた。健一君のは高価なジャックナイフだった。健一君は常に小さい砥石を持ち歩いた。よく学校の水飲み場にあった砥石でも刃を研いだ。健一君は泳ぎが得意だった。祝嶺市の海岸に天狗の太い鼻の格好をした大岩があった。健一君は鼻の先からよく飛び込んだ。海面までの高さは四、五メートルもあった。私たちは畏敬の念を抱いた。じっと健一君をながめた。

健一君が泳ぎに行く時はいつも毛が体にぴっちりとくっついた雑種の犬が一緒だった。健一君は海では魚や貝に関心はなかった。四、五時間も水に浸っている時もあった。ある日、健一君があまりにも長く泳いだからか、犬だけが家に戻った。心配した健一君のお姉さんがタクシーに乗り、やって来た。健一君のお姉さんは美しかった。白いワンピースがよく似合った。長い髪を後ろに一つに束ねていた。健一君のお姉さんは中学二年生だったが、胸もふくらんでいた。胸ポケットに入っている一口チョコレートを私にくれた。ありふれたものだったが妙に胸がたかなった。お姉さんの前に水からあがった健一君は濡れた白いパンツだけを着ていた。透けてみえた。私は激しく動悸がした。健一君はこのようなお姉さんがいながら、なぜ教室では女生徒のスカートをまくったりするのか、私にはわけがわからなかった。中学を卒業した健一君は、東京に行った。東京の海は油が浮いていて、船がいっぱいで、とても泳げないでしょう。私はなぜか気になった。あの〈天狗の鼻の岩〉は今はまわりが埋めたてられ、陸にあがり、身動きがとれなくなってしまった。健一君は本土の暴力団に入った、といううわさも聞いたが、健一君のお姉さんのその後はわからなかった。

　はるみの寝息はきこえない。勝久兄さんと早知子さんが離婚するなら、はるみを私が養育しようかしら。勝久兄さんは心の底の底では女の人を侮蔑している……。あの〈中城公園の話〉は勝久兄さん自身が主人公じゃなかったかしら。

　中学の修学旅行先は名城市だった。中城公園にも足をのばした。時々、強い風が吹いた。コーラル道の白い埃が舞いあがり、顔をそむけた同級生の女の子たちのスカートも舞いあがり、道端の木々がざわめき、病葉や老葉が激しく散った。カメラを持っている同級生がいた。カメラも大変な貴重品だったが、勝久兄さんはカメラより彼の水筒が気になった。バヤリースのオレンジジュースが入っていた。あの頃、ジュースはなかなか飲めない代物だった。勝久兄さんの水筒には水しか入っていなかった。彼の水筒に何が入っているのか、わかりながらも水筒を忘れたふりをし、「飲もう」としつこくねばる同級生もいた。彼は渋ったが、結局は飲ませた。勝久兄さんはどうしても飲もうとは言えなかった。彼の母親はAサイン（米軍営業許可）バーを経営していた。彼は日頃珍しいものを食べていたが、背丈は低く、痩せ、ナイーブな少女のようだった。顔色は青白く、頬はこけ、一重瞼だが大きい目は常にギラギラしていた。中城公園の入口近くでは貸し馬を営業していた。彼は乗った。勝久兄さんや同級生も乗りたかったがお金がなかった。もしかすると、彼は度胸のなさを隠すために内心おどおどしながら馬に乗り級友の前を闊歩したのではないかしら。桜の新緑が激しく揺れた。勝久兄さんは桜の木の下に座り弁当を食べた。木陰は薄ら寒かったが、日なたの芝生の上は汗ばみ、気持ちが悪かった。彼が弁当をどこで食べたのか、は勝久兄さんは知らなかったが、あの時、彼は広い芝生を歩いている二頭の鹿の背中を撫でていた。勝久兄さんは少し赤みがかったサクランボをかじりながら彼と鹿を見ていた。サクランボはすっぱく、どうしても食べられなかった。だが、表面の滑るような感触がなんともいえず、長く口の中を転がした。彼にあこがれていた女生徒も触れると感電しそうな彼の感受性を怖がって近づかなかった。美しい季節だった。あの短い季節を「若夏」と呼ぶのは十数年後に知った。彼が東京の有名な大学を出た後、大阪と広島の女性と二度結婚したが、二度とも離婚したという話を耳にした。

母の大きな背中がぼんやりとわかる。お母さん、長生きしてね。朋子はつぶやいた。私は男の人を愛せるかしら、はるみがいとおしいのは、私が結婚を避けている潜在意識のうらがえしじゃないかしら。

高校一年の時、図書館に入りびたった。英語の時間のあと、音楽教室の裏のブロック塀の脇に腰かけ、何気なく和子さんが弾くピアノを聴いた。和子さんは家にもピアノがあったが、放課後残り、モーツァルトやショパンを弾いた。和子さんは家庭教師をつけているという噂が流れていた。頭は良かったが、インテリという感じはまったくなかった。和子さんは綺麗だった。色は白く、艶のある黒い髪が肩までのび、風によくそよいだ。目は優しく澄んでいたが、近眼だった。黒縁の眼鏡をもっていた。授業時間、黒板をみる時だけ眼鏡をかけた。和子さんは何人かの上級生とつきあっていると噂されていた。私はなかなか声さえかけられなかった。二学期の初め、大里城跡公園にクラスのピクニックがあった。雨が降ったりやんだりの天気だった。帰りはススキが密生した坂を、ススキをかきわけ、小道を探しながら、下った。何度も滑りかけた。思わずススキを摑み、手が糸を引いたように切れた。草のくずや虫が濡れた首すじや腕にくっついた。滑り、胸もお腹も泥だらけになる人もいた。やっと麓の農道に出た。女生徒の群れが騒ぎだした。和子さんがケースに入れたままの眼鏡を落とした。普通の眼鏡の十倍の価格だという。和子さんの髪は額にひっつき、目はいつもより大きく、いつもの人をみおろすようなゆとりはなかった。黒い革靴も白い靴下も泥や水にまみれていた。気軽に何か言えそうだった。しかし、白い半袖の制服が濡れた背中にくっつき、ブラジャーが透けてみえた。私は萎縮した。男生徒たちは眼鏡を探しにススキの丘を登っていった。女生徒たちはひそひそ話をしていたが、手をつなぎあい、男生徒のあとを追った。眼鏡はケースごと泥にまみれているおそれがあった。踏み割らないように気を配った。「高い眼鏡を買うからよ」「眼鏡はちゃんと耳と鼻にかけるものよ」「上品ぶるからよ」などと愚痴が聞こえだした。二、三時間探したが、ついにみつからなかった。

はるみが起きあがった。朋子は驚いた。一呼吸おき、起きあがった。はるみは辺りを見回した。珍しそうに朋子の顔をみた。

「おばちゃん、パンダは?」

「パンダはいないよ」

朋子は声をひそめた。

「足をかまれたの、ほら」

はるみはパジャマの裾を引っぱりあげ、足をみせた。パジャマの上着の胸元にパンダの絵がぬいつけられている。

「ほら、これ」

朋子ははるみのパジャマの胸元を引っぱり、絵をみせた。

「夢をみたのよ」

「夢ね」

「はい、ねなさい」

「おやすみなさい」

「おやすみ」

グルイエール・チーズ(穴だらけ)

午後二時に待ち合わせ場所の八号線バラールの地下鉄(メトロ)の入口に着いた。小暮は先にきていた。朋子はかけよりながら、会釈をした。小暮はうなじも、もみあげも柔らかくウェーブしている黒い髪を無造作にかきあげた。広い額がみえた。髪型は十数日前と変わっていたが、澄んだ黒目はかげりがなかったし、朋子が子供の頃母から長生きの相だと聞いた大きいふくよかな耳たぶも変わらなかった。頬骨が少しでているが、やぼったい感じがしないのは顎の線が優しいせいかしら、と朋子は思った。口髭をはやしているせいか、細めの唇が大きくみえる。三十四歳だが四十歳にも二十五歳にも錯覚する。小暮はタブつきの大きな衿がついたスパニッシュコートのボタンをしめていなかった。ピンストライプ（ごく細い縦縞）のベストを着ていた。朋子は陰影のある格子《オンブレチエック》柄のセーターの上にトッパーコートをつけ、首にスカーフを巻き、クリニャンクールのノミの市で買ったイヤリングをしてきた。

「地下鉄のるの、初めてですか」と小暮が聞いた。

「はい、少し怖い気もします」

朋子はコートの衿をたてた。

「僕は好きです。パリの華麗な風景に精神を奪われなくてもすむのです。僕は時々ですがパリを見たくなくなるのです。地下鉄のほっとしている乗客も多いですよ。ほんの一瞬逃げられるのです。地下鉄の奥では様々な人間の様々な生存の影があらわになるのです。ああ、みんな、人間なんだなあと僕はつくづく思うんですよ」

地下通路の階段をおりた。切符自動販売機で切符を買った。自動改札機で改札をすませプラットフォームに出た。暖かかったがむっと臭うようだった。駅構内はアナウンスはなかった。しかし、花売りの声、ギターの音、タムタムの響き、フルートの調べが賑わっていた。

ネコ用食品やミネラル・ウォーターの巨大な広告が薄汚れた白タイルの壁に貼りつけられていた。巨大なアラン・ドロンが乗客たちにピストルをつきつけている。新作映画の宣伝だった。アラン・ドロンの下の壁に数人の浮浪者たちがもたれかかっていた。小暮たちと変わらないコートをつけ帽子をかぶっているが、全身が薄汚れている。朋子と同年ぐらいの男もいた。無精髭がまばらにはえ、コートは丈も袖も長すぎた。〈犬も私も食べるのがないから、お恵み下さい〉と書かれた小さいプラカードをかかげた老人と、犬が座っている。朋子はふと呵責がわいた。目をそらせた。

「僕も送金がなくなれば、プラカードを持たなければならないのかも知れません」

小暮が浮浪者たちを一蔑しながら言った。

「でも、御両親もお年を重ねますし、ずっと送金してもらうわけにはいかないでしょう……生意気ですけど」と朋子は言った。親からの送金を受けるというのは浮浪者たちに顔むけができないような気がした。

「親も投資と考えているんですよ。先行投資ですね」と小暮が言った。

「そんなんじゃないと思いますけど、親心としては……私、よく分からないんですけど……」

「投資の価値がないと判れば、すぐ打ち切りますよ」

電車がきた。朋子たちは乗った。二人は座った。電車はすぐ走り出した。

「どこに行きますか？　シテ島？」と小暮が聞いた。

「ノートルダム大聖堂がある島ですね」

「パリ発祥の地ですよ」

「でも観光客がいっぱいでしょう」

「それなら隣のサン・ルイ島はどうです？　ホテル・ローザンなど十七世紀の建造物もありますし、島に架かっている五つの橋の半円形のアーチがセーヌの川面に影を落とし、満月を形づくるんですよ」

「そこ、お願いします」

「……こんな所でも島にこだわるんですね、日本人ですね」と小暮が言った。朋子は曖昧にほほえんだ。

カラー画の広告が幾十もトンネルの暗闇に浮かび、すぐ飛び去った。

「もう怖くないでしょう」と小暮が聞いた。

「でも、まだ……」

「パリの地下はグルイエール・チーズなんです。穴だらけなんですね。地下墓地や下水道や採石場がくもの巣のように掘られていますよ」

「不気味なんですね」

「十九世紀の末、パリの美観を守るために、というのが端初です。ヴィクトル・ユーゴーも引っ張り出されたようですよ。だが、僕は人間はパリの美観から時々は逃げなければならないと思いますよ」

何ヶ所かの駅を過ぎた。だが、車内アナウンスはまだ一度もない。アルコール中毒の人間がふらついていた駅も過ぎた。青年や中年の男や女が白い壁に原色の大きな抽象画を描いていた駅も過ぎた。

「朋子さん、あの子たちをごらんなさい」

小暮はななめ向いの座席を顎で示した。七歳と十二歳ぐらいの厚い薄汚れたワンピースを着た、長い髪の少女が〈お金をお恵みください〉と書いた厚紙を片方ずつ握り、電車の振動にもほとんど動かずに立っていた。

プラカードをつきつけられた女性はU・S・A出身らしい赤茶けた髪の大学生だった。ブローチも安価なクリスタルだった。金持ちには見えなかった。目のまわりにそばかすがでていた。目をしょぼつかせ、眉をひそめ、首を横に振るのだが、少女たちはプラカードを女性の顔の真正面につきつけたまま、動かなかった。女性はしだいにうつむき、身を固くし、膝の上のバッグを強くにぎりしめた。少女たちは動く気配はなかった。

「やがて泣き出しますよ」と小暮が言った。

「車掌さん呼べないかしら」

朋子は小暮の横顔をのぞきこんだ。

「車掌がきても平気ですよ。……この電車はもしかすると全自動かも知れません」

「……」

「朋子さんも、これからも電車の中では座って下さいよ。立っているとすぐ囲まれますからね」

「でも……かわいそう……」

「おなかが空いたと泣くんです。とても演技とは思えませんよ」

「……女の子たち？」

朋子は若い女性が泣き出すと思っていた。

「ほらほら、始まった」

小暮は右手をのばし朋子の膝に触れた。年下の少女が左腕を目にあてた。だが、厚紙の文字はちゃんと女性に見えるように持っている。やがて、年上の少女も右腕を同じように目にあてた。年下の少女のすすりなく声が聞こえた。年上の少女もすすり泣いた。すると、年下の少女は急に泣き叫んだ。年上の少女も泣き叫んだ。だが、老若男女の乗客のほとんどが窓の外の闇や膝元を見つめている。

「どうしたらいいのかしら」

「金を出すか、無視しつづけるか、どっちかですよ」

小暮は何気ないふうに言った。

「私たちはどうするのですか」

何を聞いているのか、朋子自身、分からなかった。

「私たちには近づきません」

「どうして？」

「僕が血も涙もないような顔をしているからです」

「そんな……」

小暮の目は澄んでいる、と朋子は思う。

「日本人と中国人は目も唇も細いせいでしょう、冷血にみられるんです。朋子さんは沖縄の人だから別です……コルシカ島でもよくみかけますよ、朋子さんのような顔……」

「でも、私も日本人ですから……」

「ここでは、国籍以上に人種を気にするんです。アメリカ国籍やイギリス国籍でも黒人ならいやがります。あのジプシーはアラブ人ですよ」

朋子は若い女性を見た。彼女はバッグを少しあけ、素早く財布をとりだし、コインをつかみ、年上の少女に握らせた。年下の少女が手をさしだした。年下の少女は泣きやまず、動かなかった。女性は年下の少女にもコインを握らせた。二人の少女はすぐ泣きやみ、駆けていった。隅の座席に座っている痩せた中年の女の背中は丸く、頬かぶりをしている。少女たちはその女にコインを渡した。女は、首に下げている袋を胸元からたぐり、コインをしまい、少女たちの頬を軽くたたいた。少女たちは満足そうに、しかし、声をたてずに笑い、プラカードを誰にともなくつきつけながら、手をつないだまま、隣の車両に駆けていった。朋子は深い溜息をついた。早く電車を降りたかった。

「……私の兄も同じような目にあったそうです。友人と一緒だったそうですが、友人はすばしこかったから道路を先に横断したのですが、兄は車のとぎれるのを待っていたんですね。パリの石畳道路は車線もないですから渡りにくいですよね。そしたら、頭巾と長い服をまとった数人の女たちに、囲まれたそうです。女たちはすぐ兄の胸に手を入れたそうです。振り払っても手を入れるし、逃げても追ってきたそうです。兄はなぜか柔道がつかえなかったそうです。日本人は現金を持ち歩くから狙われるそうですね」

朋子は一気に言った。まだ胸の動悸がおさまらなかった。兄夫婦のアパートに帰りたかった。はるみは帰ってきたかしら。昨日はとうとう送り迎えの話を、早知子さんにきりだせなかった。

「その友人というのは私ですよ」

小暮の口髭の下の唇がほほえんだ。朋子は目をみひらいた。

「……ごめんなさい。兄は名前を言わなかったものですから」

「いいですよ、名前なんか、名誉な事件でもありませんでしたから」

電車は八区のコンコルド広場の下の駅を通り過ぎた。

「……あの、どこかカフェにでも入りませんか。サン・ルイ島はせっかくですけど次の機会に……」

朋子は思い切って言った。

「セーヌ河岸は寒いですからね。恋人たちは暖かい地下鉄の駅や乗り換えの地下通路でデートをしていますよ。次のマドレーヌ駅で降りましょう」

「すみません」

階段を上り、地上に出た。密集した石造りのビルディングがあらゆる方向から迫るように朋子は感じた。小暮はキオスクに寄り新聞を買い、コートのポケットにつっこんだ。この人はデートの時に黙ったまま新聞を読むのかしら。朋子は不安になった。どこまでも歩いてアパートに帰りたかった。

無数の石畳道や、聖堂やアパートの壁に淡黄色の石灰岩がはめこまれていた。沖縄では石は墓にしかはめこまないのに、と朋子は思った。

パーキングエリア（駐車区域）の近くのプロムナード（遊歩道）を横切った。垣根の小木も並木も大木も冬枯れしていた。ベンチの近くに数メートル高のモニュメント（記念碑）が建っている。何の記念かしら。朋子は思った。何年前、何十年前、いや何百年前にこの場所でどのような事件があったのかしら。恐怖？歓喜？　法悦？　朋子は白い石に刻まれている文字に近づかなかった。

「静かなカフェが近くにありますよ」と小暮が言った。朋子は頷いた。ほとんどが中古の車両だった。石畳の道だから傷みが早いのかしら。朋子は車道を横断しながら思った。警笛を鳴らされた。車道の中央のグリーンベルトの草木も冬枯れしていた。

カフェは婦人服仕立屋と楽器店にはさまれていた。仕切りのある席に座った。

「私はチューリッヒに勉学や仕事で行ったんじゃありません……パスカレットからしばらく逃げたかった

んです。同棲の相手です」

小暮はシガーケースをあけ、煙草を取り出し、火を点けた。

「このアンティークなオイルライターがチューリッヒの唯一の収穫です。あとは何もありません」

小暮はライターをさすった。「パスカレットは私を無能だと思っているんです」

「でも、同時通訳もおできになるのに……」と朋子は言った。ウェイターがきた。朋子はウィンナーコーヒー、小暮はカプチーノを注文した。

「そうそう、もう一つ収穫がありました。今のカプチーノです。知ってます?」

朋子は首を横に振った。

「イタリア風コーヒーの一種です。デミタスカップにあらかじめ砂糖を入れて、コーヒーを注いで、やや硬めの生クリームを浮かべて、シナモンの棒でかきまぜながら飲むんです」

朋子は頷いた。

「……親父から聞いた話ですけどね、親父の友人で、仮にKさんとしておきましょう。Kさんは今は大阪の一流ホテルのコック長ですが、若い頃、三十年も前ですが単身で渡仏、フランス料理のコックに夢を抱いたと考えて下さい。だが、Kさんがくるとフランス人のコックたちはキッチンの仕事をやめていなくなる、食事もやめていなくなる。Kさんは客が残したスープは一皿残さずなめたのです。ひもじかったのではありません。先輩コックの腕を習得しようとしたのです。だが、すぐ先輩コックたちは気づいたのですね。客が残した肉の切れ端にわざと大量の調味料を入れたり、スープの残りを洗い流したのです。いいですか、こんな話で?」

朋子は頷いた。小暮は足を組んだ。

「ある日、コック長が、Kさんに〈おまえ何か武術できるか。日本人だろう〉と聞いたのですね、コック長は武術の道場に通っていたのです。たまたまKさんは武術の心得があったのですね、〈できる〉と答えたわけです。翌日、二人は対戦する約束をし、見事にKさんが勝ったわけです。その日を境にコックたちはKさんを尊敬の目で見るようになったのです。……でも」

小暮は足を組みかえた。

「私はおかしいと思いますよ。Kさんはコック界の第一人者になりたかったのでしょう？　どうして武術なんかがでてこなければならないのです？」

朋子は何となく分かるような気がした。小さく頷いた。

「でしょう。一つだけでいいのです。残りは無能でもいいのです」

「……」

「あなたの兄さんは腕力が強い者を信じている。そうじゃない。力にはいろいろあります」

「……兄はずっと柔道をしてきました」

「それは論点が違います」

「生徒は自分の力が上だと感じると、人をバカにするそうです」

「フランスはそんな国です。でも、人間、みんなそうじゃないですか」

「兄は来春あたりには柔道の本を出す予定だそうです」

「本を出して、自分の評価を高めようとするのは、日本の学者も同じです」

ウィンナーコーヒーとカプチーノが運ばれてきた。小暮はウェイターにチップを渡した。

「早知子さんは再婚なんですね」

小暮はカプチーノに口をつけ、突然いった。有無を言わさぬ断定するような口調に朋子は頷いた。

「最初の夫は大量の本を読む薬品会社の営業マンだったそうですね。早知子さんは准看護師だったそうですね」

店の中は仕事帰りの客がふえだし、方々から話し声が聞こえた。ほとんど早口だった。朋子は何かを言いたかった。

「朋子さんはどのような結婚をするのでしょうね」と小暮は言った。髭の下の口元はひきしまっていたが、薄笑いをされたように朋子は錯覚した。

「誰も何回結婚してもおかしくはないのです」と小暮が言った。

「……高校二年生の時でした。仮名を使いますね。A子とB子と国際通りに面した、名城市のメインストリートですが、本屋の前で待ち合わせをしたんです。三人でボーリングに行く約束でした」

小暮は煙草に火を点けた。

「煙草吸いますね、どうぞ」

「家を出る直前に、どうしようもない急用ができ私、何度も電話でお願いしたんですが、本屋の店員はとりついでくれなかったんです」

「どこにもいますよ、男？　女？」

「若い女の人のようでした」

小暮は頷いた。

「A子とB子は、いらいらしながら私を待っていたそうですが、十何分か後に不意に赤いスポーツカーが止まったらしいんです。男が二人乗っていたそうです。ドライブに誘われたらしいんです」

「……」

「ドライブの後、男たちのアパートに連れ込まれ、車座になり、お酒を飲んだそうです」

「ちょっと待って下さい。この話は誰から聞いたんですか」

「B子からです」

「分かりました。それで」

「酔いつぶれたA子を、二人の男が寝室に抱いていったそうです。B子は驚き、台所の隅に逃げ、背中を丸め、両の立て膝をかかえ、震えていたそうです。……結局二人ともレイプされたんです」

小暮はカプチーノをゆっくり飲んだ。

「私が約束を破ったのがいけなかったんです」

「あなたが気をやむ必要はありません」

「………」

「そして、あなたが男性不信になる必要もありません」

「私は男性不信ではありません」

「私とも会ってくれますから、そうじゃないかも知れません」

朋子たちは黙った。数分後に黙ったままカフェを出た。腕時計を見た。五時四十分だった。黙ったまま横断歩道をわたり、冬枯れの街路樹にはさまれた石畳道を黙ったまま歩いた。外灯がともっていた。白い靄の中に暖かい色がにじんでいた。

「マロン・ショー、マロン・ショー」

小公園の入口の屋台から売り声が響いた。焼栗屋の二十歳前後の男だった。小暮が熱い焼栗を買った。

「コートのポケットに袋ごと入れてみて下さい」

朋子は言われた通りにした。

「手をつっこんで下さい。……ね、暖かいでしょう?」

朋子は頷き、小さく笑った。小暮は皮をむき、口に放り込みながら歩いた。セーヌ河畔から濃い靄がたちこめ、対岸の白っぽい建物群も、背後の空もぼけている。

見知らぬ男

小暮とデートをした日から数日たった。午後三時すぎだった。夕食を作り始めるには早かった。買い物の必要もなかった。今日も曇り空だった。兄夫婦のアパートの部屋はベランダつきの一つの窓しかなく、薄暗かった。小鳥のミスカーの籠が丸椅子にちょこんとのっている。電灯を点けようかしら。朋子は何度も思った。だが、立ち上がらなかった。もったいないような気がした。アパートのすべての部屋に暖房が配管されていた。暖かかった。外は気温が五度前後だが、朋子は薄手のブラウスを、はるみはローウエストの半袖のワンピースを着ていた。

朋子のアルバイトは今日は休みだった。アルバイト先の歌手のクレールから午前中に電話があった。クレールはスケジュールがふいにキャンセルになったのを嘆いてはいたが、一日休みがとれるのは滅多にない、娘とゆっくりできる、と笑った。

朋子と母ははるみを学校に迎えに行き、帰って来たばかりだった。母は帰ってくるなり部屋にも入らず、管理人のマダムとおしゃべりがしたいとエレベーターに乗り込んだ。二人ともお互いの言葉が分からないのにどのようにするのかしら。朋子はほほえんだ。

「はるみは小さい頃、〈邪魔だからどいて〉と言われたらすぐ大粒の涙をため泣いたんだって?」

朋子は理科の図鑑を見ているはるみの背中をさすりながら言った。

絨毯にひざまずいているはるみは顔を上げ、小さく笑ってごまかした。

「今は、何と言われたら泣くか、おばちゃん知っているよ」

「じゃあ、なに?」

「言ってもいいのかなぁ」

「知っていたら言って。知らないんでしょう?」

「ようし、じゃあ、言ってやる。〈バカ〉でしょう」

はるみは眉をひそめた。

「当たったかな、なぜ、知っているかと言ったらね、ママにもう何時だから帰りましょうと言われて、はるみはお友だちをふりきって帰ったのよね、その時、その友だちに〈バカ〉と言われ、悔しそうに、しくしく泣いたでしょ?」

はるみは図鑑に目をおとしたまま、小さく頷いた。

「〈バカ〉って言われたぐらいで泣いちゃだめよ。ほんとの馬鹿にならなければいいんだから」

「馬鹿はニコルちゃんよ」

「もうニコルちゃんも、もうはるみには馬鹿って言わないでしょう?」

「馬鹿って日本語でしょう。ニコルちゃんもよく意味が分からずに使ったのよ。だからニコルちゃん、お友だちにしてあげて」

「……考えとく」

「うん、良かった……はるみ、薄いカフェオレをつくろうか。二人で乾杯しようか」

はるみは目を輝かせ、立ち上がった。呼び鈴がなった。

「おばあちゃんかな、はるみ」

朋子は立ち上がった。「でも、今さっき、マダムのところに降りていったばかりなのにね」

はるみは駆け出し、朋子の前に出た。

「どちら様でしょうか」と朋子が聞いた。

「…………」

朋子は今度はフランス語で聞いた。

「アランと言います」

フランス語だった。はるみがドアを開けた。ドアチェーンがかかっていた。ドアチェーンをはずそうとするはるみの手を押さえ、朋子はドアの隙間から覗いた。三十四、五歳の顎髭が濃い男だった。頰はこけていたが、目は大きく、ぎらついていた。朋子は面識がなかった。

「はるみ、知ってる人?」

朋子ははるみに耳うちした。はるみは首を横に振りながら、ドアチェーンをはずそうとする。朋子ははるみのローウエストのワンピースのすそを引っぱった。はるみは朋子を後ろ足で蹴る。

「勝久の柔道の広告を見て来た。ビラも持っている」

男はドアチェーンをはずしてくれるよう、目で訴え、大振りのゼスチャーをする。

「勝久はいませんから、道場を訪ねて下さい」

「どこにあります?　道場は」

「そのビラに書いてありますから」

男はドアの隙間から白いラパン（うさぎ）のぬいぐるみを差し込もうとする。はるみは目を輝かせながら朋子を見た。

「受け取ってはいけない」と朋子は言った。男はしつこくラパンのぬいぐるみを差し込もうとする。

「どうぞ、どうぞ。ご遠慮なく」

男の声は言葉とは裏腹にいらだちはじめた。誰か廊下を通らないかしら、通ってちょうだい。朋子は願った。

「どうぞお帰り下さい。電話なさって、勝久がいる時においで下さい」

男はなおも、ドアのノブを強く引いた。金属の摩擦音が出た。警察に電話しようかしら。朋子は思った。

だが躊躇した。男はようやくあきらめた。

「あんたは親切じゃない」

男は朋子をにらんだ。まもなく、階段を下りる靴音がきこえた。

「……すぐ、開けちゃだめよ、はるみ、その辺りにいるかもしれないから」

朋子はドアを閉め、鍵をかけた。朋子は溜め息をつき、はるみを抱きかかえ、玄関にすわりこんだ。

「……恐かった……はるみ大丈夫?」

はるみは朋子の膝に抱かれたまま、朋子の目を見上げた。

「どうして開けようとしたの。馬みたいにおばちゃんの足を蹴って」

「ダン先生も顎髭をはやしているの。尊敬しているから。髭をはやしている人には悪い人はいないんだから。だから話したかったのに」

「そう……ダン先生って学校の先生?」

はるみは頷いた。

「でも、ダン先生ならいいけど、見ず知らずの人だったでしょう。そういう時は中に入れちゃだめよ」

「でも、尊敬しているのに」

「髭の人はみんなダン先生というわけじゃないでしょう」

「……」

「髭の人にも、いい人も、悪い人もいるんだからね」

「でも、髭をはやしている人はいい人よ」

「じゃあ、今の人も?」

「……分かんない」

「とにかく、いい、見知らぬ人を部屋に入れちゃだめよ。ね、パパがいる時にドアを開けるのよ、いい？」

はるみはまだ納得できないようだったが、頷いた。警察に電話しようか。朋子は躊躇した。……管理人のマダムはなぜあの男を入れたのかしら。母とのやりとりに夢中になって気がつかなかったのかしら。一応聞いてみるべきかも知れない。……いや、勝久兄さんに一部始終を話せば、気持ちはおちつくでしょう。朋子は自分に言い聞かせた。

電話がなった。電話器がいつもより濃い緑色、濁った色に見えた。さきほどの男かしら。やけにけたたましい電話の音だった。はるみが立ち上がり、居間の角の電話に駆け出した。

「はるみ、おばちゃんがとるから」

朋子は受話器を耳にあてた。

「……もしもし」

「近頃、どうして会ってくれないんだ」

伊藤だった。岡山県の桃園の長男ですとあの頃自己紹介されたが、朋子はまだよく知らなかった。朋子が三カ月通ったアリアンス・フランセーズ学校の同期生だった。伊藤も今はアリアンス・フランセーズ学校にほとんど出席していないようだった。

「……母が来たでしょう、忙しくなってしまったの」

「電話ぐらいはいいじゃないか」

「……」

「ま、いいけど、この電話は切らないでくれよ。ひさしぶりだから、少し長電話になるからね、そこに誰かいる？」

「はるみよ、ちょっと待ってね」

朋子は受話器をおき、電話台の傍らのロッキングチェアに身を揺らしているはるみの肩に触れた。

「はるみ、おばあちゃんの所に行ってくる？　おばちゃん、電話、長びきそうだから」

はるみは頷き、立ち上がり、靴をはいた。

「マダムの所よ、あ、ちょっとまってね」

朋子はドアチェーンをはずさずにドアを開け、ドアの向こう側のようすをうかがった。人影や人の気配はなかった。朋子は注意深くドアチェーンをはずし、少しドアを開け、顔を覗かした。誰もいなかった。

「じゃあ、はるみ、まっすぐマダムの所に行くのよ」

はるみはエレベーターのボタンを押した。

「はるみ、階段を下りて行って。いい、何かあったら大声を出すのよ」

はるみは階段を駆け降りた。朋子ははるみが消えた辺りをしばらくみまもった。はっと気づき慌ただしくドアの鍵を閉め、受話器をとった。

「ごめんなさい」

「どうしたんだ、息切れして」

「はるみをドアの外まで見送ったから」

「君も感じているんだね」

「何？」

「実際、パリのアパートは不気味だよ、ね」

「ほんとに。特に夜とか、一人の時は」

朋子は、伊藤にあの顎髭の男の話をしたかった。話すと気持ちがおちつくような気がした。だが、言いだせなかった。

「夜とか、一人の時は僕の所においでよ」

「ほんとね」

朋子は冗談ぽく笑った。

「真剣だよ」

伊藤の声はうわずった。朋子は黙った。

「お母さんが沖縄に帰られてからでいいからさ」

伊藤はすぐ快活をよそおった。

「でもね、僕のアパートも健康とは言えないんだ。おもしろいんだよ。僕のアパートの外壁にね、〈泥棒しやすいアパートだよ〉のマークがあるんだ。本物の泥棒が貼ったんだよ。よく見ないと分からない小さい淡いマークだけどね、僕はそのマークにはめざといんだ」

「……」

「なぜかと言ったらね、五日前にオートバイを盗まれたんだ。アパートの出入口のすぐ脇に停めてあったんだが……僕の部屋の窓からも見えるところなのにさ。隣りの部屋のエジプト人の男も一カ月前に盗まれたんだ。その時に、その男からマークの秘密は聞いていたのにさ。馬鹿げているって気にもとめなかったんだよ。それから、僕はどこに行くにもビデオを持ち歩いているよ。唯一の財産だからね」

「大変だったのね……私の兄は盗品を危うく買いかけたのよ」

「ほんとかい。オートバイじゃないだろうね」

「オートバイじゃないの。車のカセットデッキを盗み、売り歩いている人がいたのね。言葉づかいがていねいな、人が良さそうな中年の男性だったらしいけど……公園の柵の外側で駐車していた兄に、買いませんかってもちかけたのね。兄はあれでなかなか疑い深いから、まずは取り付けて使えるかどうか試してみたいなんて言ってね。その男性は何かおちつかないようすだったらしいけど、じゃあ別の客との約束があるから四十分後に来る、と言って足早に路地に消えたのね。それから、まもなく白い車が兄の車に横づけし、じっと兄たちを見ていたんだって。走り去ったかと思ったら、また引き返して見に来たんだって。それが警察だったのね。兄は見られていながら平気でカセットデッキを取り付けていたし、また、早知子さんやはるみも一緒だから、怪しまれなかったのね。でも白い車はずっと周りを巡回していたのね、きっと。その男性は一時間半たっても現れなかったんだって。兄は今もそのカセットデッキを聴いているのよ」

「君がこんなによくしゃべるとは思わなかったよ。これからは電話でもデートができそうだね」

「ほんとね。でも、はるみをみなくちゃ」

「君のお母さんがいるだろう」

「母は管理人のマダムに夢中なのよ」

私が今、冗舌になっているのはあの顎髭の男のせいかしら、と朋子はふと思った。

「お母さんは勝久さんが呼んだのかい」

「兄の手紙には朋子だけって書いてあったわ」

「朋ちゃんが連れて来たんじゃないよね」

「そうじゃないの。母はとても来たがっていたけど、姉、祐子というんだけど、祐子が母の世話をするって話がまとまったの」

「姉さんがしだいにいやがったのかい」

「何?」

「お母さんをさ」

「そうじゃないのよ、母がかってに飛んで来たの。長男と一緒に住まなきゃ罰があたるんだって。理由にもならない理由だけど……祐子たちの隣りに甥がいたけど、甥といっても祐子の夫の姉の子供だけど、母は何も買ってあげなかったのね。おばあちゃんはけちってよく言われたらしいの。でも、母はいつも、目的があるんだから、お金は必要なのよ、私はやがて、おとぎの国に行くんだからね、と言ったそうよ」

「おとぎの国じゃないよ……太陽もない国は。年寄りには不向きだよ。ますます年寄りに見えるよ」

「伊藤さんは母が来たこと、嫌？」

「朋ちゃんはデートしてくれないんだからね……冗談、冗談だよ。朋ちゃんのお母さんだもんな、朋ちゃんが嬉しいなら僕も嬉しいよ」

「母も、とても来たがっていたの……」

「だから、いいって、何も悪くはないよ……今日は寒いね、今、スチール製の小さい机に座っているんだけどね、肘がひんやりするよ……今日はデートは無理だね」

「ごめんなさい」

朋子は立ちっぱなしのまま電話をかけている。

「……向いのアパートにね、部屋に入るか入らないかの大きい犬がいるんだ。一匹だよ。朋ちゃんにも一度みせたいな。色は羊の毛のような灰色がかった白でね、耳が垂れているんだ。風呂に入れたり、ブラシをかけたり、全く人間なみだよ。人間以上かも知れない。だってね、飼い主の女の人は若いけど、あまり風呂には入らないらしいんだ。小さい犬もいるんだよ。ベーブに似ているけど、よく分からない。服も着ているんだ。その女の人、イブニングドレスを着ている時でもその小さい犬をしっかり抱くんだよ。顔中なめられても気持ち悪くないんだね。かえって女の人自身が犬の顔をなめるんだよ。犬が元気がないとしくしく泣くんだよ。アパートの玄関前に立ってさ、通行人に訴えるんだ。私の犬は病気です、ってね、どっちが病気だか分からないね」

伊藤は笑った。朋子は笑っていいのか、何を言えばいいのか、分からなかった。

「その女の人ね、他人の犬もかわいがるんだよ。一度なんかはアパートの前の歩道を歩いていた犬をね、何も言わずに抱きかかえてね、なかなか離さないものだから飼い主のばあさんと口喧嘩をしていたよ」

「大変ね」

「僕が来た三年前はね、上を向いては歩けないぐらい犬の糞だらけだったよ。公園も、歩道も広場もね。

実際なん度も踏んづけたよ。今はアルバイトだろうな、オートバイのりが街中を吸い取って回るから、ましになったがね」

「鳩の糞も大変なのよ。兄の車にくっついたの。水で流してもなかなか落ちなくて、母がサンドペーパーでこすったの。車が傷つくって兄にさんざん怒られたけど……」

「僕たちも、鳩や犬みたいに大切にされたいもんだね」

「伊藤さん……お金持ちなんでしょう」

「田舎からはたびたび国際電話がくるよ。もう親との約束の期限が一年過ぎてしまったからね。親もいらいらしている。でも、僕は今、パリに酔っているんだよ。いい酒の時も悪い酒の時もあるが、とにかく醒めないと話にならん。朋ちゃんが羨ましくなる時もあるよ。朋ちゃんのお母さんはパリに飛び出して来たんだからね。……でも身内が身近にくると、今度はスペインに逃げたいよ。映画をやりにね、正直な気持ち……」

「……」

「今日はデートは無理だね」

「すみません」

「じゃあ、久しぶりに絵コンテの教室に行ってくるよ。また電話するから今度は応じてくれよ……じゃあね」

伊藤はゆっくりと受話器をおいた。

ドゥスモー（ゆっくり）

靄だった。天気そのものが不透明だった。隅々の石畳道に冷気がしみこみ、表面が微かにしめっていた。

アパートの窓に明りがともっていた。窓だけが宙に浮いているようだった。老女がほうきを握りアパートの玄関前の敷石の歩道をはいていた。

「ボンジュール、マダム」とはるみが言った。

「ボンジュール、マドモアゼル」

老女は手を休め、はるみを見た。「元気でね、お嬢ちゃん」

はるみは頷いた。「おばあちゃんもお元気で」と朋子が言った。母は会釈をした。通り過ぎた。朋子は老女が朋子たちの後ろ姿を見つめているような気がした。

「……靄にかすんでいたけど、だいぶお年のようだったね」と朋子が言った。

「知らない人かい？」と母が言った。朋子は首を横に振り、はるみに聞いた。

「はるみ、知ってる？」

はるみは朋子を見上げ、やはり首を横に振った。自動車の音が聞こえる。自動車の形は見えないが、まもなく二つの淡い明りが見えた。自動車のライトだった。

高い外灯の電球のまわりには淡い橙色がにじんでいた。プラタナスの細い枝がぼうと浮かんでいた。薄暗かった。人影ははっきりしなかった。だが、通行人は多かった。不意にすれちがい、不意に脇を追いこされた。

母は一分でもアパートの部屋の中にじっとしているのをいやがった。母は沖縄ではよくとじこもりテレビを見た。今日の朝、出かけぎわ〈お母さん、寒いから部屋にいてね、私が送るから〉と朋子が言ったが、〈はるみと学校に行くのが、私は楽しんだよ〉とまっさきにエレベーターに乗り、管理人のマダムと朝の挨拶をかわした。

「こんなに靄が深いと、ひったくりがいるんじゃないかしらね、お母さん……お母さんのハンドバッグ大きすぎるのよ」

「これしかないんだからね。祝嶺市で使っていたもんだよ」

「目立つよ」

「平気だよ。ちり紙とハンカチぐらいしか入ってないから」

母の息も自動車の排気ガスも白く、はるみも小さい白い息をしている。朋子ははるみのマフラーをきれいに巻き直した。風はほとんどなく、コートの裾はひるがえらなかった。朋子はトッパーコートのポケットから手を出し、はるみの手を握った。とても冷たかった。

「おばあちゃんはいいね。また、お家帰って寝られるから」とはるみが言った。母は声を出して笑った。

「はるみ」と声がした。白い靄の中から子供が走り寄ってきた。ちぢれ毛を三つ編みにした黒人の女の子だった。お古のような地味なコートを着ていた。はるみより一回り大きく、一見おちついていた。

「おばちゃんとおばあちゃん」

はるみが二人を紹介した。黒人の女の子は「おはよう」と言った。たどたどしい日本語だった。照れくさそうに笑った。はるみと黒人の女の子は手をつなぎ、早足で歩きだした。

「はるみ」と朋子が後ろ姿に声をかけた。はるみたちは振り返った。

「アルジェリアのお友だちって、この子?」

「そうよ。エマよ」

「そう、仲良くしてね」

はるみは頷き、小さくステップをするように歩きだした。

「……早知子さんが言ってたはるみのお友だちよ。二回落第したんだって。でも、これは内緒ね」と朋子は母に言った。

「内緒といったって、はるみ、知ってるでしょ」

「とにかく内緒」

「すぐ、分かったよ、はるみより二歳は上だろうね」

靄にかすんでいる二人の後ろ姿をみながら母は言った。はるみはエマの顎ぐらいの身長しかなかった。

「雨の日にね、はるみは、あの子に、かっぱをかぶせたんだって。早知子さんが、〈どうして、はるみはかぶらないの〉って聞いたら、〈エマはかっぱがないから風邪ひいたらかわいそうだから〉って」

「優しい子だね、誰に似たんだろうね」

「もちろん、両親によ」

「そうかね」

「あの子、はるみとよく一緒に帰るらしいけど、あの子の母親は働いて迎えに来られないらしいの。だから、早知子さん、少し遠回りだけど、あの子の家の前を通って帰るそうよ。帰ると大きいおばあちゃんがいるらしいの」

「やさしいんだね」

「最初、あの子ね、とても人見知りをしたらしいの。で、はるみが早知子さんに〈今日、お菓子持ってってくね〉と言ったらしいの。早知子さんは言われた通りに用意したのね。登校の時よ。はるみはあの子にお菓子を分けてあげたのね。あの子は恥ずかしがりながら〈ありがとう、マダム〉と言ったって。それから早知子さんにもなついたのね、迎えの時、校門で早知子さんと視線が合うと、〈はるみぃ〉ってはるみを呼んできてくれるらしいのよ……今、八時二十五分ね、少し急ごう、お母さん」

朋子は母の手を引っぱった。

「ひとりで歩けるよ」

「大丈夫?」

朋子は手を離した。「太っているし、コートも分厚いから……息切れしない?」

「平気よ、ほら、速いでしょ」

母は足早に歩いた。肩が左右に揺れ、ぎこちなかった。

「明日からもう少し早めに出ましょうね。学校の門、八時四十五分には閉まるらしいの。遅刻した子は親と一緒に帰らなければならないんだって。少し前ね、早知子さん、残業で疲れて、朝寝坊したらしいの。遅刻したのね。早知子さん、〈この子の父親が病気で、この子は遅刻したんです〉って言ったらしいの。学校の管理人は聞き入れなかったけど、職員室の担任の先生に事情を話し、やっとはいれたらしいの」

「早知子さんも必死だったんだね」

学校の正門の前の横断歩道に初老の男が立っていた。子供たちを誘導していた。鳥打ち帽をかぶり、セーターを着て、マフラーを巻いていた。

「どこから」と初老の男が聞いた。しわがれたフランス語だった。ひどい訛があった。はるみが答えた。

遠慮がちのかわいい声だった。アクセントもイントネーションも正確だった。

「いい環境だね」と初老の男は口を開けずに笑った。はるみは頷いた。

学校の玄関は大きな二枚のガラスの観音開きのドアだった。ドアのすぐ脇の部屋に管理人はいた。

「じゃあ、はるみ頑張ってね」

朋子ははるみの肩に手をおいた。

「エマちゃんも頑張ってね」と朋子はエマの手を握った。

「さよなら、おばちゃん、おばあちゃん」とはるみはほほえみながら言った。

「さよなら、マダム」

エマも白い歯をみせた。

朋子は振り返った。はるみとエマが手をふっていた。朋子たちも手をふった。

「……お母さん、私、アルバイトだから迎えはよろしくね」

「いいよ」

「道覚えてる？」

「平気だよ。それより、朋ちゃん、あんた化粧しないの？」

「化粧すると、マダムですかって聞かれるの。ここのマダムは眉も頬も濃くぬっているでしょう」

「マダムと言われてもいいじゃないの」

「いい恋人はみつからないわ」

朋子はウィンクをした。母はまにうけた。

「朋ちゃん、あんた、沖縄に帰った方がいいんじゃない？　沖縄で結婚してから、また来たら」

「どうかしら」

朋子は笑ってごまかした。

「勝久が言ってたけど、ここは未婚の母がたくさんいるそうじゃないの。子供を産んだら、養育費は国からおりてくるから苦しくはないそうだけど」

「……」

「朋ちゃん、あんた、ほんとに大丈夫？」

「何？」

「未婚の母にならないでしょうね」

「なる人はどこにいてもなるわ」

「そんな言い方はないでしょう。外国じゃ誰も見てないから、気が緩むんだよ」

「はい、わかっています」

朋子は話を打ち切った。

朋子が母をアパートに送り届け、アルバイト先の十六区、クレーベール通りの路地に入った頃には、靄はすっかり薄れていた。今日も曇り空だった。

アルバイト先は高台にあった。いろいろな形、色の屋根が一面に広がっていた。だが、煙突はほとんど似ていた。何十本もの赤いレンガ造りの直方体の煙突が屹立していた。朋子はまた、犬と一緒に歩いている老女に出会った。六人目だった。どの老女も毛皮の帽子を被り、手袋をし、ネックレスをかけ、毛皮のコートを着ていた。色とか形はいずれも違っていたが、組み合わせのセンスがよく、朋子は小さく溜め息をついた。

朋子は歩きながら兄夫婦の部屋の真下に住んでいるダニエルお婆さんを思った。ダニエルお婆さんはいつも身なりがきれいだった。ダニエルお婆さんは毎朝、アパートの近くのブーランジュリー（パン屋）にパンを買いに行く。ほんとにわずかの距離だが、ダニエルお婆さんはおかしな身なりをしなかった。

ダニエルお婆さんがいきつけのブーランジュリーは小さかったが、焼きたてのパンしか売らなかった。パンは翌日には固くなった。ダニエルお婆さんは食べ残しのパンは鳩にあげた。ベランダにパンをおくと何羽もの鳩がきた。はるみは鳩の形や人形の形のパンがないから、ダニエルお婆さんのお気に入りのブーランジュリーには行きたがらなかった。

四時半に朋子は兄夫婦のアパートに帰った。エミール・ゾラ通りが家屋改修工事中だった。自動車が混んでいた。いつもより半時間ばかり遅れた。

玄関の呼び鈴を押した。母は声もかけず、確かめもせずに、すぐドアを開けた。

「ごめんなさい。遅くなって」

朋子はトッパーコートを脱ぎ、エプロンをかけた。台所から夕餉のにおいがした。母はじゃがいもと人参を煮ていた。

「カレーライスね、今晩は。お母さん、沖縄にいる時から十八番だったね」

「寒いからカレーが一番よ」

「はるみは？」

「キャロリーヌと遊びに出たよ」

「迎え、大丈夫だったのね」

「物覚えはいいんだからね」

「それからね、お母さん、ドアを開ける時はドアチェーンをかけたまま、誰なのか確かめてから開けるのよ。見知らぬ人だったら決して中に入れちゃだめよ。マダムを呼ぶのよ。いい?」

「そうする、悪い人もいるからね」

母はセーターの腕をまくった。肌におむかえぼくろがひろがっている。

「アルバイトって、どんなところ?」

「フランス人形みたいな女の赤ちゃんにミルクを与えるだけよ」

「そんな小さい子、大丈夫なの」

「大丈夫よ、赤ちゃんは一日中寝ているようなもんだから、ベビーベッドの脇のロッキングチェアで本を読んでいるのよ。優雅よ」

「母親は何してるの? そんな小さい子を見知らぬ日本人に預けて、心配じゃないのかね」

「歌手なのよ。とてもすてきよ。ボーイッシュな金髪でね、身長は一七〇センチもあるのよ。二十九歳だけど、いつもジーパンを着ているの。とても似合うのよ」

「女が女をそんなに誉めるもんじゃないよ……旦那さんは?」

「別居中よ」

「離婚するのかい」

「結婚はしていないの。だから、正確には、夫じゃなくて恋人ね」

「恋人なら別居するのがあたりまえでしょう」

「赤ちゃん、その男の人の子供なのよ」

「結婚もしないで赤ん坊ができたのかい」

「でも、二人はまもなく結婚するそうよ」

「それがあたりまえよ」

「でも、二人とも別の人となのよ」

「あんたが言っていることは分からんよ」

「お母さんは分からないでもいいです」

「アルバイト、別の口はないのかい」

「どうして？」

「どうしてって、まともな所じゃないよ」

「いい所よ。それとも、クリシー通りに立っている女の人のようにビキニやタイツの上に外套を着せたいの、お母さんは」

「何言っているんだね、この子は」

朋子は小さく笑った。

「でも、お母さん、勝久兄さんに見に連れて行ってもらったんでしょう。クリシー通りは何十台もの車がのろのろ動いているんだってね。女の人たちをじっくり見るためでしょう？　お母さんもよく見た？」

「おまえ、ほんとに興味が出たんじゃないだろうね」

母が真顔になった。

「どうかしらね。でも、真冬にビキニ姿だなんてかわいそうね。一度いってみたいわ」

「若い女が行く所じゃないよ」

「立っているのは若い女の人でしょう」

「あんたが言っていることは分からんよ」

「……この肉は臭わないから、お母さんも私も食べられるね」

「沖縄にいる時はポークの缶詰をよく入れたね」

「臭うから油で焼いたね……りんごも入れようか。おいしいよ」

「風味がでるだろうね」

朋子は冷蔵庫から小玉のりんごをとりだし、洗った。

はるみは母との約束どおり、五時に戻ってきた。五時少し過ぎに電話が鳴った。朋子が出た。勝久からだった。〈仕事で遅くなる。食事は外ですます〉と一言いい、電話を切った。母がぼやいた。

「せっかく、カレー作ったのに……あの子も沖縄にいた頃は大好きだったのよ」

早知子は朝、出かけぎわ朋子に〈今日は残業があるから、夕食は先にすませていて〉と言った。はるみがカレーライスをおかわりをした。母は喜んだ。

六時二十分、朋子が台所に立ち食器を洗っている時、早知子が帰ってきた。

「はるみは?」と早知子が聞いた。

「マダムの所に」と朋子は言った。

「お母さんも?」

「ええ……食事、カレーだけど、温める?」

「いいのよ、ルモ店の近くのレストランですんだから」

早知子はコートとマフラーを壁のハンガーにかけ、居間の卓袱台にほおづえをついた。

「朋子さん、台所は後にして、ここに座らない? 葡萄があるでしょう」

「洗いますね」

朋子は一房の葡萄を皿にのせ、卓袱台においた。はちきれそうな艶やかな薄えんじ色の実だった。朋子はティッシュペーパーをひきよせ、座った。

「……下のお婆さんね、冬になると毎年必ず、はるみのセーターかベストを編んでくれるのよ」と早知子が言った。

「プレゼント?」と朋子が聞いた。

「はるみが三歳の頃だったかしら。あの頃、はるみは部屋中を駆け回っていたの。床はフローリングでしょう。下のダニエルお婆さん、ほうきの柄でドンドンするのよ。天井高いでしょう。椅子に上がってね」

「ダニエルお婆さん、八十歳こすんでしょう」

「はるみは、しばらくはドゥスモー(ゆっくり)ドゥスモーってつま先で歩くんだけど、すぐ忘れてしまうのね。すると、まちがいなくほうきでドンドンよ」

「椅子から落ちたら大変ね」

「編物がとても得意よ。しだいに、はるみも部屋の中では駆け回らなくなったけど、まちがって音をたててもほうきでドンドンはされなくなったわ……編物をいただいてもう、三年ぐらいになるかしらね。私のは毛糸を持って行くと編んでくれるの。今年は朋子さんのも編んでもらおうか」

「お願いできるかしら」

「私が言っとくわ」

「お願いします」

「はるみは毛糸代も無料よ」

「いいお婆さんね」

「クリスマスにははるみと一緒にプレゼントを持って行くのよ。最初の頃、はるみは恐いお婆さんだからって尻込みしていたけど、あなたのためにママは叱られているのに、あなたが行かないでどうするのって無理矢理つれて行ったの。一度会うと、はるみもダニエルお婆さんが好きになったのね。進んでプレゼントを買いに行くようになったのよ」

「ダニエルお婆さん、一人暮らしなの」

「そうよ」

早知子はリサマート葡萄の皮をむいた。

「淋しくないかしら」

「毎日、編物をしているのよ、夏も春も」

「そう……」

「おもしろいこともあるのよ。この上には」

早知子は天井を見上げた。

「中年の夫婦が住んでいるの。夫婦喧嘩をするとね、奥さんは逃げるためにわざとパタパタ音をたてて駆け回るのよ。するとはるみね、ちらちら天井を見ていたんだけど、不意に立ち上がってね、〈黙ってはおれない、いって来る〉だって。それから居間を見回わし、テレビの後ろの壁に立てかけてあったほうきをつかんだのよ。〈どうするの〉って聞いたら、〈注意するの〉だって。それから、椅子をひっぱってきたの。椅子に登り天井をほうきでつっつこうとするけど、届かないの。それで、つま先を立てたら、椅子が動いて、バランスを崩したのね。私が抱きかかえて、ほうきをとりあげたの。するとはるみね〈黙ってはおれない、もっと長いほうきはない?〉って一人力むのよ。私が止めるとね、両手の拳をにぎってね、〈明日はいって来る〉ですって」

「頼もしいのね、はるみ」

「……はるみだけが生き甲斐のような気がするのよ。近頃は……」

早知子は皮をむいた葡萄をじっと見つめている。

「上の夫婦喧嘩はどうなるの、いつも」

朋子は話題をもどした。

「……同じ階の住人が止めるわ。それから、妻か夫がエレベーターで逃げるの」

「……」

「……私は逃げ回った覚えはないのよ。勝久は手は出さないし……でも殴られるよりも口で言われるのが痛い時もあるのよ。なにより、何日間も黙られると耐えられないのよ。思い切り殴られたい気もするのよ」

早知子は両の人さし指を突きさすようにこめかみをおさえた。

「殴られる理由はないんでしょう」と朋子が聞いた。

「あるのよ。私がルモ店を辞めないからよ」

「……」

「勝久は辞めなさいって何度もしつこく言ったわ。ここ何カ月かは一度も言わないけど……私、この部屋だけにとじこもりっぱなしだと気が変になりそうなの。パリでしょう。パリに出たいのよ。この部屋だけなら何のために沖縄から出てきたのよ。一人っ子なのよ、私。病気がちの親を残しているのよ。年老いているのよ。いつも気がかりなのよ」

「兄は早知子姉さんに楽な思いをさせたいんじゃや……」

「楽じゃないのよ、苦しいのよ」

「……」

「パリのショーウィンドーに飾りたくないのよ、私を。私が飾りものになるのが我慢できないのよ、勝久は」

「……」

「あなたやお母さんが来たから、どうのこうのじゃないけど、でも、身内なら勝久の気持ちが分かるでしょう。うらがえしてみたら、私の気持ちが分からないでしょう。それが辛いのよ、私は」

「私たちは早知子姉さんの気持ち……」

「いいのよ。でも、しだいに分かるようになってね……後片付け、手伝おうかしら」

「あ、いいですよ、休んでいて、もうほとんど済んでいるから」

ドアの開く音がした。朋子は玄関に出た。はるみと母が入ってきた。手をつないでいた。

「ママ、帰ってきたの？」とはるみが聞いた。朋子は頷いた。はるみは居間に駆けていった。

「ママ、お帰り」

「ただいま、はるみ」

早知子は立ちあがり、はるみを抱きしめた。

遊覧船

十二月十六日、日曜日の午後二時。朋子も伊藤も食事はすませてきた。レストランもある豪華なバトームッシュ社の遊覧船はよした。軽快なツールエッフェル社の遊覧船の乗船券を買った。半時間おきに出港した。まだ間があった。乗船券販売所の脇のベンチに朋子と伊藤は座った。伊藤は分厚い丸首のセーターを着こみ、マフラーを巻いていた。小柄な体の上半身が膨れあがっていた。

昨日の夕方、伊藤にセーヌ河遊覧の約束をした。夕食を作っている最中に電話を受けた。だから、長話はできず朋子は押しきられた。だが、朋子のアルバイトは休みだったし、ノルマの仏文講読は一段落ついていた。朋子は気分は楽だった。

朋子の横に座っている白髪の老婦人はまっすぐ前方の対岸を見続けている。顔は白粉をぬり、血の気がなかった。薄い唇に明るいオレンジレッドの口紅をひいていた。

「絶対に年とった独身男なんかと結婚するもんじゃなくてよ。彼らは自分の生き方を変える気は毛頭ないもの。いい。イサベル」

イサベルというオレンジレッドの薄い唇の老婦人に、隣のアイアンブルーのセーラー帽の老女が話しかけた。しかし、彼女はまだ前方を見つめている。

「あたし、年寄りの独身男と結婚してしまってね、ひどい目に遭ったわ。一人よがりでね、何もかもほったらかしだよ。かなわなかったわ。とうとう別れたってわけよ」

「……この人たちは、船を待っているんじゃないよ」

伊藤が言った。

「何を待っていると思う?」

朋子は首を横に振った。

「僕たちは悠久の歴史のセーヌの遊覧船を待っているのだが、この人たちが待っているのは、死、なんだね」

朋子は周りを見回した。数人の老人がいた。長すぎるか、短かすぎる筒のような外套を着ていた。古い軍隊帽を被っている老人と朋子は目があった。老人はベンチから立ち上がり、近づいて来た。老人は大きすぎる外套のポケットを探り、細かく折り畳んだ新聞の切り抜きをおもむろに取り出した。朋子は動揺した。切り抜きの小さい文字は読めなかった。「つまり、ある戦争に参加した勇士の証明というわけだよ」と伊藤が言った。老人はなおも切り抜きを開いたままつっ立っていたが、朋子たちがフランス語を読めないと思ったのか、丁寧にたたみ、ポケットに入れ、ベンチに戻った。

「毎日、入れ代わりたち代わり、たくさんの老人がやって来るよ。それからじっと座って待つんだ」

「そう」

朋子は老人たちから目を逸らせた。悪いような気がした。

「ああいう老人に一度話しかけたら」と伊藤はアイアンブルーのセーラ帽の老婦人に目線を流した。「毎日しゃべらなくちゃならなくなるんだね、だから無口が好きな老人は口をつぐむんだよ」

「みなさん、子供はいないのかしらね」

「子供は十八歳の成人になると独立さ。親を捨ててね」

「可哀想ね」

「でも、僕も同じだよ。捨てて来たんだ、つまりは。朋ちゃんのお母さんは朋ちゃんを追っかけて来たけどね」

「ほんと、図々しいね」と朋子は冗談ぽく言った。遊覧船に乗る前に暗い話をするのは気が滅入る。

「……僕の親は追っかけても来られないんだ」

「……でも、お金はあるんでしょう」

「金はあっても、どうしようもないことってあるもんだよ」

遊覧船の出発のアナウンスが流れた。朋子と伊藤は立ち上がった。

「以前は僕もね、あの老人たちと同じように船を待ってはいなかったよ。朝から夕方までずっと座ってね……何を待っていたんだろう……老人たちも不思議がっていたよ」

遊覧船はゆっくりとシテ島の左岸を離れた。しぶきはたたなかった。薄い緑色の水を静かに進んだ。ヌフ橋の下をくぐりぬけた。左岸に最高裁判所が迫った。サン・ミッシェル橋の向こう側にパリ警視庁が現れた。左手側にノートルダム大聖堂を見ながらトーヴル橋、シュリ橋を通り抜け、シテ島を一周し、西に下った。

乗客はほとんどが白人だった。フランス以外の外国人のようだった。黒い髪は朋子と伊藤だけだった。中年のカップルが多かった。まちがいなくカメラを持っていた。乗客たちは、お互いの顔を見るのも惜しんだ。美しい風景に向けシャッターを切るのが精一杯だった。

朋子たちの前の席に五、六人の小学生の女の子たちが座っている。一人残らず艶のある金髪だった。

「……綺麗な金髪ね」と朋子が言った。

「大人になると栗色に変わるよ」

伊藤は足を組んだ。

「ほんと」

「だから、金髪に染めるんだ」

「染めるの。じゃあ、お婆さんたちも……」

「そう……アメリカでは栗色や黒髪がもてはやされるようだけどね」

「じゃあ、アメリカのお婆さんたちは栗色や黒髪に染めるのかしら」

「……この間ね、僕の隣の部屋の男が白髪のガールフレンドの部屋に手製の火炎瓶を投げ込んで逮捕されたよ。毎晩ワイン瓶に灯油を入れるのが楽しみだったらしいよ。七十九歳の男なんだよ。振られた腹いせなんだね」

「大変ね……」

「配偶者が死んでも、セックスを諦めてしまう必要はないと考える老人も増えているらしいんだ。芸術の国でも芸術だけでは生きられないんだね」

伊藤さんは、暗にフランス語の翻訳に没頭している私を揶揄しているのかしら。朋子はふと思った。

「でもね、僕も、あの火炎瓶の老人のような情熱が欲しいよ。僕は軽口をたたくだけだから」

「薄っぺらじゃないわ」

「ありがとう……多くの老人はね、再婚しようとすると、子供や孫から強く反対されるんだね。だから密かに内縁関係を続ける方が無難だと思っているんだね」

母は大丈夫かしら。朋子はふと思った。子供や孫が大好きだし、でも、あんなに太っちょだし……朋子は伊藤に気づかれないようにほほえんだ。

「なに?」

「いえ、なにも」

「一度、一階上の部屋の老婦人に用事があったと考えてみたまえ。部屋に入ったらね、ベッドの枕の上に小さいヨークシャー・テリアのベーブがいるんだよ。〈犬は床で寝るもんだよ〉と僕は犬に言ったつもりだが、その老婦人ね、〈この犬は私が夫を亡くしてから、ずっとベッドで寝ているのよ。男性の変わりに犬を選んだの。感激でしょう。あなた、何か反論できます?〉だってさ」

「……」

「もちろん反論しなかったよ。犬の変わりにはなりたくないからね」

カルーゼル橋の右手にルーブル美術館が見えた。まもなく、チュイルリ公園の枯れ木の森があらわれた。

「朋ちゃんの初恋の話、聞きたいな」

「そうね……セーヌ河が緑色に澄んでるから話したくなるのね」

「僕の初恋はエッフェル塔に登った時に告白するね」

「私、人形を作るのが好きだったの。高校のバザーでいつも好評でね、一つ二百五十円から三百五十円だったけど、あっというまに売り切れたのよ。で、ね、A君、初恋の人よ、A君が……」

「本名を言ってもいいじゃないか」

「いつか、言える機会もあると思うけど、今は仮名ね」

伊藤は頷いた。

「A君の家は洋品店だったの。で、ね、高校三年のバザーの時に、私が軍手で作った人形を見てね、A君、〈材料費だすから僕の人形も作ってくれないか〉って頼むの。私、胸がどきどきしたわ。初めて声をかけられたの。その晩は夜遅くまで人形を作ったわ。翌日、学校でA君が一人になるのをずっと待ったの。

やっと階段の踊り場で素早く渡したわ」

「A君とは？」

「何でもなかったの、片思いよ……A君、高校を卒業後、すぐ京都の工芸専門学校に行ったのよ」

「僕の高校生の時は、訪ねる人も舞い込む手紙もなかったよ……今も同じだけど……」

「国際電話は？」

「……」

「じゃあね、さっきは自慢話だったから、今度は失敗談ね。高校二年の国語の時間に毎回一人ずつ教壇に上がって発表させられたの。〈夢〉というテーマだったけど、何分しゃべってもいいのね。中には国語の一時限をまるまる使う人もいたわ。で、ね、私は小さい頃の話をしたの。みんな、夢というと、理想とか願望とかを話したけど、私はほんとに寝た時にみる夢の話をしたの。〈火事になった夢〉の話よ。私のスカートに火が点いたから私は風呂場の水をスカートにかけたの」

コンコルド橋の右側にコンコルド広場のオベリスクが屹立し、左手側はブルボン宮が広がっている。朋子はセーヌ河遊覧船に乗るのは三度目だった。最初は、兄と早知子とはるみと乗った。二度目は母がパリに来た一カ月前、母と兄とはるみと乗った。

遊覧船の往復時間は約一時間だが、料金は十五フラン（四百五十円）だった。最初、乗った時安いなあ、と朋子は左右の河岸の夢の国のような風景を見ながら思った。

「綺麗ね、何度みても、何かが変わるようね」

朋子は小さく溜め息をついた。

「夜も乗った？」

「夜はまだ……」

「夜はね、船の上の数十個のライトがね、一斉にセーヌを照らすんだよ。それにさ、夜中十二時まではエッフェル塔もノートルダム大聖堂も凱旋門も下から強烈なライトで照らすだろう。闇に浮かびあがるんだよね、僕はよくこれは現実じゃないと思ってしまうよ」

ガラス張りの船内は暖房が効いている。だが、多くの乗客は船室の外に出ている。鼻の頭をまっ赤にしながらシャッターをきっている。くたびれた服装の乗客もいた。裏地は擦り切れているんじゃないかしら、と朋子は思った。

「日本ではみすぼらしい恰好の人をみんな振り返って見るでしょう」

朋子は伊藤の横顔を覗き込んだ。「パリは逆ね。素晴らしい恰好の人をみんな振り返って見るのね、つくづくそう思うの」

「朋ちゃんは、どんな恰好をしてもみんな振り返るよ」

「……」

「魅力がある人は恰好とは関係ないよ」

「……」

「朋ちゃんはなぜ、語学に打ち込んでいるの」

「高校の時の友人はみんな大学に進学したの……私、語学を修得しなければ高卒で終わっちゃうの」

「高卒でも問題ないと僕は思うよ」

「高卒がどうと言う訳じゃないけどね……私の気持ちの問題なの。兄は十年計画で語学を勉強しなさいって口癖のように言うのよ。あと十年、私、二十九歳になってしまうわ」

「……」

「母は語学に身を入れずに変なフランス人にくっついたら承知しないって、すごい見幕よ」

「十年てあっというまだよ」

「でも、私自身も、今結婚すると、後悔しそうなの。結婚はいつでもできるという訳じゃないし、どのような人にでも巡り会えるという訳でもないけど……本当の気持ちよ」

「……」

「私、夜、みんなが寝静まってから原書を翻訳しているけど、時々、上の空になるのよ。でも、出発の時、沖縄の友だちに祝福されたでしょう。重荷にもなってしまったけど、今、帰るといたたまれないのね。いっぱしのモノになりたいのね」

「翻訳の仕事がしたいのかい」

「翻訳か、通訳ね」

遊覧船は近代美術館を過ぎ、シャイヨ宮を過ぎ、イエナ橋をくぐった。エッフェル塔が迫った。やがてビルアケム橋とグルネル橋を結ぶようにセーヌ河の真ん中を一直線に伸びている〈白鳥の遊歩道〉の脇を滑るように進んだ。

「この遊歩道でね、兄は毎朝、ジョギングをしているのよ。柔道の道場に行く前に。並木に沿って走るんだって」

「……どうして兄さんと同居しているの。朋ちゃんだけで住めないの」

「沖縄にいた時ね、パリの兄からよく手紙を貰ったの。フランス人は洋服のセンスがいい、古い物を大切にする、落書きはしない、とかいろいろ聞かされたの。私は手紙が来るのがとても楽しみだったの。よく考えてみると、これといって羨望すべきものでもないけど……兄は、パリの良さを手紙に書いていた頃は、とても生活が苦しかったんだって。だけど、今、沖縄に帰ったら何にも残らないって歯をくいしばって頑張ったらしいの」

「兄さんはなぜパリに来たの?」

「仕事が終わってから道場に稽古に行ったのね。だから、私、まだ小学生だったけど、〈柔道で御飯が食べられたらいいね〉って兄に言ったの。それがきっかけになったとは思わないけど、まもなく兄は外国で道場を開きたいって言い出したの。家族は反対したけど、次第に現実になってきたのね」

朋子は過ぎ去る〈白鳥の遊歩道〉を見ながら、続けた。

「フィリピンが候補地にあがったの。ちょうど兄がいた道場の生徒にニューヨーク出身の商社マンがいたのね。で、二人でフィリピン視察に行ったの。だけど、柔道を習いたいというのは兵隊だけだったのね。兵役は期間があるから、少し上達したかと思うと、どんどん脱退していくし、発展性がないのね、それでフィリピンは諦めたの。すると、ニューヨーク出身の商社マンね、今度はニューヨークに行こうと言うの。兄は乗りかかったけど、家族が反対したのよ。ニューヨークはピストルを持たないと、生きてはいけないって。いくら強くてもピストルにはかなわないよ。パリではピストルがなくても暮らせるからね」と伊藤は言った。何かなげやりのようだった。

「ピストルにはかなわないいってね」

「パリは若い外国人の女でも平気で住めるからね」と伊藤は前方に広がる水を見つめながら言った。

「……でも、怖いめにもあったわ」

「怖いめに?」と伊藤は聞いた。水面をあいかわらず見ている。

「十八区のダウンタウンでリボンを買っての帰りだったの。夜八時頃でね、もう暗かったの。十一月に入っていたのね。あの辺りのアパートの部屋は大きいけど、部屋代は安いんだってね。雰囲気が悪いのね。私、早足で歩いていたけど、男に擦れ違いざま、胸を触られたの。外灯の明りが届かないアパートとアパートの狭い陰に待ちぶせていたのね。自分でもびっくりするぐらい大声を出したわ。男は大股で逃げて行くの。周囲を見回したけど、誰も出てこなかったわ。二十四、五歳のフランス人らしき人だったわ。逃げながら〈売女〉ってフランス語で叫んだんだから」

「もてない男の腹いせだよ。誰にも売女と言うんだ。気にしないでいいよ」

〈私が気にしているのは、胸に触られた事実よ〉と朋子は言いかけたが、よした。伊藤とのかみあわない会話が何か滑稽だった。だが、〈大変だったね〉の一言を言って欲しかった。

「その男ね、また追って来たのよ。壁に体をくっつけながら。隠れているつもりだったのね。でも子供でも気づくわ。私は落ち着け、落ち着けと自分に言い聞かせながらね、ビルの曲がり角までゆっくり歩いたの、そして曲がり角で一気に走ったわ、大通りに出て、タクシーを拾ってやっと助かったの。でも住居を知られたら大変だから、アパートの入口までは乗らなかったわ。アパートの周辺を見回しながら歩いたわ。男がいないのを確かめてから、入ったの」

「……朋ちゃんは魅力があるからね」

「兄は〈フランスでこんなにビクビクするくらいなら沖縄に帰ればいいじゃないか〉ってよく言うの。もう薄情なのよ、慰めもしないんだから」

「朋ちゃんは何て答えたの」

「勉強がしたいから帰らないって」

「勉強だけ?」

「いろんなこと知りたいわ」

「知りたいためにパリに来たの?」

「パリは夢だったのね。何かどうという訳じゃないけど……高校二年生の国語の時間の〈夢〉についての発表の時、私はきっと二、三秒パリも夢みたと思うの、そういう気がよくするの」

「ほんとに何がどうっていう訳じゃないんだよね。僕もそうなんだ。何かを期待するんだね。何かが判ってからパリに来るんじゃないんだね。来てから何かが判りたいんだね」

遊覧船は大きく旋回した。グルネル橋の下の自由の女神像が、朋子たちを見下ろしていた。

「ミラボー橋までは行かないのよね」

「ここで引き返すんだよ」

「次の橋がミラボー橋でしょう」

「朋ちゃんが住んでいる十五区だよ」

「……向こうね」

朋子は左岸を指した。今まで見え隠れしていた街角や裏通りが消え、超高層ビル群がつきでていた。

「あの、〈ニッコウ・ド・パリ〉ね、あの横の商店街のルモ店に早知子さんは働いているのよ」

「〈ニッコウ・ド・パリ〉は日本企業の経営だろう。ルモ店も経営は日本人かい」

「ううん、ユダヤ人よ」

遊覧船は貨物船を横目に進んだ。

「あの船の中で生活しているんだよ。犬も子供も一緒でね」と伊藤が言った。〈セーヌ河で暮らせるなんて素敵ね〉と、朋子は言えなかった。大変な生活だという気がした。

「……名前は忘れたけど、日本の作曲家がね、彼、この遊覧船上で開かれたフランス人ののど自慢の審査員だったの」

伊藤は小さく頷いた。

「マダムのアニーさんが入場券を三枚手に入れたのね。私とマダムとはるみ、三人で聞きに来たの。午前十時の開始予定だったけど、九時には着いたのね、それで船の中でコーヒーを飲みながら待っていたの。歌う子供たちやバンドマンも揃っていたけど、十時過ぎても客が集まらなかったのね。とうとう晩に変更になったの。私たちは夜は出かけなかったわ。ところでね、そののど自慢の一等賞は何だったと思う？」

「ダイヤモンドか何かかい」

「それがね、日本旅行だって、おもしろいでしょう」

「日本の何がいいのかね」

「……おもしろい話があるのよ。この間、私、母とはるみと地下鉄に乗ったの。買い物に行く途中で、荷物もなかったけど、乗ってみたかったのね。女三人で怖いような気もしたけど、昼間だし、女性の乗客も多かったから思いきったの。しばらくしたら、不意にはるみが私を〈ママ、ママ〉って呼ぶの。十何人もの乗客が見てるの。〈こんなに若い人がママ?〉っていう目でね、するとはるみはわざと〈ママ、ママ〉ってますます擦り寄ったのよ」

「子供を産んでもおかしくない年だよ、朋ちゃんも」

伊藤は柔らかい長髪を左手で撫でつけた。

「結婚は考えないのかい」

「まだね……」

「僕のお祖父さんは北支で戦ったんだ。有名な大将が落馬した時、助け起こして馬に乗せたのは僕のお祖父さんなんだ。僕も強くならなければ、といつも思っているよ」

朋子は何と言っていいのか分からなかった。

回想・盗難

日本の暦では冬至だった。外は寒かったが、部屋の中は暖かかった。午後五時半すぎ、ほぼ同時に勝久と早知子が帰って来た。久し振りに五人一緒に食事をした。勝久は大根の味噌汁を飲みながら、ワインも飲んだ。夕食後、朋子と母と早知子はお茶を飲みながら居間の卓袱台を囲んだ。午後八時すぎ、寝室から勝久が現れた。紺のナイトガウンを着け、左手にタベル・ロゼワインの瓶を握りしめている。勝久は朋子の傍らに座った。

「はるみ、ミスカーに餌やったかい」

勝久は机に向かい、ノートに絵を描いているはるみに聞いた。

「うん」

「おばあちゃんと隣の部屋でゲームしておいで。この間、プチパリで買ったおもしろいもんがあるだろう。おばあちゃんに見せてあげて。おばあちゃん、喜ぶよ」

「電子ゲーム?」

「そう」

はるみはすぐ机の脇の飾り棚を開き、電子ゲームを取り出し、祖母の手をひいた。祖母も、どっこいしょ、と声を出し、立ち上がった。

「……ワインで酔うと冴えるよ。何もかもすらすら出てくる予感がする」と勝久が言った。夫婦だけの話がしたいんだわ、と感じた朋子は茶碗とシフォン(布巾)を持ち、立ち上がった。

「朋子はここに居なさい」と勝久が語調を強めた。「いいか、俺の話の途中にお袋やはるみが来たら隣の部屋に追いやってくれよ。声をたてずにな。モーテルに入ったところから話し始めるからな」

朋子は深刻な話になるような気がし、とまどったが、頷いた。勝久は向かいに座っている早知子を見た。

「俺がしゃべっている間、口をはさまないでくれよ。口をはさまれると、後先が分からなくなるからな」

早知子は頷き、小さい籠を引き寄せた。毛糸と編み棒が入っている。

勝久はワインを飲みながら話し始めた。


まだ夜明け前だ。俺はモーテルに入ったのは初めてだった。顔が強張っていた。何もかもぎこちなかった。早知子は次第に不満を顔に隠さなくなった。

「どうして、こんな所に来たのかしら」と早知子が顔を上げずに言った。

「君に一人ぼっちの仕事は無理だよ」

俺はグラスのワインを一気に飲んだ。

「あなたが淡々としているのは、私が嫌いになったか、ほかに恋人ができたか、どっちかだわ。いえ、二つは一緒のことね。でも、どっちが先かしらね」

「初めてだから、落ち着かないだけだよ」

「誰？」

「……俺」

「いつから、私に嘘をつくようになったのかしら」

「どうしてそんなことを言うんだ」

「あなたは変わったわ」

「君も変わったんだ」

「もう、お別れよ」

しかし、早知子は立ち上がる素振りはなかった。

「じゃあ、帰ったらいい」

「帰るわよ」

送ってやるよ、と口に出かかった。おさえた。しばらくしたら、早知子は知らん振りをし、俺の脇にもぐり込んでくるだろう。俺はベッドのシーツを頭からかぶった。

何分たっただろうか。エンジンをかける音が聞こえた。俺は思わず身を起こした。だが、声を出すのを躊躇した。アクセルを吹かしている音は長かった。発車する音に変わった。こころなしか排気ガスの臭いが流れ込んできた。

早知子は五分もすれば戻って来る。俺は信じた。だが、半時間過ぎても戻って来なかった。一時間待った。もう待つのはいたたまれなかった。俺は芭蕉や藤の花の間を通り抜け、モーテルの裏門から松林に囲まれた小道に出た。まだ薄暗かった。

会社には午後から出勤した。昼飯も食べなかった。欲しくなかった。午前中、家のベッドに寝ころんでいたが寝つけなかった。いてもたってもいられなかった。振られたという気はなかった。早知子は俺と絆を切れるはずはないんだ。だから、俺の車を盗んで行ったんだ。

四時過ぎに電話がかかってきた。向いに座っている高校を卒業したばかりの痩せた庶務係が、電話よ、と呟いた。口はほとんど動かさず、目は俺を睨んでいる。顔色は病的な青白さだ。なんで俺がこの女と浮気をしなければならないんだ。俺は女子社員から目を逸らし、受話器を取った。

「かわりました」

「私です」

「……」

「……車を盗まれたの、あなたの」

「俺の？」

「あなたのよ」

車が盗まれても衝撃はなかった。購入後十年近くは経っていた。

「むしゃくしゃしていたのね、私」

「……俺の車を誰が持って行ったんだ」

「誰か分からないから盗難よ。分かっていたら貸借」

早知子の語尾は間延びがする。可愛い抑揚があった。俺は思わずほほえんだ。

「一緒に探してくれる？」

「どこを」と俺は言った。皮肉に聞こえなかったか、気がとがめた。

「近くよ、ガソリンが殆ど残っていなかったから」

「どこで盗まれたんだい」

「喫茶店よ、雑木林の中にあるのよ、案内するわ」

「友人たちにも頼んでおくよ」

「……あなたを疑って悪かったわ」

赤い軽自動車に乗った早知子は待ち合わせの書店前に来た。俺は運転席のドアを外から開けた。

「運転するよ、そばにゆっくり座れよ」

「いいの？」

俺は頷いた。俺は乗用車を発進させた。

「車が盗まれなかったら、一人でどこに行くつもりだったんだ」

早知子は驚いたように俺を見たが、すぐ、うつむいた。

「……俺のアパートだろ」

早知子はうつむいたまま、小さく頷いた。

「気にするなよ……どうせ、スクラップ屋に売ろうと思っていたんだ。若い車も多いのに、わざわざ十年選手を持って行くなんて、お気の毒だね」

「……私は鍵をつけたままにしておいたのよ」

「忘れたのかい」

早知子は首を振った。

「……もし、盗まれたら、歩いて帰ろうと思って」

「……」

「暗い道を歩きたかったの」

「一人で暗い道を歩いたらいけないよ」

盗まれた車を探しに行く。思わず口笛を吹きたくなった。幼い頃を思い出す。台風の去った翌朝は友だちと村中の溝にまたがりながら歩いた。どうしたわけか、ビー玉がいくつも透き通った水の底に沈んでいた。俺は乗用車を郵便局前の電話ボックスの脇に止めた。

「みんな、伊波の家に電話するようにしているんだ。捜査本部というわけだね」

俺は電話ボックスの中から、早知子を見た。早知子は乗用車の窓から顔を覗かせ、心配そうに俺を見ていた。俺が乗用車に近づくと、早知子は目を逸らした。淋し気な目だ。早知子の罪は許そうと思った。

「見つかったよ」

早知子の目が微かに輝いた。

「……よかった」

晩春の宵だった。靄が垂れこめていた。風がそよとも吹かず、生暖かい大気が茄子やニラの畑や雑草の野原に溜まっていた。

乗用車のボンネットはススキの藪に突っ込んでいた。白いボディに赤く「死者の霊」と大書されていた。

「私じゃないわ」

早知子の声は上ずっていた。

「……分かっているよ」

俺は早知子を見なかった。

「ほんとよ、私じゃない」

俺は頷いた。

「今、一瞬疑ったわ。疑いの目だったわ」

「今日の明け方もこんなふうに喧嘩したんだ」

「信じて」

疑ってはいけないと俺は自分に言い聞かせた。疑いは疑いを生む。俺が信じたら、早知子も変わる。俺は早知子を見た。早知子の目は少し見開いている。

「君はこんなに字がうまくはないさ」

早知子は俺の右腕を抱え込んだ。俺は左手をのばし、早知子の黒い髪を撫でた。単調な事務の仕事に飽きていたのは事実だ。強烈なものが欲しかった。銀行強盗とか、女の放火とか。恋人でさえ刺激にならなかった。それが、廃車寸前の自家用車に落書きされただけなのに気持ちが揺れ動くとはどういう訳だ。事が起こらないのも我慢できず、事が起きるのも恐ろしいというのはどういう訳だ。重大な事が起きる恐ろしさに比べれば、単調な生活はまだ我慢できる。

この早知子と結婚してもいいような気がする。ふと、職場の女子社員の青ざめた顔が浮かんだ。まさか、あの女じゃあるまいな。早知子は夜中の二時から三時の間に盗まれたと言った。あんな時間にあの女が雑木林の中の車を盗むはずはないじゃないか。彼女はバス通勤しているんだ。だが、車の運転はできるかも知れない。疑ってはいけない。女が一番美しい時期に、誰にも振り向かれない可哀相な人なんだ。車に悪戯書きをする人間は世の中には幾人もいる。犯人は俺が知らない者だ。

俺の車だから悪戯書きをしたんじゃないんだ。白い車だからだ。若い女の柔らかい肌を強く咬みたいようなものだ。俺は早知子の手を取り、車の脇にしゃがみこみ、スポーツコートのポケットからボールペンを取り出し、「死者の霊」の前に「疑いは」と書き足した。


勝久は話し疲れたのか、ワインの酔いが回ったのか、黙りこくった。早知子はうつむいたまま、編み棒を動かしている。母とはるみのいる隣の部屋からまだ、ピーッ、ピーッという音が聞こえる。早知子が顔を上げ、朋子を見た。

「もう過ぎ去ったのよ。いいものでも悪いものでもどうしようもないのよ。……どのような力の持ち主でも、一時間前の時間さえ引きもどせないのよ」

「……俺は何かを言ってくれとは言ってないよ」と勝久は目を閉じたまま言った。

「……話さなくてもよかったのに」

「君は立ち上がろうとはしなかっただろう、一度も」

勝久は目を開けた。

「あなたは朋子さんに話したの？」

「自分自身にだよ。話さないと永久に忘れてしまいそうだからね」

三人はまた黙った。隣の部屋からピーッ、ピーッという音がまだ聞こえる。早知子は編み物籠を持ち、立ち上がった。

「朋子さん、あなたのお兄さんは、恭子……高校の同級生よ……に気があったのかしらね」

「……」

「でも、そう言うと、君は修一……やはり高校の同級生よ……に気があったんじゃないか、って言われるわね」

早知子は寝室に入った。勝久は腕を組み、板壁にもたれ、目を閉じた。「……少しは胸のつかえがおりたかも知れない」と勝久は目を閉じたまま呟いた。

「もう眠って……明日、白鳥の遊歩道で早朝トレーニングがあるんでしょ。……眠れる？」

「ぐっすりさ」

「酔っぱらった？」

「気持ちよく。とてもいい酒だったよ」

勝久は板壁に体をもたせかけ、ゆっくり立ち上がり、ふらつきながら寝室に入った。寝室から物音はしなかった。電子ゲームの音が消えた。〈ずっと、さっきからはるみはゲームに飽きていたのでしょう。パパやママの膝元に行きたがっていたはるみを母が止めていたのでしょう〉と朋子は思った。母とはるみが出て来た。

「ママは?」とはるみは大きい電子ゲームを抱えたまま、朋子に聞いた。

「ママもパパも寝室よ。はるみももう寝ましょうね」

朋子は立ち上がり、はるみの髪を撫でた。

「……はるみ、今日はパパとママと一緒に寝る?」と朋子は聞いた。はるみはしばらく迷った。

「おばちゃん、淋しくない?」

はるみは朋子を見上げた。

「淋しいけど、パパやママも淋しいよ、はるみがいつもおばちゃんとおばあちゃんの間に寝ると」

「うん、じゃあ、お休み」

「お休みなさい」

はるみはベビータンスからパジャマを取り出し、寝室に入った。

「……お母さん、聞いていたんでしょう?」

朋子は母を見た。

「勝久の昔話ね……」

母はお茶を飲んだ。

「昔を懐かしがったのね、勝久兄さん」

「昔は懐かしいもんだよ。私たちの昔は戦争だったけど、でも、不思議と懐かしいもんだよ」

「お茶、入れようか、お母さん」

「ありがとう。……でも、もう寝ようよ、ね」

朋子は頷いた。だが、母と何時間でも話がしたかった。

クリスマスイヴ

クリスマスイヴの日だった。数日前、はるみは小さい封筒を開け、中の紙を朋子に見せた。ナタリーからのクリスマスイヴの招待状だった。ナタリー本人の稚拙なスペルの脇にピノキオに似た木彫り人形の絵が書き添えられていた。上手な絵だった。時間は午後二時から四時、場所は近くのエミールゾラ通りだった。〈おばちゃんも一緒に行って〉とせがまれたが、朋子は〈ママと一緒に行ってね〉とかわした。だがはるみがナタリーにプレゼントする手作り人形を朋子が手伝う約束をした。パリの大概の家庭は子供に現金は与えなかった。

朋子はしばらく手作り人形の協力を渋った。すると、はるみは恨めしそうな目をしながら〈私、朋子おばちゃんにプレゼントするために貯金箱を割ってしまったのよ〉と言った。

朋子は綿を詰めた女の子の人形を作った。やっと午前二時前にできあがった。午後四時、朋子はエミールゾラ通りの古びたアパートの玄関口に立ち、はるみを迎えた。ナタリーも一緒に出て来た。朋子はナタリーに礼を言い、はるみは何度も振り返りながら、佇んでいるナタリーに手を振った。

「楽しかった?」と朋子は聞いた。はるみは頷き、スキップするように歩いた。頰が赤味がかっている。急に寒い外に出たせいではない、と朋子は感じた。

「プレゼントどうだった?」と朋子は聞いた。

「良かった。ナタリー、一番喜んでいた。エマちゃんの人形が一番よ」

「良かったね」

朋子ははるみと手をつないだ。

「また作ってね、朋子おばちゃん」

「うん、一緒に作ろうね」

「一月二十二日、フランソワーズちゃんの誕生日なの、私の今日のプレゼント欲しがっていたの」

「慌てて作ったんだけど、良かったね。おばちゃんの腕もパリで通用するのね」

「通用？」

「上手ということ」

風はなかった。だが、底冷えがした。セーヌの河畔は靄っていた。重たげな曇り空が夜、雪に変わるかも知れないと朋子は思った。パリ市内には滅多に雪は降らないというが、雪を朋子は想像した。降りしきる雪、真っ白い雪。エッフェル塔。エッフェル塔のてっぺんに、ノートルダム大聖堂の屋根に、モンマルトルの丘に、サンルイ島に、ミラボー橋に、モンパルナス墓地に降りに降り、積もりに積もる雪。セーヌ河の水面に浮かぶ雪塊に、降り続く雪がまた積もり、積もりながら流れる。穴や溝や汚れた一切のものを白一色に染め、また埋め、音を消し、けばだった色を脱色し、傲慢な人間をひとおもいに縮み込ませ、雪が降る。音もなく降り積もる雪の重さを世界中の人間が切実に感じる。

朋子は昨日、アルバイトの帰り、遠まわりだったが、シャンゼリゼ通りを通った。何キロも続くプラタナスの冬枯れした並木に電線がはりめぐらされていた。電線は木の枝に複雑に絡みつき、枯木の実のように無数の小さい電球がぶら下がっていた。夜は一面みわたすかぎりキラキラと光り、地上におりてきた星と錯覚するかも知れないと朋子は思った。枯木に雪が積もり、雪の間から無数の星が顔を覗かせ、雪が輝き……。

「サンタクロースは煙突から入るの？」

はるみが朋子の顔を覗き込んだ。

「そうよ」

「はるみの家、煙突ないの」

「大丈夫よ。窓からも玄関からも入るのよ」

「ほんと、良かった」

はるみは左手で胸を押さえた。変に大人びていた。

「何時に来るの？」とはるみは聞いた。

「夜中よ」

「はるみ、起きとく」

「起きていちゃ、駄目よ。みんなが寝静まってから来るのよ」

「子供が？」

「大人もよ。おばちゃんも、パパもママも、おばあちゃんも、みんな寝静まってからよ」

「うん、じゃあ、はるみ早く寝る。おばちゃんたちも早く寝てね」

朋子は微笑みながら頷いた。

アパートに着いた。母と早知子はクリスマスケーキを作っていた。はるみは早知子のエプロンの裾を引っぱった。

「ママ、一緒に下のダニエルお婆ちゃんのとこ、行こう」

「ママは、ほら、クリームだらけでしょ。ケーキ食べてから行こうね」

「駄目、ダニエルお婆ちゃん欲しがっているから、今すぐ」

「みんなでイヴの蠟燭を灯してからね」

「いや、ダニエルお婆ちゃん眠ってしまう」

「お婆ちゃんも今、ママと同じようにケーキを作っているのよ。ドアを開けられないのよ。ママは忘れませんからね。ママが行くって言うまで待ってね。まだ夜にもならないのにどうして眠ってしまうの」と朋子は少し強く言った。

「じゃあ、早くしてよ」

はるみは机に向い、本を読み始めた。朋子はコートを脱ぎ、エプロンをかけ、七面鳥料理を手伝った。

「フランスの男たちは外で飲んで騒ぐんじゃやないかい」と母が生クリームを塗りながら言った。

「パリにはホステスがいるキャバレーなんてないんですよ」と早知子がオーブンを開けながら言った。

「じゃあ、男は淋しいんじゃないかね」

「淋しくはありませんよ。家族でレストランに行ったり、家に招待しあうんですよ」

「でも、勝久はほとんど招待しないでしょう。逆に言うと招待もされないんじゃ？」

「招待されていますけど」と早知子は言いきった。「私は一緒じゃないですけど」

「一人者は大変だね。淋しくて」と母が言った。「キャバレーがないなら浮気なんかもないんじゃないの」

「どんなもんですかね。キャバレーがあってもなくても人妻と浮気をする人はいますから」

十二月のパリの交通渋滞はひどかった。〈郊外の高級住宅の年輩のブルジョアマダムたちがマイカーをくりだし、市内のショッピングセンターにやって来るからだ〉と勝久が言っていた。

だが、クリスマスが近づくと、パリも妙に静かになった。パリには企業ぐるみのお歳暮のシステムも、年末ボーナスの習慣もほとんどなかった。メインストリートにもクリスマスソングは流れず、サンドイッチマンもいなかった。街頭での音の宣伝も、デパートの屋外クリスマス・デコレーションのカラー電球使用も禁止されていた。

だが、やはり、静かな賑やかさが漂っていた。凡ての店の装いにも、凡ての商品にもなんとなく飾りが目立った。ふだんなら、無造作に並んでいるロースト用の鶏も肝臓を綺麗な花弁形に切られていた。クリスマスケーキもふだんとはちがい、薪の形のケーキにきのこや小人を型どった菓子が飾りつけられたビュッシュ・ド・ノエルだった。大小さまざまのビュッシュ・ド・ノエルが店先に並んでいた。

古くからフランスの農家ではノエルの夜に三日間燃やし続けられるような大きな薪を暖炉にくべ、一家が団欒する風習があった。薪は家庭のクリスマス・デコレーションの象徴だった。薪を使用しない都会にこの風習を残したい、という願望がビュッシュ・ド・ノエルをクリスマスに食べる習慣を生んだ――と、数日前、マダムが朋子に話した。イヴの夜、軽く夕食をすませ、教会の深夜ミサに出かけ、帰宅後、深夜の食事を囲む。フォアグラやキャビアのご馳走、年代ものの葡萄酒やシャンパンをひろげ、集まった祖父母、父母、子供、孫という三世代、四世代の一族がクリスマスを祝う――ともマダムは話していた。

六時過ぎには一通りのクリスマス料理ができあがった。五人は居間のテーブルを囲んだ。テーブルの真ん中に立っている卓上クリスマスツリーは去年、勝久がノミの市から買ってきた。真っ白いスイス製の樅の木に赤や青の豆電球が点滅している。

「ホワイトクリスマスじゃないのね」と朋子は向いの早知子に言った。

「……パリ市内にはほとんど雪は降らないのよ」

「あのシャンゼリゼ通りの巨大な枯木並木に雪が降り積もったら綺麗でしょうね。白い雪に暖かい電球の光がきっと星のようにきらめくわ」と朋子は卓上のクリスマスツリーを見ながら言った。

「キリストが生まれたベツレヘムは雪が降らないんだろう」と勝久が雑誌の頁をめくりながら言った。

「でも、いつもクリスマスツリーには白い雪がかかっているのよ、ね、はるみ」

「そうよ、パパ」とはるみは言った。朋子は自分が大人気ないと思った。だが、初めての外国のクリスマスイヴだった。胸が騒いだ。

「朋子さんは今夜は雪の夢をみるわね」と早知子が言った。

「どんな夢かしら」

朋子は小さく微笑んだ。

「きっと橇に乗った素敵なナイトが現れるわよ」

「鈴を鳴らしてね。でも、私の前を素通りするんじゃないかしら」

「橇には小暮か、伊藤が乗っているのか」と勝久がお茶を飲みながら皮肉った。

「現実に戻しちゃ、駄目。年に一度の聖夜の夢なのよ」

朋子は兄を睨んだ。

「小暮や伊藤はナイトの資格がないというわけだな、俺は同感だ」

「ストーブの上に水おくね」

早知子は手で頬を撫でながら立ち上がった。「肌が乾燥している。喉も痛いわ」

台所に入っていた早知子が「朋子さん」と呼んだ。朋子は台所に入った。

「ね、伊藤さんや小暮さん、呼んだら？　私たちに気兼ねしなくてもいいのよ」

早知子はペットボトルの水をポットに入れた。

「今日は家族だけで静かに過ごしたいんだけど……」と朋子は言った。

「そう、家には呼びたくはないのね」

「外が気が楽だから」

「ママ」

はるみが入ってきた。

「はるみ、約束でしょ。覚えていますよ」と早知子はすぐ言った。「朋子さん、悪いけど、はるみのプレゼントを下のダニエルお婆さんに届けてもらえる？　はるみ、朋子おばさんとならいいでしょう？」

はるみは、朋子の手を引いた。

朋子ははるみの髪を撫でた。はるみはプレゼントのプチ・ショコラ（小さいチョコレート）の箱を小脇に抱え、朋子と手をつなぎ、階段を下りた。

「はるみ、小さい時は部屋をバタバタ走ってダニエルお婆ちゃんに叱られたってね。でも、今日ははるみの心からのプレゼントだから、ダニエルお婆ちゃんとても喜ぶわ」

はるみは嬉しそうに笑いながらダニエルの部屋のドアをノックした。返事がなかった。朋子がノックした。金属製のドアのノックの音は廊下の石壁や板の天井に微妙に反響した。数回、ノックをした。

「留守かしらね」と朋子は言った。はるみはノブを回した。ドアは開いた。

「いるよ」と言いながらはるみは中に入った。

朋子は半開きのドアから顔を覗かせ中を窺った。

「はるみ、お婆ちゃんのお家に無断で入っちゃや駄目でしょ」

はるみの足音や物音がしない。

「はるみ、また来ましょう。お婆ちゃん、おでかけよ」

「お婆ちゃん、いるよ」

はるみの声は心なしか震えている。

「……お婆さん、ダニエルさん」と朋子はドアを押し、上半身を入れ、声を強めた。返事がなかった。

「はるみ」

朋子の声が少しうわずった。

「お婆ちゃん、寝ている」

「じゃあ、いらっしゃい」

朋子は声を潜めた。奥の部屋からはるみの小さい姿が現れた。両手をだらりと下げ、目が見開いている。

「ドゥスモーよ」と朋子は人さし指を唇にあてた。はるみは二、三歩朋子に近づいたが、立ち止まった。

「でも、ダニエルお婆ちゃん、おかしいのよ」

朋子は血の気がすうっと引いた。慌ただしく中に入った。足の力が抜けた。ダニエルは背中を曲げ、横向きに寝ていた。少し毛布がめくれていた。ふだん着を着た細い肩や、痩せた皺だらけの手が寒々としていた。髪はいつものように乱れてはいなかったが、青白いというよりは土色に近い顔色だった。胸元にかかっている肌色の毛布は全く動かなかった。朋子はじっと見つめた。視線が固まってしまった。動いて、と願った。お年寄りはこのような寝方をするのよ。自分に言い聞かせた。唇が動きそうな予感がした。黒ずみ、青ざめた唇は微動だにしなかった。脈をさわり、胸に触れなければならないが、恐かった。朋子はダニエルの足元に崩れるようにしゃがみこんだ。急に思い出したように呼んだ。

「お婆さん、起きてください、お婆さん」

はるみが背後から朋子の首に両手をまわした。

「はるみ、パパとママ呼んで来て。急いで」

はるみは走って出て行った。

アパートの玄関口の路上にパトカーが止まった。勝久が二人の警官をダニエルの部屋に案内した。数分後に救急車が着いた。担架が降ろされた。

「ダニエル婆さんはとても気難しいお婆さんだったけど、はるみにはソックスもセーターも編んでくれたのね」とマダムが誰にともなく言った。アパートの住人たちが廊下や踊り場に寄り集まっていた。警官はマダムとはるみと早知子と朋子を部屋に入れ、事情聴取を始めた。鑑定医が老衰か、病気による死、と判定したせいか、事情聴取はしつこくはなかった。

「はるみは、もう出して下さい」と朋子は若い警官に言った。若い警官はもう一人の口髭の濃い警官に何やらききき、はるみに出なさい、と言った。

「おばあちゃんの所に行っててね、はるみ」と早知子ははるみの髪を撫でた。はるみは部屋を出た。

「はるみは昨日から、下のダニエルお婆ちゃんにプレゼントを持っていくって、しょっちゅう言ってたけど、何か予感がしたのかしらね」と早知子が言った。

「ダニエル婆さんは、口癖のように田舎なら安心なのにって言っていましたよ」とマダムが言った。「一人息子を追ってパリに来たけど、一人息子はどこかに行ってしまったんですよ」

「どこに行ったのか、全く分からないんですか」と朋子は聞いた。

「全く。もう死んでしまったのかも知れませんね」

マダムは横たわり動かない老女を哀れ深げに見つめた。警官たちは身寄りか、知人の手がかりになるものを探した。目ぼしいものは見つからなかった。ただ、ロンドンとレマン湖、マサチューセッツ州のピッツフィールド、それにマイアミ・ビーチからの四枚の絵葉書が見つかった。しかし、差出人は特に親しい間柄の人ではなかった。ダニエルが以前に勤めた家庭の人たちだった。最後の絵葉書は一九六一年に投函されていた。みすぼらしい衣服が入った箱の中から、ルージュ色の布に包まれた、二組の色褪せた白い手袋が出てきた。何十年も前の結婚式のウェディングドレス用の手袋だった。まもなく、髭の警官が綺麗な小さい包みを見つけた。中に一枚の台紙付きの写真が入っていた。写真の下に一九一三年と記されていた三十代の男性、妻らしき若い女性、十歳ぐらいの少女が写っていた。髪をリボンで結び、ウェストに飾りベルトのあるドレスを着た少女は父親の手を握っていた。少女の微笑みはとても愛くるしかった。今朝、このパリ市十五区のアパートの狭い部屋で息を引きとった老女の少女時代の写真にまちがいなかった。

老女が横たわっている担架を二人の警官は軽々と持ち上げた。まるで担架だけを運んでいるようだった。朋子たちはしばらく立ちつくし、マダムと一言、二言話を交わし、部屋に戻った。母とはるみは玄関口に立っていた。

「はるみが部屋で駆け回ったら、下からほうきでドンドンして欲しかったね。そしたらダニエルお婆さんの具合が悪いのが分かったのにね」と早知子がはるみの髪を撫でながら言った。「もう、セーター編んでもらえないのね、はるみ」

はるみはうなだれていたが、顔を上げ、早知子を見た。黒目がちの目が潤んでいる。朋子は早知子の腕を軽く揺すった。

「可哀想ね……」と母が目をしばたたいた。

「お母さん、駄目よ。はるみは驚いているんだから、ね」

「はるみ、びっくりしただろうね」と母が言った。

「お母さんがしょぼくれちゃ駄目よ。年をとっても、長生きできる事実をはるみに見せなくちゃ駄目よ」

母は頷いた。部屋に入った。勝久があぐらをかき、お茶を飲んでいた。卓上クリスマスツリーの豆電球が点滅し、ニスを塗ったテーブルの表面に赤や青の色が微かににじんだ。卓上ツリーのてっぺんに銀色の星が登っている。

「キリストが生まれた前夜祭に亡くなったんだから、ダニエル婆さんも本望だよ」と勝久が言った。

「でも、可哀相よ」と母が言った。

「肉を温めろよ」と勝久は誰にともなく言った。朋子がターキーの詰め物料理をガスレンジに入れた。ガスレンジの火はほのかな音をたてた。朋子はターキーの詰め物料理をテーブルに運んだ。

「はるみ、ターキーの肉食べなさい。大きくなるよ」と勝久は肉をナイフで切りながら言った。

「はるみ、大きくなりたくない」とはるみはうつむいたまま言った。

「大きくならなくちゃ駄目だよ」

「……パパ、パパもママも死ぬの」とはるみが勝久を見つめた。

「パパとママ？　大丈夫だよ。二人とも元気いっぱいだろう。時々喧嘩もするだろう。あれは長生きする証拠だよ」

「でも、前は死ぬと言ったのに……」

「言わないよ」

「嘘。言った」

「じゃあ、訂正するよ。とにかく、パパもママもはるみが大きくなるまでは死なんよ」

「はるみがもっともっと大きくなるまでパパとママは長生きするよ、はるみ」と朋子が口をはさんだ。

「朋子おばちゃんも？」

「うん、おばちゃんもよ。おばちゃんはパパやママよりも若いんだからね」

「おばあちゃんは？」

「おばあちゃんも長生きよ」

「ほんと？」

「ほんとよ」

「はるみ、電気消して、蠟燭に火を点けようか」と早知子が言った。

「うん」

はるみは蠟燭に火を点けた。早知子が電気を消した。五人の顔が一人残らず赤黒くなった。彫りの深さが目立った。

「人間は年を沢山とったら亡くなるんだ。さあ、イヴに乾杯しよう」

勝久はみんなのグラスにワインを注いだ。勝久の白い歯がうきだし不気味だった。はるみは朋子の母の顔を見つめていた。

「はるみ、ジュース飲む？」と朋子が言った。はるみは立ち上がった。

「電気つける」

はるみは電気を点けた。五人の顔がすぐ柔和になった。母が一本の蠟燭を消した。

「蠟燭は消さないで」

はるみはマッチを擦り、火を点けた。

「はるみもワインを一口飲みなさい……じゃあ、いいかね、かんぱぁい」

勝久はグラスを高くあげた。大袈裟に見えた。

「かんぱぁい」と四人も唱えたが、声は小さかった。勝久はそれっきり黙り、ターキーの肉を食べ、ワインを飲んだ。一人残らず黙っていた。

「……はるみ、歌、歌おうか」と朋子が言った。

「クリスマスの歌?」

はるみが朋子を見た。

「うん、何がいいかな」

「ええっとね、ええっと、樅の木」

「じゃあ、そうね、ママも、おばあちゃんもお願いね」

「パパも」

「うん、パパも」

四人は歌ったが、勝久はワインを飲み、肉を食べた。「はるみ、シャンゼリゼ通りに行こうか。電球がキラキラ星のように輝いて綺麗だよ」と勝久が口をはさんだ。

「はるみ、行かない。歌を歌うから」

はるみはまた歌いだした。

あの世の米兵

居間の化粧棚のラジオからフランス語の〈ホワイトクリスマス〉が流れている。十二月二十五日のクリスマスの日も底冷えが続き、灰白色の大気が漂っていた。早知子は私用で出かけた。勤務先のルモ店はクリスマスのために閉店していた。午前十時を過ぎたが、勝久はまだ寝ている。朋子のアルバイト先のクレールはクリスマスに帰ってきていた。朋子はクレールの女の子の子守りをしなくても良かった。

「沖縄の話ね、マダム、とても感激するのよ。また聞かせてって、私、言われているんだよ」と母は小さい陶器の急須をつかみ、朋子の湯のみにお茶を注ぎながら言った。朋子はゆっくり飲んだ。

「今日、クリスマスでしょう、朋ちゃん。クリスマスの話、聞く？」

「愉快な話なの？」

朋子はラジオの音楽に耳をかたむけていた。

「昨日、とても悲しいことがあったでしょう。マダムはとてもショックを受けているんだよ。だから、もっと悲しいこともあるってことをマダムに教えるのよ」

「お母さんの体験談？」

「今度はね、八重おばさんの話だよ。ほら、私の妹」

「学校の先生だったのよね。もう六、七年になるかしらね……亡くなって」

「そんなになるんだね。この間のような気がするけど」

「ほんとね」

「せっかく、あんな激しい戦争を生き残ったのにね、病気には勝てなかったんだね」

ラジオの音楽が〈諸人こぞりて〉の曲に変わった。

「ほら、朋ちゃん、覚えているかい、戦争直後の焼野原で奇妙な米兵と遭遇した話」と母が言った。

「戦争の話？　マダム厭にならないかしら」

朋子は母を見た。

「どうしてよ、とても大切なもんだよ」

「お母さんには大切でしょうけど、迷惑じゃないかしら。マダム、そのような体験はないかも知れないし」

「体験がないからこそ、これからも体験しないように、話すんだよ」

「でもね、お母さん、理屈を言わせてもらうけど、誰でも人は愉快な夢を見ていたいのよ。悲惨や残酷には目をつぶっていたいのよ」

「でも、本当にあったんだよ。嘘は言ってないよ」

「嘘じゃなくても一日も早く忘れたいのよ」

「忘れちゃいけないと思うんだけどね、私は」

「忘れちゃいけないんだけど、忘れたいのよ」

「よく意味が分からんけど、とにかく話してちょうだいよ、マダムに。私は話したいからね。責任は持つから、ね」

「いいけど……お母さんもパリに来たのは忘れたかったからじゃないの？」

「何処にいっても逃げても忘れられないものは忘れられないよ」

「じゃあ、通訳してあげる。ノートにまとめてから話すね。私も生きたフランス語を身につけるいい機会なのよ。……こういう考えは不謹慎ね」

「話したら、八重おばさんも喜ぶよ。自分の話が地球の遠くはなれた人の耳に入るんだからね」

「しつこいようだけど、今日はクリスマスでしょう。戦争の話、するの？」

「だから、クリスマスの話なのよ」

「はいはい、分かりました。ちょっと待ってね」

朋子は立ち上がり、棚の上の鞄を開け、ノートとボールペンと仏語辞典を卓袱台にひろげた。〈ママがサンタにキスをした〉が流れた。クリスマスソングの特集番組のようだった。

「順序は後でまとめるから、お母さんは思いついたまま、どんどん話していいのよ」

「じゃあ話すよ」と母はお茶を一口飲んだ。数十分後に母の話が終わった。

「私、朋ちゃんがまとめている間、サーターアンダギー、作ろうかね」と言いながら母は立ち上がった。

「今日はいいよ、お母さん。クリスマスだから」

「そうかね」

「昼ごはんは、昨日のを温めて食べようね、お母さん。勝久兄さんもいいかしら？」

「勝久は小さい頃から何でも食べるよ」

玄関のドアを開ける音、足音が聞こえた。居間に入って来たはるみは背後から朋子の首に両手をまわした。

「おなかすいたの？　はるみ」と朋子が聞いた。

「ううん、まだ」

はるみの黒目がちの目はクリクリ動く。昨日の出来事の残像やしこりは消えている。

「じゃあね、下のマダムに、おばあちゃんの戦争のクリスマスの話きますかって、聞いてきて」

「はるみ、もっとキャロリーヌと遊んでいい？」とはるみは目を輝かせながら聞いた。

「いいよ」

「じゃあ、聞いてくる」

はるみは足早に居間を出ていった。

「はるみ、待っておくれ。私も行くから」

母はどっこいしょ、と声を出し、立ち上がった。

「じゃあ、私は下に行っとくからね。できるだけ早く来てよ」と母は言った。朋子は微笑ながら頷いた。

朋子は紺のカーディガンをはおり、エレベーターに乗った。マダムの部屋に入った。濃い緑の絨毯は厚みがあった。母は長椅子に座り、マーガレットの文様がちりばめられたクッションにもたれかかっている。

「朋子さん、コーヒーでいいですか」とマダムが聞いた。長身だからフレアースカートがめだった。朋子は頷いた。マダムはコーヒーを注ぎ、バームクーヘンが切りわけられた小皿を出した。マダムは二個の赤いブレイスリット（腕輪）をはめている。

「お母さんのお話、はるみが通訳したけど、三十数年も前のクリスマスの話ですってね」

朋子は頷いた。マダムは朋子の向いの肘かけ椅子に座った。マダムの長い足はテーブルに隠れた。座ると、一七〇センチの長身にはみえず顔も目立つほど細長くはなかった。

「ぜひ、聞かせて下さい。クリスマスなのに娘たちも来ませんし……朋子さんたちと一緒で、楽しいです」とマダムが言った。

「少し悲惨な話ですけど……」

「いいですよ、かまいません」

長椅子に大きい尻がめり込んでいる母が少し身を乗り出し、隣の部屋にいるはるみとキャロリーヌは、手をとりあい、〈ジングルベル〉に合わせ、軽快なステップを繰り返している。

「キャロリーヌ、はるみと遊んでおいで」とマダムが言った。キャロリーヌとはるみが隣の部屋から出て来た。キャロリーヌは緑色、はるみは黄色の三角帽子をかぶっている。

「プロレスは駄目よ」とマダムが言った。キャロリーヌははるみの手をとった。

「はるみ、外に出る時はコートを着るのよ、遠くに行っちゃ駄目よ」と朋子が言った。はるみは頷いた。

キャロリーヌとはるみは三角帽子をかぶったまま外に出て行った。

外の石造りの建物、敷石道、街灯をガラス窓の四角い縁が切りとり、朋子は一瞬、絵葉書を見ているように錯覚した。どんよりと曇っていた。小雨が降りそうだった。パリの冬は毎日、雨が降りそうだが降らなかった。パリの大気の色だった。風が少し出ていた。窓の外を横切る女性のスカートの裾が時々ひらめいた。

「昨日は挨拶できなかったけど、クリスマスおめでとう、朋子さん」

「おめでとうございます」

「それでは、お話を聞かせて下さい」

サイドボードの上にクリスマスツリーがある。はるみのより少し大きかった。小さい人形や鈴がぶらさがっている。はでな色の豆電球は電気が点いていなかった。朋子は話し始めた。

「昭和二十年四月一日、数十万の米軍が美しい珊瑚礁に囲まれた沖縄本島に上陸しました」

沖縄の人は米軍による艦砲射撃、火炎放射、空爆、銃撃や、友軍による避難壕からの追い出し、食料強奪、(スパイ容疑)射殺の犠牲になり、ついには住民の集団自決という地獄に陥った。

「住民は十数万人、日米の兵隊は十万余人が亡くなりました……終戦直後の記憶に残っている出来事があります。第二次世界大戦中もっとも過酷だったと言われる沖縄戦の終戦は六月二十三日ですから半年後のクリスマスシーズンの話です」

何月なのか、何日なのか全く頭にありませんでしたが、この日ばかりは覚えています。十二月二十四日でした。風景がどこまでも白かったのは岩肌だったのでしょう。木という木がなく、こわいぐらいに静かでした。昼間でしたが、日はぼんやりとしていました。戦争中に砲弾が砕いた小石が道を埋めつくしていました。

生き残った沖縄の老人と思ったのですが、背が低い米兵でした。なぜこのような道を米兵が歩いているのか不思議でした。どこに行く気でしょう。地獄のような風景が広がっているだけです。米兵は酔ってはいませんが、目が正気を失っていました。米兵は遠くから(もしかしたらあの世から?)音もなく歩いてきたのですが、私の手前十数メートルに近づいたとき、ふいに歌を歌いだしました。英語の、たぶんクリスマスの歌でした。力強く歌っていたのですが、なぜか哀愁が感じられました。カーキ色の軍服もネクタイもひどく乱れていました。妙ですが、銃弾の痕のような穴さえ開いていました。

私は道をゆずりましたが、米兵はふらふらと私の前に立ちはだかりました。米兵は胸ポケットから棒状の飴をとりだし、差し出しました。私は手が動きませんでした。だが、しつこく勧めるのです。私は忘我状態のまま飴をうけとりました。

米兵はクリスマスソングを歌いながら歩きだしました。かすれた、悲し気な、細い声でした。よろけながら遠ざかっていきました。全身に闇がくっついていました。

マダムの部屋にも暖房の管が通っている。だが、ガラス戸から冷気が染み込むのか、朋子の首筋に悪寒が走った。

「大変なお話ですね」

マダムは目をこすった。母もしきりに頷きながら、目をこすった。

「ほらね、朋ちゃん、話して良かったでしょう。フランス人でも私たちの気持ちが分かるのよ」

「マダム志津の妹の八重さんは亡くなったのですね……もの悲し気なアメリカの兵隊さんは元気でしょうかしらね」とマダムは言った。

「叔母は、あの日の一回きりしか会っていないのです。どのような運命を辿っているのでしょうね。たとえ敵でも、人を殺したのなら生きているにしても毎日、苛まれているのでしょうね」と朋子が言った。

「みなさん、悲しいめに遭ったのですから、長生きして欲しかったですね。幸せになって欲しかったですね」

朋子は母に通訳した。母は涙ぐんだ。マダムが母の手を握った。

「マダム志津は長生きして下さいよ。幸せになって下さいよ」

母は朋子を見た。朋子は通訳した。母はマダムの手を握り返し、何度も頷いた。

「戦争を体験した人こそ、一日も早く戦争をのりこえて幸せになるべきだと思いますよ。私はそのように生きるつもりですよ」

マダムは朋子のコーヒーカップにコーヒーを注ぎたした。テーブルクロスの表面を葡萄の実や蔓や葉がおおっていた。

「私の母は、外国の占領軍に裸にされたのですよ」とマダムが言った。朋子は顔をあげた。

「ある村のある広場での話ですよ。私が生まれた町ですけど広場といっても小さい広場でしたが、周りの草原が爆弾で焼けたのでだだっ広くなっていました。そこに集められたのです」

マダムはあたかも自分が体験したかのように話した。

「何人かの人？」と朋子は聞いた。

「村の十五歳以上、二十五歳未満のすべての女でしたから千人は超しましたよ。私の母は女学生でした」

「……」

「でも、乱暴はされませんでしたよ。広場の上空を何百機もの飛行機が町の方に飛んでいったもんですから、外国の占領軍は大慌てで引き揚げましたよ。母たちは素っ裸のまま蜘蛛の子を散らすように草原や畑道を逃げました」

「大変でしたね、でも不幸中の幸いでしたね」と朋子は言った。

「でも、気が狂った一人の兵士がですね、裸のまま逃げる母たちを追って来たのです。占領部隊が進軍する方向とは全く逆方向なんです。母は彼の横を走っていましたので、彼の顔が見えましたが、ずっと大きく口を開けていました。笑っていたのです。でも、笑い声は少しもでませんでした。よだれが垂れていました。彼は一人の女を追っていたのではありません。同時に何名も何十名も追っていましたから、あっち行ったり、こっち行ったりしていました。一人の女も捉まりませんでした。間もなく、彼は上官の機銃射撃で殺されましたよ。女の人も十人ほど死にました。とばっちりを受けたんです」

マダムはコーヒーを飲んだ。母が朋子の顔を見た。朋子はどのように通訳していいのか分からなかった。

「冬だったのですよ。寒さは感じなかったけど、みんな一人残らず白い肌に赤味がさしていましたから」

とマダムが静かに言った。電話が鳴った。マダムが立ち上がった。朋子は外を見た。石畳道が鈍く光っているような気がする。雨や露でも、靄の水分でもなく、何十年も何百年も人や馬車や車に踏みつけられた石の摩耗の跡だわ。……クリスマスだから人や車の往来が少ないのかしら。マダムは受話器を置いた。「警察がまた事情聴取に来るんですって」と座りながら言った。

「何かありましたら、私たちも呼んで下さい」と朋子は言った。

「お母さん、失礼しましょう」

朋子は母を見た。「勝久兄さん、起きてるかも知れないから」

「勝久は一人でできるよ」と母が言った。

「でも、温めてあげようね。勝久兄さんは体が資本でしょう」

「朋ちゃんが奥さんみたいだね」

「じゃあ、マダム、失礼します」

「過去は一日も早く忘れたいのですよ、朋子さん」とマダムはドアを開けながら言った。「今でも戦争だったからと、割り切れないんですよ」

新婚旅行

クリスマスの翌々日に朋子の姉夫婦が訪仏する予定だった。中学校教諭の夫のスケジュールに合わせ年末年始のパック旅行だった。午後三時すぎに居間の電話が鳴った。朋子がとった。

「アロー、仲田です」

「朋ちゃん、私、祐子」

「祐子姉さん、着いたの?」

「着いた」

「今、どこ?」

を手招いた。


「ホテル・コモドールよ」

「すぐ、迎えに行っていい?」

「彼に聞くからちょっと待ってね」

朋子は受話器を耳にあてたまま、出窓の近くに置いたミスカーの鳥籠の水入れに水を注いでいるはるみを手招いた。

「はるみ、祐子おばちゃんよ、覚えているでしょ、沖縄にいた時、海に連れていってもらったでしょ」

　はるみは急に笑顔になり、水差しを持ったまま朋子に駆け寄った。

「祐子おばちゃん、はるみに会いに来たのよ。うん、……七時ね、七時まではツアーの市内観光があるのね、分かった。潔さんにもよろしくね。じゃあ、ちょっと場所を確かめるから、フロントと変わって」

　九区のオペラ座のオスマン通りに面している四つ星マークの高級ホテルだった。このようなホテルに宿泊できるツアーは珍しかった。

　朋子と早知子と母は部屋中を清掃し、料理を手がけた。天ぷらを揚げ、椎茸や人参や高野豆腐を煮込み、わかめと葉物の味噌汁は濃目にした。朋子はシャワーを浴び、口紅をいつもより少し濃くひいた。〈早く、朋子おばちゃん〉はるみが浴室のドアを叩いた。数日も前に姉夫婦を一緒に迎えに行く約束をした。はるみは自分の一番大事なものを祐子にプレゼントするために、この何日間何十分も戸棚や机の引き出しをかきまわしていた。やっと、昨日クリスタルのブローチを探し出したが、今度は綺麗な紙を探しはじめ、ようやく見つけると、今度は包み方に夢中になった。

　午後七時少し前に勝久の西ドイツ製の乗用車に乗り、ホテル・コモドールに着いた。ロビーのガラスケースの中に宝石が陳列されていた。祐子がじっと見ていた。祐子はブルーのモヘアの丸首セーターを着け、首に紺のマフラーを巻き、両手に黒のハーフコートを持っていた。祐子は色は白く、少し切れ長だが、黒目がちの目は潤み、薄赤い口紅を薄くひいただけの唇は形が整い、顎の線は柔らかかった。なぜ、十一歳も年上の、しかも、身長も一六〇センチの祐子とさして変わらない潔と祐子は結婚したのか、朋子は不思議だった。

潔は茶色の背広の上からベージュのトレンチコートを着ていた。脂ぎった大きい目がせわしく動き、真っ直ぐの長髪を後ろに掻きあげ、広い額も知的だが、黙っている時も口が半開きになっているために、せっかくの鋭さが半減している。瘦せている。腕も細いから真夏でも長袖の上着しか着ないと、以前祐子が言っていた。真夏でも必ずネクタイを締め、冬は必ず背広を着るというのも、朋子がイメージする小説家を志向するタイプとは違っていた。

潔は玄関のコートハンガーを目敏く見つけ、コートをかけた。赤銅色のベストには大きな前ボタンがついていた。

「靴、取るのよね」と祐子が靴を脱ぎながら言った。

「はるみの友だちなんか、最初の頃はよく靴のまま中に入って来たのよ」と朋子が言った。母と早知子が玄関先で迎えた。潔は型通りの挨拶しかしなかった。祐子はステレオの脇の帽子かけに紺のマフラーをかけた。

「長椅子よりは、あぐらが楽だろう」

勝久は絨毯の上に座った。潔もあぐらをかいた。

「すごい御馳走ですな」

潔は目の前のテーブルの上の料理を見た。「飛行機の中でも、街中でも全部洋食でしたからな。日本食がほしかったですな」

「フランスに来たんだから、ワインがいいでしょう」

勝久はサイドボードを開け、シャトウ・モンローズ（ワイン）を取り出し、潔のワイングラスに注いだ。透き通るような赤い色だった。「十年ものですよ」

二人は乾杯をした。

「祐子も飲みなさい」

勝久はグラスにワインを注ぎ、祐子に差し出した。潔が受け取り、上半身を伸ばし、祐子に手渡した。

「旦那さんに尽くしているか」と勝久が聞いた。

「尽くしてもらっている。もちろん、尽くしているけど」

「ヨーロッパは、パリが最初ですか」と早知子が聞いた。

「いえ、最後ですよ。昨日はロンドンでした。……あ、そうそうはるみちゃんを責めないでね、勝久兄さん。白状しちゃおうか、はるみちゃん」

祐子は、朋子の背中に隠れ、泣きべそをかいているはるみに向いた。はるみの口元が今にも泣きだしそうに歪んだ。

「おじちゃんとおばちゃんのお土産を割っちゃったのよね、でも、過ちよね」と祐子が言った。はるみはとうとう声を殺して泣きだした。時々、堪えきれずにひきつるような声が出た。

「割っちゃったの？　正直に言っていいのよ、はるみ。ママは怒らないから」と早知子が言った。

「綺麗なロンドン人形の貯金箱だったね、はるみ」

朋子ははるみの髪を撫でた。「嬉しくて祐子おばちゃんに抱きついたのよね。その時に手からホテルのフロアに滑り落ちちゃったのよね」

「ロンドンはどうでした？」

勝久が義弟の潔にワインを注ぎたした。

「ロンドン塔がまず浮かび上がりますな。漱石ならずともインスピレーションが湧きますな」

「小説を書いているそうですね」

「……そうですなあ」

潔はワインを口に含みながら、勝久の胸元を見た。勝久は濃緑色の厚地のスポーツシャツを着ている。

勝久は文学に興味がないと潔は感じたにちがいないと朋子は思った。

「ロンドン塔が寒かったのは、冬のせいや、テムズ河沿いのせい、以上に何より、ロンドン塔そのものがかもしだす寒さでしたな。形といい、色といい、石材の質といい寒さそのものでしたな。漱石の想像力が触発されたのもさもありなんですな」

潔はワインを摑み、勝久のグラスに注いだ。

「いい所ですかね」

勝久は潔のグラスにワインを注いだ。

「子供が生まれたら、ロンドンに留学させますよ。そして、私は年老いたらですな、時々訪ねて、半年間ぐらい、息子に面倒をみてもらいますよ。息子が小学五、六年生になったら、何はさておいてもロンドンに連れて行かなければなりません。息子はロンドンに魅了されるでしょう。親が子に勉強しなさいと言うのは馬鹿げていませんか。例えば、私の息子なら、再びロンドンに行きたいが為に、勉強するなと言っても勉強するようになるのですな」

「本土の中学校に入学させる親たちも多いね」と祐子が煮ものを食べながら言った。

「まあ、沖縄の教員もけっこう子供を本土の中学校に入学させています」と潔は勝久に言った。「私の同僚にもいます。だが、動機付けが弱すぎますな。血肉に浸透はしませんな。感動です。感動する心です。感動する心は何で培うか。文学ですな」

潔はワインを飲みながら椎茸の煮ものを食べた。御飯や味噌汁には箸をつけなかった。

「あの飛行機のスチュワーデスはとても綺麗だったですがね、失恋したのか、軽く腕組みをしたまま、ずっと隅に立っていましたよ。ジュネーブからチューリッヒに向かう飛行機でしたな」と潔が言った。

「仕事もしないで?」

勝久が聞いた。

「やる気がまるでないんですな。耳や首筋は透けるように白かったし、目も澄んでいたし、豊かな髪は柔らかく、艶やかでしたがね。イギリス人にちがいない老夫婦が席に座ったまま、時々、話しかけましたな。そのスチュワーデスは微笑みながら聞いていたが、やはり淋し気でしたな」

「観察が行き届くのね」と祐子が笑いながら言った。

「美人というのは現実界では無能というのが真理ですな。天は二物を与えずです」と潔は勝久に言った。

勝久はワインを飲み、味噌汁を飲んでいる。

「詩や小説の中に生きなければ不滅じゃありません。大学時代、同じ学科に評判の美人がいましたがね、すでに、見るかげもありませんよ。卒業後十数年になりますから、さもありなんですがね、ぶくぶく太り、顔も面影さえないんですよ。どう見ても、五十歳以下には見えませんよ。朝、起きざまに鏡を見たら、一夜のうちに三十歳年をとっていた、というように私には映りましたな」

「でも、美しかったという過去も貴重だと思うわ。本人の内面にはずっと残るんだから」と祐子が言った。

「私の文学のテーマの一つに触れていますよ」

潔は相変わらず勝久を見ている。「有限の、何と言いましょうか、悲哀、残酷、法悦、と言いましょうか。現実の女も若く美しいままに死ねば永遠に生きます。時を超え、所を超えた読者は、本の中に若く美しいまま標本にされたようなヒロインのイメージを際限なくくりひろげるのです。それが、小説の力です。現実には絶世の美女も、老いさらばえる。醜くなる。どこにも読者の想像力は働かない。運命は透けている。私が創造する若く、美しい女は決して長生きしません」

勝久も早知子も母も何も言わなかった。〈静かに年老いた女の人の物語も意味があるんじゃないでしょうか〉朋子は聞いてみようかしら、と思った。

「……灰皿ありますかな」

潔は箸をおき、ポケットから英国製の煙草を取りだした。

「ご免なさい。この人が煙草を吸わないもんですから、気がつかなくて」

早知子が立ち上がった。

「食事中なのに……煙草は後にしたら」と祐子が言った。

「いいですよ」

早知子は洋服簞笥の上から灰皿をおろした。

「どうぞ」

「どうも。はるみちゃんの本、たくさんあるんだね」

潔は、はるみの勉強机や本棚を見まわした。はるみは満足そうに微笑んだ。機嫌が良くなっている。潔は煙草に火を点け、煙を吐きだしながら勝久を見た。

「私は恥ずかしながら、旅行の前にはテレビが好きになりましたよ。巨泉の〈世界まるごとハウマッチ〉とか、愛川欣也の〈ナルホド・ザ・ワールド〉とか、三枝の〈カンカン・ガクガク〉とか、外国が映る映像には敏感になりましたな。なぜ敏感になったのか。イメージですな。イメージが私を駆り立てたのです。イメージは人間を変革します。詩人は世界を変革します。偉大な政治家は偉大な詩人です。イメージの偉大さの、まあ、てっとり早い例をあげるとですな、二、三年前でしたか、〈ビニール本〉と呼ばれるポルノ雑誌がありましたがね、日本で。あの頃私は、ビニールと聞いただけで魂が震えたものです」

「もっといい例はないの」と祐子が言った。

「ロンドンで事件らしくない事件がありましてね、これには、頭が上がらんですよ」

潔は祐子を顎でしゃくった。

「ロンドンのホテルの風呂場というのは、床に排水穴がないもんですなあ」

潔は不意に声をたてて笑った。「不覚でしたな。湯舟の湯を溢らしながら、鼻歌を歌っていたんですがね、ふと気がついたら、タイルの床が水びたしになっているんですな。裸のまま、ドアを開けてみたら、寝室の絨毯も一メートル四方ぐらいびっしょり濡れているじゃありませんか。なあ」

潔は傍らの祐子を見た。祐子は小さく頷いた。

「祐子は旅の疲れがでたんでしょうな、ベッドに横たわっていたんですがね。慌てて起きあがりましたよ。どこのホテルでも風呂の蛇口にさえ触れるのを厭がっていたんですがね。何度も、バスタオルに絨毯や、バス室の水を含ませ、風呂池に絞っていましたよ。厭になるぐらい繰り返していましたよ。なにしろ、風呂池の中だけにしか排水穴はないですからな。翌日は早々に引き上げましたよ。二ポンド、ベッドの上におきましたよ。運よくツアーのチェックアウトが早かったから良かったものの二泊もしていたら、メイドに気づかれ、高額の賠償金を払うはめになったでしょうな」

「災難でしたね。まあ、どうぞ」

勝久は潔のグラスにワインを注ぎ、新しいワインの栓を抜いた。

「だが、ロンドンはおとぎの国です。玩具のような建物が、こういう例はどうかと思いますが、冷凍庫の中の建物のようにきゅっと引き締まっているのです。無駄なものは何もありません。このうえなく静かです。いや、静かのように感じるのですな。私はできるだけ早めに学校を辞め、ロンドンに住む計画をしているのですよ。まあ、そのためにも、一ついいのを出して、世間を騒がさなくてはなりませんな」

〈ロンドンに住むのと、世間を騒がす〉のが、何の関係があるのか、朋子はよく分からなかった。勝久兄さんが関係ないでしょう、と言わないか気になった。

「勝久さんは、ロンドンは?」と潔が聞いた。

「まだ」

「一度は行った方がいいですな」

「一本いかがですか。ロンドン製です」

潔は勝久に煙草を差し出した。勝久は首を横に振った。

「勝久さんは体力を落としちゃいけませんからな。体力が商売道具ですからな」

潔は煙草をしまった。

「他にはどこに行きました？」と勝久が聞いた。

「ローマの男は悪人相でしたな。どの男も絵になりそうでしたな」

潔はワインを一口飲み、続けた。

「ギャングの親分役、ローマ時代の将軍役に誰を起用しても、少なくとも風格だけは合格でしょうな。日本人はのっぺらぼう過ぎます。顔に人生の履歴やバイタリティーが表れていません。リンカーンは厳つい顔を柔和にする為に顎髭を生やしたぐらいですがね。ま、リンカーンならずとも男には髭は必要ですよ。にじみ出る過去を隠す必要があります。隠すべき過去もない男は惨めですな。何の為に生きてきたんでしょう。男は自分の過去を変える為に仕事をするのです。作家でもそうです。一つや二つの賞を取っただけで鼻高々の者もいますが、〈受賞なんか暗い過去だ〉と言うふうに認識するようでなければ何にもなりません。〈こんなくだらん作品に賞なんか呉れやがって。自分の力を低く見ている〉と自分に言い聞かせなければなりません」

「潔さんは文学の賞を……」と勝久が聞いた。

「私ですか」

潔は目を瞬いた。「私は文学作品が審査されるというのが、まだ腑に落ちないのです。狐につままれてるような気になるんです。一〇〇メートル競争のように誰の目にも優劣がはっきりしているものなら納得もしますがね。要するに審査の基準がないですよ」

「潔さんは賞は受けないように……」

「できるだけ受けません」

「でも、賞を受けた方が実績になるんじゃや?」

「文学には実績は不用です。一作一作が勝負ですな。政治家じゃないんですよ」

「……」

「そもそも、芸術の世界には賞が多すぎます。免罪符と同じです。免罪からは厳しさは生まれません。厳しさから本物が生まれるのです。今の沖縄に、いや、日本でもいい、本物がいますか。いないでしょう」

潔はワインを一気に飲み干した。沈黙が続いた。

「……片付けていいかしら」

朋子が早知子を見た。

「流しにおいてね。後で洗うから」と早知子は言った。はるみは早知子の膝を枕に寝ころがり、スヌーピーのぬいぐるみと戯れている。朋子は食器を台所に運んだ。祐子も食器を片付けた。早知子も母も腰をあげかけた。祐子が制した。

「パリで台所仕事をしてみたいんですよ。どうか潔の話を聞いてやって」

祐子は台所の流し台に食器を運んだ。

「寛《くつろ》いでいたらいいのに」と朋子が言った。

「朋子と話がしたかったのよ。……時々は手紙でも頂戴。子供もいないから、パリの様子が楽しみよ」

「うん、少し、落ち着いたら書くね」

「座ろうか」

祐子は台所のテーブルの腰掛に座った。朋子も座った。

「祐子、なぜ学校やめたの? お母さんを世話するため?」と朋子が聞いた。

「お母さんを世話するために、どうして学校を辞めなければならないの。お母さんは元気でしょ」

「そうじゃないのね」

「そうじゃなくてね、潔が小説家の妻は家事だけをすべきだという持論をもっているの。勿論、私も本務だったら辞めなかったけど、一年間の補充でしょう」

「お茶、持ってこようか」

「いいよ、さっきから飲んでるから」

「ね、聞いていい。気、悪くしないでね」

「なに？」

「新婚旅行が遅れたのは、お母さんの面倒をみたため？」

「そうじゃないのよ。潔が、小説を書く小道具を後から後から買いこむもんだから、お金がまとまらなかったのよ」

「小道具って？」

「取材用というカメラとか、ビデオでしょう。ワープロ、コピー機でしょう。それにね、世界文学全集や日本文学全集はいろんな出版社のものを買いこんだの。だから同じ作品を何冊も持ってるのよ」

「ほんとに？」

「でも、潔に言わせるとね、外国文学は訳者が違うとニュアンスが違うから何冊も必要だって。朋子も、文学、興味もってたでしょう？　中学の時は文芸部の副部長だったのよね」

「まだ、好きよ」

「いつか、潔の作品送るから読んでやってね。いつになるか分からないけど」

「うん」

「でも、今は、文学が好きって潔に言っちゃ駄目よ」

祐子は額に垂れた柔らかい前髪を、横に撫でつけた。

「どうして？」

「部屋に缶詰にされて、一日中、文学論を聞かされるわよ」

「パリに来てまでも?」

「ここに来る時ね、潔ね、君の兄さんは文学に関心はあるかい、って聞いたの。おあいにくさま、兄は武道だけ、って私が言ったら眉を顰《しか》めたのよ」

「……祐子も、詩、書いていたでしょう。潔さんと文学論を交すの?」

「新婚の三週間目まではね。潔の文学論は繰り返しが多いから次第に私、聞く耳をもたなくなったの」

「ほんと」

「でも、私は、かみ合わなくても、潔の文学論を聞くようにしているわ。潔は聞く相手がいないと、小説家は体験が大切だなんて言って、浮気もしかねないから。教師と女子中学生の恋もテーマになるって、熱っぽく言うのよ」

「祐子、大丈夫なの」

「大丈夫よ。潔はあの通り、風采があがらないでしょう。それに、小説家が金を持ちあるいたら、真理は見えないからって、煙草代ぐらいしか請求しないのよ」

「祐子、朋子、ここに来て、お茶飲みなさい」と隣の居間の母が呼んだ。祐子と朋子は目くばせをし、立ち上がった。潔はまだ、勝久に話しかけていた。祐子と朋子が座っても一瞥もしなかった。

「ジュネーブの朝靄は妙な印象を含んでいるような靄でした。朝の六時頃でしたかな、飛行場に向かうためにホテルの玄関前に停車していたバスに乗ったんですが、すぐ、一人残らず降りましたよ。……霜に触ったのです。庭の灌木や芝生に霜がおりていたんです。だが、一人だけですな、バスを降りない男がいました。秋田出身の三十代の男でした。秋田出身だが、宮崎という名前でしたな。彼は、霜に触り、はしゃいでいる私たちにカメラを向け、何度もシャッターを切りましたよ。霜より人間が珍しかったのです。私も後で考えましたが、確かに見事な写真が出来上がるはずですよ。宮崎君以外は一人残らずほんとに感動したのですから。秋田出身の男には、あの時、感動は微塵もないのです。なぜだと思いますか」

潔は勝久の顔を見ながらワインを飲んだ。潔の目は充血している。「霜を見慣れているからかな」と勝久はグラスにワインを注ぎながら言った。

「文学の根本の問題にもなるんです。私たちはパリに感動するんじゃなくて、パリを見、聞き、感じている自分自身に感動するんですな。パリっ子はパリに感動していますか。いないでしょう。何よりの証拠です。沖縄の伝統紅型染の女性に嫁ぎ、こういう場合は嫁ぐというんでしょうな。沖縄に骨を埋める覚悟のパリの青年もいます。簡単には言い表せないんですが、文学の根本に触れているんです」

朋子は何かわかるような気もした。

「文学の根本ですか?」と勝久が言った。

「永続する人間の感動は何なのかという問題です」

「そんなもん、ありますかね。素人考えだが、俺も、毎日、毎日、感動というもんを見つけようとはしているんですよ。自分を奮い起たさなければ、外国では生きていけないですから」

「現実ですな、文学は違う。永遠でなければならない。世界が変わり、人間が変わっても、変わらない何かがなければならない」

「俺には、よく分からん」

「ま、よしましょう。今、文学を語る時ではありません。場でもありません。今夜は飲み明かしましょう。ついでにパリも飲みましょう」

「よし、飲もう」

勝久はサイドボードから、ありったけのワインを取り出し、テーブルにおいた。

祐子の恋

四つ星のホテル・コモドールはやはり高級だった。化粧テーブルのすべての引き出しも大きな鏡の縁も念入りに細かい彫刻が施されていた。朋子はスツールに座り、鏡に向かった。祐子はシャワーを浴びている。ホテル・コモドールに着いた時は夜十時をまわっていた。ロビーでもエレベーターでも廊下でもツアーのメンバーには出会わなかった。潔は勝久とどうしても飲み明かす、と勝久のアパートの部屋から動かなかった。はるみも朋子と一緒に行きたがっていたが、早知子がなだめた。はるみは大きなスヌーピーのぬいぐるみと一緒じゃないと、一晩中寝付かない癖を朋子は知っていた。朋子は祐子と二人きりになりたかった。

シャワー室から出てきた祐子が、鏡に映った。朋子は振り向いた。

「いい気持ち」

祐子は朋子の肩に両手をおいた。「朋子、そのジャンパースカートもカーディガンも沖縄でも着ていたでしょう。パリにせっかく住んでるんだから、パリのいい物を着なさいよ」

朋子は茶色の格子模様のジャンパースカートにピンクのカーディガンを着ていた。

「そうね」

朋子は微笑んだ。

「お金大丈夫?」

「うん、大丈夫よ」

「アルバイト料だけでしょ」

「検定に受かったら、高給とりの仕事に就くから」

「そう……それまでのしんぼうね。頑張ってね」

祐子が化粧台の鏡を見ながら、髪をといている間に、朋子はシャワーを浴びた。壁鏡が大きかった。バスタブの中の裸身がすっぽり映り、朋子は身が引き締まった。いやがおうにも女を意識させられた。毛布のように厚く大きいバスタオルをとり全身を包んだ。妙な感触だった。私も、いつの日か、このようなバスルームに男の人と一緒に入るのかしら。朋子は慌てて体を拭いた。

朋子と祐子はベッドに横たわり、シーツと毛布から顔だけを出した。室内の電気を消し、ベッドの枕元のスタンドだけを点けた。祐子はシーツの下から朋子の手をとった。

「子供の頃、寝る時よくこのように手をとり合ったわね」と祐子が言った。

「……お母さん、元気そうね」

「元気よ」

「私たちから逃げるように、このパリに来たんだから、当然かもね」

「……」

「勝久兄さんと早知子さん、うまくやっている?」

「まあまあよ」

朋子は祐子に心配をかけたくなかった。

「そう……お母さんには同じ質問はしないわね。お母さんは喋り出すと、何を喋るか分からないから」

「沖縄にいた時も、隣の家に出かけると、話しこんで何時間も戻って来なかったもんね」

「誰とでもお喋りがしたいたちだから、フランス語もすぐ覚えるでしょうよ」

「そうかもね。……潔さん、大丈夫かしら」

「彼は悪酔いはしないから大丈夫よ」

「ね、旅行の話は後でいいから、まず、潔さんとの馴れ初めを聞かせて。沖縄にいた頃少しは聞いたけど」

「私ね、さっき、みんなの前では少し潔の足を引っぱったけど、彼が嫌いじゃないのよ」

「知ってる」

「彼、眼高手低って言うのかしらね。小説の話ばっかりするけど、日頃は滅多に書かないのよ。果報は寝て待て、という人生観ね。でも、時々、はっとするような言葉もでてくるのよ」

「いつも小説を考えているせいかも知れないね」

「……この三、四年で私は変わったわ。何かきっかけがあった訳でもないのに……。ただ結婚しただけなのよ。意識というのかしら、感性というのかしら、誰も変わったとは言わないけど、確かに変わったのよ。分かるの」

「成長したのよ、きっと」

「まがりなりの成長だと思うけど……でも、恐くなる時もあるのよ」

「……」

「いつかは誰もが感じるというものでもないとは思うけど……でも、朋子は感受性が豊かだから、変わるかも知れないね」

「輝きたい」

「輝けるわよ」

「ね、聞かせて、馴れ初め」

朋子は祐子の手を握り返した。

「馴れ初めと言うのかしらね、とても小さいものだけど……私の結婚前の話だから、もう四年にもなるわね。私が無口だった頃の話よ」

体育祭も済んだ十月末の土曜日の夕方だった。残業がやっと終わり、祐子は職員室の窓の外を見やりながら、思いきり背伸びをした。北側の窓の下には花園があった。校舎の影が落ち、草花は薄暗かった。ほとんどの一年草は葉も花も立ち枯れていた。ひんやりとした風が季節はずれのスイートピーの花を淋し気に揺らしていたが、高い空には澄んだ青さがまだ残っていた。

「詩を考えているのかね」

祐子は驚いて振り返った。誰もいないはずなのに仲松潔先生がいた。「センチメンタルになったら駄目だよ。文学の精神はもっと強靱なものじゃないかね」

国語の非常勤の祐子が時々詩作をしているのを彼は知っていた。裕子はノートに少しずつ書きためていた。他の同僚はほとんど知らなかった。

「残業ですか」と祐子の声は強張っていた。

「女房と喧嘩してね。慌てて金も持たないで出てきたんだよ。喫茶店にも入れなくてね」

「喧嘩ですか」

「女は感性が豊かだというのは間違いだよ、君。絵の意味も分からないんだ。上原氏の個展に連れて行ったんだがね、感想の一つも言えないんだからね」

「……」

「近頃は俺を小馬鹿にするようになってね。金持ちの娘というのは鼻持ちならないよ。親父も兄貴も国立出の医者なんだ。給料なんか俺の四、五倍だよ」

一見さえない仲松先生だが……金持ちの娘は仲松先生の文学の才能……まだ開花はしていないが……にほれこんだのかしら。

彼は世に出る手段は、文学が一番手っ取り早いと考えていた。学者なんかは地味な研究を何年も日夜続けなければならない、と誰彼なしにあからさまに言った。祐子はこのような考え方を日頃から腹立たしく思っていた。ある日、突然、女子大生かなんかが権威のある文学賞を受賞し一躍、マスコミにのり、騒がれる、というような一発勝負の側面は確かにある。だが、何年も毎日休まずに書きに書きまくらなかったとは誰にも言えないのでは？

「いろいろ経験するのもいいですが、一人で籠もって書くのも必要じゃないですか」と祐子は言った。彼を傷つけなかったか、気になった。

「いろんな人と知り合う体験は大切だよ。人間という文字からして、そうだろう」

彼は十年近くも書いていると言い続けながら、ほとんど書いていなかった。彼は前川先生に触発され、文学に目覚めはした。彼と前川先生はO大学の社会学科を同期に卒業した。年は彼が三歳上だ。前川先生は卒業後、P中学校に配属されてまもなく、県内の詩の新人賞を受賞した。まもなく前川先生は詩以外に文芸評論や社会問題の論文も頻繁に新聞や雑誌に発表した。祐子もよく読んだ。その頃、仲松潔先生は小説を自分は書くと公言した。

数年後、前川先生はN中学校に転勤になり、翌年、仲松潔先生はH中学校に変わり、今年の四月から二人ともC中学校に赴任した。

「先生はもう、書いていらっしゃらないんですか」

祐子は彼に子供たちがあどけなく笑っている時間や、この郷里を舞台にした美しい物語を永久に残して欲しかった。彼と同期の卒業生はF新聞社の部長補佐になり、諸外国を飛び回る政府機関の官吏になり、県庁の課長になっている。顕示欲が強い彼がじっとしていられないのは、十一歳年下の祐子でも分かった。しかし、彼は喋りすぎる。前川先生とは全く逆だった。

「女房がうるさくてね、前川君の妻君のように理解がないとどうしようもないね。だが書いてはいるよ。どうだね、コーヒーでも」

「帰ってから用事がありますから、今日は、ちょっと」と祐子は嘘をついた。

「じゃあ、ちょっと腰掛けないかね」

彼は椅子を二つ引っぱってきた。祐子は腰掛けたが、彼に向かい合わなかった。

「俺は社会科教師には向いてないと思うよ。繰り返し教えるだけなら九官鳥でもできるよ」

彼は足を組んだ。「作家と学者は両立しないよ。学者かつ偉大な作家を古今東西から探せるかい。シェークスピアも学問がなかったからあのように優れたものが後世に残せたのだ。違うかね」

でも、あなたは、劇作家でも学者でもないでしょう。ふと言いたくなった。

「よく分かりませんが……」

「君は国語を教えているんだろう。文学を切り離せないじゃないか」

「好きです、文学は。一度先生の作品も読ませて戴きました」

祐子は小説は書けないが、よく読んだ。ある水準の批評はできた。彼には創作の才能はない、と祐子は思った。バルザックが習作時代、アンドリュー先生が〈この子は小説家以外なら、どのような仕事につけてもいい〉とバルザックの父に忠告したという逸話を彼も知っているかどうかは知らない。それに或る文学青年が〈自分は才能があるが、今、認められないのは、批評家や読者が凡人すぎるからだ。私は五十年後の読者に期待する〉と酒を飲みながら呟くのを聞いたかどうかも分からない。そのような逸話や呟きは彼……彼がなぜかかわいそうになるから……の目にも耳にも入って欲しくないと祐子は思った。

彼から小説を読まされたのは夏休み前だった。彼は三カ月近くかけ三十五枚の作品を書きあげた。一日中休んだり、午後から休んだり、或いは午前中休んだ。彼の担当の社会科の時間は自習が繰り返された。代理をさせられる社会科の教師は訳もなく休み過ぎると、愚痴をこぼした。だが、彼は作品を学校のコピー機を無断借用し何十部もコピーした。年配の教師や若い独身の女教師や学校事務職員や、中学生の文芸クラブ員やはては用務員のおじさんにも配った。地元の新聞社が主催する短編小説賞に応募すると公言していた。

「あの作品、発表はまだですか」

「出さなかったよ」

ほんとに出さなかったのか、落選したのかは祐子は知らないが追求はしなかった。

「小説というものは一生に一作、後世に残るものを書けばいいじゃないかね」

「……」

「どうだね、一杯。行きつけの店があるんだが」

彼は日ごろ、仕事が終わってもなかなか帰ろうとはせずに残っている同僚に人なつっこく近づく。一緒に飲みに行こうと誘う。いつもの癖なのだ。祐子は腕時計を見た。

「もう、帰ります、七時すぎましたから」

祐子は立ち上がった。

「駄目かね」

彼の声は心なしか、急に弱々しくなった。ふと付き合ってやりたくもなった。

「次にお願いしますね」

「用事はキャンセルができない性質のもんかね」

彼は座ったまま祐子を振り向いた。祐子は小さく頷いた。

外に出た。夏の生き残りのギンヤンマが鶏頭の枯れた茎にとまっている。彼は追いかけてはこなかった。なぜか可哀相な気がした。彼の橙のマツダファミリアが停まっている。助手席や後部座席に数種類の文芸誌が散らばっている。

校門を出た。モクマオウの茶色に変色した針葉が震えている。モクマオウ並木は「オリオン通り」からとぎれている。私は詩を作りたかった。自然の中に没頭したかった。彼は私の自然を謳った詩を軽蔑する向きがある。

数日後の朝、祐子は寝過ごし、遅刻した。だが職員会議はまだ始まっていなかった。朝刊を見ながら職員が騒いでいた。祐子は同僚の肩ごしに顔を覗かせた。仲松潔先生が振り返り祐子を見た。「彼の詩は叙情だね。私はコメントしたくないね」。誰かがコメントしてくれと言ったのだろうか。前川先生が全国的な詩の賞を受賞した記事だった。大きな見出しと彼の大きな顔写真が載っていた。大口を開けて笑っていた。

電話がひっきりなしに鳴った。前川先生は教頭の席に座ったまま、同じようなお礼や言葉を繰り返していた。教頭と校長は彼の傍らに立っていた。女教師たちはいつまでもはしゃいでいた。「前川先生って凄い才能があったのね。私たちも分からなかったわ」「能ある鷹は爪を隠すってほんとね」

「詩と小説は違うよ」と仲松先生が口をはさんだ。

「誰もそれを問題にしていませんよ」と三十九歳の独身の女教師が言った。憤慨しているのか早口だった。

「あなたには小説は分からないよ」

仲松潔先生は彼女に向いた。前川先生が受話器を耳におさえつけたまま仲松潔先生を睨んだ。一、二秒だったが、祐子は見逃さなかった。

「どうして決めつけるんですか」

彼女はずれおちた眼鏡を直しながら、仲松潔先生の正面に向いた。

「テーマが男と女の愛や憎しみなんだ」

「何をおっしゃりたいの」

「あなたは愛の経験はないんでしょう。独り善がりの憎しみは今、この瞬間も抱いているでしょうが」

彼女は目を見開き、仲松潔先生を見た。涙が急ににじんだ。すぐ、うつむいたまま別の女教師たちを掻き分け職員室を出て行った。

「面倒臭い事に巻き込まれんうちに、俺も授業に出るとしよう。子供たちは五分早いから、がっかりするだろうな。職員会は中止でしょうな、教頭先生」

仲松潔先生は教科書と出席簿を抱えた。自分の都合がいいようにこじつける仲松潔先生の性癖は日頃から鼻につく。彼が日頃、前川先生を羨ましがっているのは祐子も分かる。だが、彼は前川先生の才能を羨ましがっている以上に真の小説家になったら、美しい女が手に入ると信じているようだと祐子は感じた。

十数日の間、前川先生の話題が絶えなかった。受賞祝賀会が数回も開かれた。若い女教師や女生徒も前川先生に一目も二目もおくようになった。仲松潔先生が朝の職員会議の終了後、すぐ全職員に聞こえるように「あと十年もすると、退職金が数千万円だから、その時には勧奨退職して、執筆活動に専念するよ」と言った時は、祐子は冷や汗をかく思いがした。数カ月前にも祐子は冷や汗をかいた。同僚の理科の徳嶺先生が或る法人主催の芸術展の書道大賞を受賞した翌日だった。県内では権威のある賞だが、仲松潔先生は「書道はいいね。我々の仕事は何年もかかるからね」とにべもなく言った。

仲松潔先生は徳嶺先生に聞こえよがしに言ったが、目は祐子を見ていた。祐子はとまどった。仲松潔先生より五歳年下の徳嶺先生は、それ以来、祐子にもあまり口を利かなくなった。

前川先生の受賞騒ぎが幾分、下火になった九月中旬の或る日、祐子は明日までに仕上げなければならないノートを職員室に忘れたのに気づいた。夜七時前だった。中庭にもグラウンドにも誰もいなかった。昼間雨が降り、夕方からは薄ら寒い風が吹いた。職員室にも誰もいなかった。祐子はノートを持ち、二階の階段を降りかけた。ふと人の気配が漂い、足を止めた。仲松潔先生が廊下の窓から、下の濡れている花園か、遠くの何かを見つめていた。日頃とはうって変わり、神妙に顔が曇っていた。祐子は声をかけるのを躊躇した。だが、一言、声をかけてあげたかった。祐子は身を隠してはいなかったが、彼は祐子に気付かなかった。長い間、躊躇した。祐子は足音を立てないように階段を下りた。

前川先生はテレビにも出演した。アナウンサーのインタビューにも口数は少なかった。だが、自信に満ちていた。踏ん反り返るように椅子の背に凭れていた。祐子は、家のソファーに座り夜食の即席ラーメンを食べながらテレビを見ていたが、次第に鼻につき、チャンネルを変えた。普段から大口をたたく者は何もできやしないと、無口のまま大声を出しているように思えた。なぜか、仲松潔先生が可哀相になった。

靄かと思った。細かい雨だった。祐子はノートを脇にはさんだ。職員室の窓際に置かれていたミュロン作の「円盤投げ」の石膏像をふと思いおこした。力強い筋肉が白いせいか、妙に痛々し気に見えた。小柄な仲松潔先生はスポーツは不得手だ。同僚数人と飲んだ時、「スポーツマンの脳は筋肉にある」と極論を吐き、腕が太い、毛むくじゃらな体育教師に細い腕をつかまれた。居酒屋の主人と祐子が間に入り、なだめた。体育教師はやっと放した。長袖の白いシャツを着ていた仲松潔先生の腕には五本の指の跡が痛々しく残っていた。日頃から寡黙すぎる前川先生は、何につけ仰々しい仲松潔先生を軽蔑している。私の憶測かしら、と祐子は思った。

　運動場の埃が高く舞い上がった。体育祭は九日前に終わったばかりなのに、生徒たちは男も女も活発にドッジボールをしている。同僚たちは退屈しきっている。体育祭の緊張の弛緩がある。何かの話題を欲しがっていた。だから仲松潔先生のはしゃぎようは何日も彼らを面白がらせた。数日前の放課後。職務会が始まる数分前に、前川先生が斜め向かいの席の仲松潔先生を呼んだ。同僚たちは注目した。

「仲松先生、沖琉新聞に書いてみませんかね」

　祐子は耳を澄ませた。仲松潔先生は立ち上がった。

「今日、五時頃、編集部の女性が来るんですよ。話だけでも聞いてくれませんかね。私は忙しくて」

　前川先生は何気ないふうに続けた。

　仲松潔先生は複雑な心境にちがいない。戸惑うはずだ、と祐子は思った。だが、彼はすぐ「いいですよ、話を聞きましょう」と受諾した。

　仲松潔先生のこの十日間ばかりの行状は滑稽でもあり哀れでもあった。誰彼なしに小説のみならず妻の話も出した。「女房は俺が小説を発表するのを待ち望んでいるんだ。恋愛中にも小説を書いているとしきりに言ってきたからね」「お嬢さん育ちの奥さんを小説の力で抑えるんですか」と同僚の一人が、昼食後のお茶を飲みながら面白半分に聞いても、彼は真剣に答えた。「喧嘩するとね、もう小説を書いているなんて言わないでよ、なんてヒステリックになったがね、もうそんなセリフは言えないよ、女房も」

隣の席の三十九歳の独身の女教師に向きなおり、「やっと、俺も女房に孝行できる。気持ちを楽にしてやれる。温泉にでも、この冬休みには連れて行くよ」などと溜め息まじりに言った。しかし、放課後の校門の近くの全体清掃の時、祐子に「これで女房を見返せる」などと目を輝かせた。

今年の春三月頃も、仲松潔先生は、地元の新聞社の短編小説賞に応募するとはしゃいだ。祐子は成績表の作成や、遅れている教科の補習にじたばたした。仲松潔先生はむやみに年休を行使した。迷惑を被った同僚も多かった。だから、今回の彼の〈執筆宣言〉を苦々しく思う同僚も少なくなかった。面と向かっては誰も何も言わなかったが、教頭に〈圧力〉をかけた。教頭もしばらくは成り行きを見守っていたが、仲松潔先生が編集部への私用電話をみんなに聞こえよがしにかけるのでとうとう、或る日の五時限目の休み時間に注意した。

「仲松先生、午後からの出勤は慎んでもらえませんかね。生徒にも悪影響を与えますしね」

停年退職がまじかの、痩せた教頭の声はか細かった。

「昨日、徹夜で書いたもんですからね」

仲松潔先生の声は自信に満ち、力強かった。

「書くのは、個人の自由ですから構いませんが、職場には影響しないように希望しますよ」

「文学は世界に影響するんですよ」

「その前に教師ですから、私たちは」

「教師である前に、作家でありたいと考えているんですよ、私は」

「それは、先生のお考えですが、やはり、生徒には迷惑になるでしょうから」

「長い目でみたら、素晴らしい影響を与えるとは考えられませんかね」

教頭は黙った。何かを筆記するふりをしていた同僚たちは、そっと顔を上げ、教頭を見た。教頭は自分の席に座った。

「……その執筆とやらは、いつまで続くんですか」

「自分が生きている限り続きますよ。ただ、今、手がけているのは、あと二週間ですがね。締切り日ですからね。でも、人生に締切りはありませんからな」

仲松潔先生は「戦争をテーマにするよ。戦争体験はないがね。だが、戦争を想像力で造型できるのが本物の文学じゃないだろうかね」などと、忘年会や分散会の挨拶の時によくまくしたてた。「自然だけを書くという叙情には手を染めないよ。どれぐらいの迫真力があるというのかね、現代の人間に」と言う時は、叙情派詩人といわれている前川先生を見たりした。

だが、今回、沖琉新聞社から彼が受けたテーマは、特集「本土と沖縄の叙情文学の相違（仮題）」の中の一つの項目、〈雪〉に関しての考察を原稿用紙四枚にまとめるというものだった。仲松潔先生は書きあげた原稿を祐子に読ませた。概念的なものや、形式文書のようなものや、統計などが混り、一貫した強い印象は残らなかった。このような原稿を仲松潔先生は、学校のコピー機を勝手に使い、十数部も作成し、読ませた。文芸部の部長の二年生のK君が「意味がよく分かりませんでした」と率直に言うと、仲松潔先生は何やらしつっこく言い聞かせた。祐子は仲松潔先生の作品が成功するように願った。しかし、どこをどのように讃めていいのか、分からなかった。重大な欠点が数ヶ所みつかったが、彼がコメントを求めた時は枝葉末節にすぎない欠点を一つだけ言った。どこで調べてきたのか、各地の降雪量を地の文に書き込んでいた。「この部分はグラフにしたらどうですか」と一言いった。彼は不満気な色を口元にうかべた。

「自分も分かってはいるがね、意図があるんだな。その落差で読者を驚愕させるんだよ」などと言ったが、意味が分からなかった。「ロケットはうち上がったよ。後は軌道にのるだけだ。うち上げるまでが大変なんだな。後は空の上で少しづつ軌道修正操作をしながら進めばいいんだ」と小さく何度も頷いた。

誰彼なしに、印税が入ったら飲みに行こうな、奢るよ、と口約束をしているのは祐子も知っていた。祐子は自分にも声がかかるのかしらと気にしていると、ある土曜日の放課後、廊下の清掃用具入れの前に呼ばれた。「金かしてくれないか。一週間ばかりで返すから」と彼は声を潜めて言った。生徒は誰もいなかったが、三十九歳の独身の女教師が、廊下に面した教室の窓際に座り何やら教材の調べ物をしていた。祐子も声を潜めた。

「夏のボーナスを貰って、まだ二カ月にもならないじゃないですか」

「あれは借金返済にあてててしまってね。返すよ。印税も入ってくるし」

印税というのは著作を出版した時に入るものなんでしょう。あなたのは原稿用紙四枚の新聞掲載なんでしょう。祐子は皮肉を言いたかったが、黙っていた。

「編集者の女性に食事か映画でも奢らんといかんだろう。それにだな、挿絵画家にも一杯おごる必要があるしね、俺は画家も随分しってるから、かえって気を遣うよ」

「そういうのは、編集部で気を遣ってくれるはずですよ」

「そんなもんじゃないよ、君、世の中はもっとドロドロとしているんだ」

祐子は躊躇した。すぐに断れなかったのは、前川先生の歪んだ口元がうかんだせいではないかしら。昨日の昼食後の雑談の時、どのような話の中から出てきたのか、よく知らないが、前川先生が爪楊枝をくわえながら、隣の三十九歳の独身の女教師に「サラ金から、二十万でも借りて、はい原稿料と、お嬢さん育ちの奥さんに渡したら」と言った。職員室に居合わせたほとんどの同僚が笑った。祐子は、前川先生が原稿に目を走らせていた仲松潔先生の顔を盗み見たのを見逃さなかった。「借りてからですね、原稿料は酒代に消さんと、次の作品が成功しないと言って奥さんからもらうんですよ」と前川先生は薄笑いをうかべながら、続けた。「ほんとの原稿料を女房に渡したいよ」と仲松潔先生は言った。本気とも冗談ともつかなかった。同僚がまた笑ったが、祐子は笑えなかった。

「やはり渡した方がいいですよ。奥さん孝行ですよ」と三十九歳の独身の女教師が珍しく高い声をだした。「そうですよ、最初の原稿料なんだから」と謝名先生が言った。「よく出来てますよ、柔らかくて、新聞に向いていますよ」

仲松潔先生ははにかんだように小さく笑い、少し俯いた。お金を貸してあげよう。祐子は決めた。

職員室の廊下の窓からプールが見える。プールの水はぬかれ、底に赤茶けた土がこびりつき、底をさらう風に枯葉が小踊りするように舞っている。

朝、沖琉新聞社から書留の封筒が職員室に届いた。何人かの同僚が仲松潔先生の机の上のB五大の封筒を話題にしていた。仲松潔先生は午後から出勤した。酒の臭いがした。目は充血しているが小さい脅えの色は隠せなかった。祐子はいたたまれなくなった。廊下に出た。職員室は授業のない三、四人の教師がいるが、物音がしなかった。仲松潔先生の電話の声は耳を澄ますと廊下にいる祐子にも聞こえた。

君から強く言ってくれ。もう取り返しがつかないんだ。助けると思って。——。閉じ籠もるよ。女房が病気なんだ。とても、哀れなんだ。——。じゃあ、それでもいいからもう一回だけチャンスを与えてくれ、今度は好評なものを書くよ。暖めてはあるんだ。——。じゃあ、社に伺うよ。ね、いいでしょう。——。

受話器をおく音がした。何もかも静かになった。祐子は瞬きもせずに、外を見続けた。空が澄んでいる。窓硝子の汚れが目につく。背後に気配がした。祐子は慌てて振り向いた。「こんなのが来たよ」と仲松潔先生は一枚の紙片をさし出した。妙に白い感じがした。祐子は読んだ。何を言っていいのか、分からなかった。目をあげなかった。仲松潔先生の顔を見るのが忍びなかった。祐子は今度は、一行ずつ目に焼きつけた。寄稿じゃないのよ。依頼原稿のはずよ。

謹啓。御寄稿いただきました原稿の件ですが、今回の我が社の企画とは相入れかねますので、御返送させていただきます。企画の種類に依りましては、こちらより御連絡を致しますので、今回の件に関しましてのお電話や御来社は御遠慮ください。謹白。

パリ案内

朝九時、朋子と祐子はホテル・コモドールの前の路上に出た。まもなく、勝久のグレーの乗用車がきた。助手席に潔が乗り、潔の膝の上にはるみが座っていた。はるみは赤いトッパーコートを着ていた。朋子と祐子は後部座席に乗り込んだ。乗用車は発進した。

「早知子さんとお母さんは？」と祐子が聞いた。

「留守番」と勝久が言った。ぶっきらぼうに聞こえた。

「……私、留守番かわるよ。お母さんを連れて行って、勝久兄さん」と朋子が言った。

「今日は強行軍だから、太った年寄りは体に悪い」

勝久は速度をあげた。石畳道がどこまでも続き、乗用車はドイツ製の新車だが、中古車のような振動音をたてる。はるみは立ち上がり、潔の膝から朋子の膝に移った。〈パリは岩盤の上に立つ石の街だから、適当に割った石を並べた方が手間暇もかからないし、いったん造ってしまうと、造り直すのも大変〉と言っていた小暮をふと、朋子は思い出した。

「はるみ、ママは？」

「弁当つくった」

はるみはまた立ち上がり、座席の上の竹製のバスケットを少し開けた。巻き寿司がみえた。姉夫婦のパリ市内のドライブの弁当は私が作るべきだったんだわ。なぜ、気が付かなかったのかしら。朋子は早知子や母に悪い気がした。

「ロンドンの観光バスのガイドは日本人でしたがね」

潔が勝久の横顔を見た。勝久は小さく頷いた。

「彼女はニュージーランド旅行で知り合った英国人と結婚したそうです。眼鏡をかけた小太りの女性ですが、まあ、お世辞にも美しいとはいえないんですがね、愛嬌のある女性でしたよ。えてして、本土の人というのは、沖縄の人のイントネーションやアクセントがよく聞き取れずに、聞き返すのが常ですがね、あの女性は沖縄出身じゃないかと錯覚するぐらい、いわゆる沖縄の大御所作家がよく言うウチナーヤマトゥグチ（沖縄・山和口）をスムーズに受け入れましたよ。イギリス生活も、もう十三年になると言っていましたな。十三年も外国語の生活をすると、東京弁だろうと東北弁だろうと沖縄弁だろうと、一緒くたに聞こえるようになるもんですかな。実際、私たちのツアー客たちも成田や東京では無口でしたが、ロンドンやローマでは誰も彼もがはばかりなく見事なウチナーヤマトゥグチをつかっていましたな。外国では誰でも王様になれるもんです。ほんとにおとぎの国ですな」

「……朋子、ここからはモンマルトルが近いだろう」

勝久はバックミラーを見た。朋子は返事をした。

「まず、モンマルトルに登りましょうか」と勝久が言った。

「モンマルトル、イコール、ユトリロですな」と潔が言った。「この二つの名詞は私の内面では離れがたく結びついているのですよ。モンマルトルの響きは、私には悲愴の響きです。ユトリロは生まれも育ちもモンマルトルですな。生涯、モンマルトルの風景を描き続けたんですな。私に言わすれば、彼の精神風景なんですがね」

「沖縄にいた時、テレビで見ました」と朋子が言った。「絵葉書を写して描いたそうですね」

「画家それぞれの技法だから、どうでもいいですが、私たちが知りたいのは、なぜ絵を描くようになったのか、ですな」と潔が朋子を振り向いた。「……なんとアル中のためだったんですな」

「アル中だったの？」と祐子が言った。

「母親の、ええ……と、シュザンヌ・バラドンは年中、毎日恋と絵に夢中だったんだな。だから、ユトリロを祖母におしつけたんだな」と潔が言った。

「……」

「ユトリロは神経質で寝付きが悪かったんだな。手をやいた祖母は夕食の度に葡萄酒入りのスープを飲ませたんだよ。ユトリロは小学生の時には葡萄酒を飲まないと宿題も手につかなくなったんだな」

「大変なお婆さんね」と祐子が言った。

「絵を描くというのは医者が勧めたアル中治療法なんだな」と潔は続けた。「おまけに、義父がね、何度も入退院を繰り返すユトリロを〈絵を描かないと死ぬまで病院に閉じ込めるぞ〉と脅し続けたんだな」

「でも、才能が開花したのね」と祐子が言った。

「偶然に才能は開花するもんだ。第一、個々人にどのような才能が潜伏しているか、分からないだろう」

「でも、世の中には開花した人も沢山いるんでしょう」

「偶然だな。しかし、それがその個人の最大の才能とは限らない。勝久兄さんだって。もしかすると柔道以外の才能が潜伏しているかも知れない」

　潔は勝久に向いた。

「私だってそうです」と潔は続けた。「文学には、詩もあるし、小説もあるし、評論もあります。どれが、私の才能なのか、まだ確定はしていません」

　乗用車は長い石畳の坂道をあがった。丘の頂に白亜のサクレクール寺院が建っていた。乗用車を降りた。観光客が多かった。ほとんどがコートを着ていた。形も色もさまざまだった。息が白かった。

　朋子たちは寺院の前の展望テラスに登った。眼下に冷え冷えとしたパリの街の無数の屋根が広がった。ほぼ正面の彼方に、カルチエ・ラタンのパルテノンのギリシャ神殿風の円屋根が見える。右手、西方の方向は靄にかすみ、エッフェル塔が宙に浮いている。

　朋子たちはサクレクール寺院の裏に回った。

「ジプシーが多いから気をつけなさいよ」と勝久が言った。

「パリでもローマでもバスガイドはジプシーの犯罪を強調していましたな」と潔が言った。軽装の少年や少女たちが石壁にくっつき、朋子たちを見ている。「新聞を拡げながら近づき、掏る、ショルダーバッグの紐をちょん切りかっぱらう、オートバイで後ろからひったくる、などなどですな。だが、ジプシーの諸々の業が人間性の高揚じゃないか、と私は疑ったのです。ジプシーたちの生命力を文学作品に顕現したい気にもなったんですな」

「でも、犯罪でしょう」と祐子がハーフコートのポケットに手をつっ込み、肩を少しすぼめながら言った。

「犯罪という概念は人間の弱さをカバーするために、弱い人間が考えたもんです」と潔は勝久に言った。

「でも、犯罪人を防ぐためでしょう」と祐子が言った。

「それを言うのなら、人間が悪くなるのを防ぐ、だろう。……勝久兄さん、母国のために外国人を殺すのも、自分のために親友を殺すのも殺人です。私は犯罪を犯す、犯罪を許すというのは生命力が衰弱したせいだと思うんですよ。国民の生命力が衰弱したらどうなります？　まず、戦争がおきます」

パリ市内に残る小さい葡萄園の脇を通り、古モンマルトル博物館の前をすぎ、ユトリロやサルトルやヴェルレーヌやピカソがたむろした店シャンソニエ〈ラパン・アジル（とびうさぎ）〉を横切った。蔦かずらに覆われた古い石造りの家並の間をぬけながら、なだらかに上下する石畳の道を、五人は足早に歩いた。

サクレクール寺院に戻った。テアトル広場は、画家のたまごたちの溜まり場だった。レストランのテラスを囲むように一〇〇近くのキャンバスが立っている。一心不乱に絵筆をふるっている者も、瞑想にふけっている者もいる。似顔絵描きや切り絵師が、観光客に「いかがですか」とかなり強引に言い寄っていた。相場は百フラン（三百円）、仕上がるのに十分もかからない、と朋子は前に小暮にきいて知っていた。

若い金髪の画家に似顔絵を描かせている老女を、夫らしき老人がしきりに写真を撮っていた。傍らの、腰の曲がった老画家の三人を見る目はうつろだった。はるみはクレープとコーラを買った。

乗用車は石畳の坂道をおりた。モンマルトルの丘の麓、ピガール界隈はパリの夜の歓楽街だ、と朋子も知っていた。フレンチ・カンカン発祥の店、赤い風車の〈ムーラン・ルージュ〉の脇を通りすぎた。

朋子が小暮から、パリに来てまもなく、〈ムーラン・ルージュ〉の話をきいた。小暮は同棲をしているフランス人の女性と見にいったという。〈入口で並ぶ客達は一人残らずスーツやドレスを着ていましたが、料金はシャンパン付きで二七五フランですから、びっくりするほどの値段じゃありません。よく冷えたシャンパンを飲むうちに幕が開きました。ミュージカル、ダンス、マジック、影絵、何の変哲もないようですが、実際には信じられないほどの高度な芸が豪華な舞台でスピーディに展開していくのです。――暗転したと思ったら客席の真前に巨大なガラスの水槽が現れ、イルカとビキニ姿の美女がもつれ合いながら泳いでいるではありませんか。数々の芸を見せたイルカは最後に口先で巧みにビキニの上をとる。次いで、下に口先をのばし、あわや、というところでパッと照明が消えるのです。フィナーレはもちろん、フレンチ・カンカンでした〉

潔は煙草をふかした。はるみが小さく咳き込んだ。

「あなた、車の中で煙草、吸うのは止めて」と祐子が言った。潔は素直に煙草をもみ消した。

「まるで、中世の街に現代の無数の自動車がタイムスリップしたようなもんですな」と潔が言った。

「いつも、ラッシュですよ」と勝久が言った。中央分離線にも歩道にもところ構わず駐車車両がぎっしりと並んでいた。たまたま橙のマツダファミリアに出会った。

「私の車もパリを走っているんだなぁ」と潔は振り向き、祐子に言った。勝久の乗用車の前を中古の乗用車が急に横切った。朋子は驚いた。勝久は警笛を鳴らさなかった。朋子は動悸がおさまらなかった。

「勝久兄さん疲れるでしょう。私も運転はしますが、沖縄では運転しながら、冥想に浸っているもんですから。ここでは、運転中は運転に専念しなければならないんですからな」と潔が言った。

「慣れますよ」と勝久は前方を見つめたまま言った。

「交通の無秩序には閉口しますな。よく見たら、車線もないですな。パリの人間はものを考える習慣があるのか、疑わしいですよ。毎日、運転に全神経をすりへらしているんじゃないですかね。沖縄ではのんびり何かを考えながら運転できますよ」と潔は言った。

「何か見たいもの、ありますかね」と勝久が言った。

「そうですな。……正直いって、私はこの街に身震いするのですよ。ここには、確かに芸術家や作家を身震いさせる何ものかがありますな」

潔は腕組みをした。乗用車は狭い石畳の路地に入った。路地にもひしめき合うように幾十幾百の乗用車が駐まっていた。

「私がO大学の頃は、古い時代の石畳が残っていましたよ。だが、今はアスファルトです。生活に不便というのが理由です」

「まだ少しは残っているわね」と祐子が言った。

「ロンドンが静謐なのは、街の中の道路がアスファルトだったせいでしょう。ここは車道も歩道も石畳ですから、街全体がほこりっぽいように感じますな」と潔が言った。

「石畳は表面がでこぼこですから、車を乗り過ぎると痔になるんですよ。絶えず小刻みに震動しますから」と勝久が言った。

「勝久兄さんは痔ですか」と潔が聞いた。朋子と祐子は顔をみあわせた。

「痔じゃありませんよ」

勝久は唇を歪めて笑った。

「それから、石は硬いでしょう。革靴で長時間も歩きつづけると、足の裏が痛みだし、やがてたこができるんですよ」

〈勝久さんはたこですか〉と潔が聞かないか、朋子は気が気でなかった。朋子は祐子に言った。

「冬は石畳の冷たさが靴の底から染み込んでくるのよ。革靴の時は厚い靴下も履けないから、ほんとにぞくぞくするのよ」

「大変ね……ね、どこに連れていってもらうの」

祐子が潔の肩を軽くたたいた。

「そうだな。ええっと、市内をぐるりと回ってからロダン作のバルザック像を見せてもらえますかね、勝久兄さん」と潔が言った。

「バルザック像？　あのモンパルナス通りのババン辺りに立っている恐ろしい顔の男かな？　朋子」

勝久はバックミラーを覗いた。

「よく知らないけど……」

朋子は小さく首を振った。

「まちがいない」

勝久は乗用車の速度をあげた。石畳道に車輪がはじかれ、朋子たちも小刻みに揺れた。

「ローマのような古代と中世と現代がごっちゃに混じり合っている町も珍しいですな。私はいわゆる歴史の中心はローマだと考えますね」と潔が言った。「古代のオリエントなどの水がローマに注ぎ込み、ローマから幾百もの支流を形成しながら世界に流れ出た。そんな感じがするのです」

「煩雑な町じゃないですか」と勝久が言った。

「確かに煩雑です。だが、それが、生命力だ、と私は規定するのです。ローマには物乞もいるでしょう。だが、生き生きとしています。日本のように社会のトップクラスに位置しながら、自殺してしまうような脆弱な風土ではないのです。ローマの文学は、さしずめ、叩きつけるような文学です。銃です。登場人物は詩人も売春婦も戦士も人妻も生命力に満ち満ちています」

「パリとも違うんですかね」と勝久が言った。

「ローマとパリっ子は違いますね。文字通りパリっ子ですよ。いつも青春です。地味に働こうとはしません。謳歌ばかりしている。明日は考えない。何も残そうとはしない。それは、目の前にいろいろ無数に残っているからでしょう」と潔は言い、二度三度うなずいた。

「潔さんは詳しいですな」と勝久は言った。勝久は狭い石畳の路地でも慎重な運転はしなかった。危なくないかしら。朋子は落ちつかなかった。

「ところが、私は残すのを第一義に考えている。作品のために恋もしたくない。パリっ子は違う。まず恋をする。すると、作品がうまれる」

「……はるみ、沖縄で会った頃よりずっとかわいいわ。とびぬけた美人にはならないかも知れないけど、いい表情だわ。きっと、みんなに好かれるわね」と祐子が朋子に言った。朋子は微笑み、頷いた。祐子は朋子の膝の上のはるみに軽く触れた。乗用車が振動する度に、はるみの寝顔が小さく揺れる。

「ローマでもまっさきに恋をしますな」と潔が勝久に言った。「ローマで見かけたストーリーですがね。いや、まさにストーリーです。若い男が煉瓦造りの窓の下で懸命にギターを弾きながら歌っているのです。何だったと思います？　プロポーズなんですよ。歌は男の作詞、作曲です。あの節回しは素人くささがぷんぷんしていました。若い女は窓から顔を出したり、隠れたりしていました。迷っていました。だが、やがて、玄関のドアが開き、男の胸にとびこみましたよ。女の目は潤おっているような、輝いているような目でしたよ。ローマの恋人たちには文学が生きています。文学そのものです。男の詩が女の魂を揺り動かしたのです。女の中に法悦が充満したのです。女には男の詩だけが全世界だったのです」

潔は芸術論をのべていた時は語尾にさかんに「な」をつけていたが……と朋子はふと思った。

「でも、少し気障っぽいですね」と勝久が口をはさんだ。

「文学そのものが、そもそも気障なんですよ。ありもしないものをあるように見せてしまうんですからな」と潔は言った。

「潔さんのプロポーズの方法は……」と勝久が聞いた。

「ほとんど不明なんですよ。祐子、覚えているかい？」

潔は振り返り、後部座席をみた。祐子は微笑んだ。

「ギターの音色は聞かなかったわ。……プロポーズらしいプロポーズはなかったわね」

「現実というのは自然が一番だよ」

潔は前方に向いた。「実がみのり、熟し、落ちる、そのような結婚が自然ですよ」

「俺は、熟さないうちに強引に落としたようなもんですよ」と勝久が言った。

「じゃあ、熟すまで寝かさなければなりませんな。つまり、理解し、共感し合うまでは焦らないという意味です」と潔が言った。勝久は黙ったまま運転を続けた。

カルチエ・ラタン一帯は学生街だった。フランスきっての名門、エコール・ノルマン（高等師範）やソルボンヌ大学、リセ（中高等学校）の名門アンリ四世校の近くを横切った。サン・ミッシェル大通りに出た。カフエ、レストラン、書店、文具店、ブティック、映画館などが建ち並んでいた。

一方通行の道路が多かった。勝久の乗用車は同じ道も通った。勝久兄さんは道に迷ったんじゃないかしら、と朋子は一瞬思った。

狭いユシエット通りに入った。モロッコ料理店やギリシャ料理店のテラスが目立つ。店内から羊肉のケバブを焼く煙がもれてくる。各料理店が店先に自慢のメニューを掲げている。〈タラモサラダかスープ、ボリューム満点の魚、羊のケバブ、デザート、一切ふくめ、わずか三七フラン！〉〈オリエントの味覚！モロッコのクスクス料理、サラダ、ペパーミント（ハッカ茶）付き二九フラン〉。旅行者や学生が献立表を囲んでいる。

「この辺りで、弁当食べようか」

勝久が乗用車の速度をおとした。

「そうしましょうよ。御馳走になりましょう」と祐子が朋子に言った。朋子は膝の上のはるみの肩をゆすった。はるみは目を覚ました。

勝久はサン・ジェルマン教会の前の広場に乗用車を停めた。今はジプシーの大道芸人たちはいなかった。この広場では、よく彼たち彼女たちが熱情のフラメンコを踊り、口にガソリンを含み、炎を吹きだす。広場に面するカフ・ドゥ・マゴのテラスが見物用の特等席だった。あのカフェとすぐ隣のカフェ・デュ・フロールには昔、サルトルやボーヴォワールや黒装束の実存主義者たちが入り浸った。今日も文学好きや哲学好きの青年や老人がたむろしていた。朋子も勝久もカフェ・ドゥ・マゴやカフェ・デュ・フロールを知らなかった。

「……テラスに座ると、同じ飲み物でも店内のカウンターの約二倍の料金をとられますよ」

勝久が巻き寿司をつまみながら、前方のカフェ・デュ・フロールを見た。「そのかわり、十五フランぐらいの一杯のカフェで一日中ねばってても絶対に嫌な顔はされませんよ」

「狭い路地にひしめき合っているテラスでワインを飲む。いいもんですな」と潔が言った。「写真で見ましたよ。……今は時期じゃないですな」

潔の観察力や記憶力は鋭い、と朋子は思った。小説が書けないのが不思議だった。

「春になると、街角という街角に一斉にテラスの花が咲きますよ」と勝久が言った。武骨な勝久が文学風の表現をした。朋子は思わずほくそえんだ。

「テラスのすぐ真横を往き来する人たちを眺めたりしても誰も気にしないのね」と朋子が言った。

「おいしいですな」

潔は筍の煮物をつまみ、口に入れた。「私たち、ツアー客のロンドンでの昼食は中華料理でした。うらぶれた店でしたが、あの女性ガイドはですね、私たちが残したものをウェイトレスに包ませ、持ち帰ったのですよ。ロンドンには一昔前の日本、いや沖縄が在ります。羨ましくもなります。いや、私は社会評論を論じるつもりはありません。文学にはハングリー精神が必要なんです。飽食の中のハングリーというのも可能ですから、現代日本に傑作がうまれないという短絡思考は禁物ですがね。あんまり貧しくても駄目です。パンだけが頭にうかびます。作家たる者は原稿用紙の枡目が寝た時に、天井いっぱいに広がらなければ本物じゃありません、パンや女の尻や校長の髭面などがうかんでは先が知れています」

「女の尻を追っかける作家もいるんじゃないですか」と勝久が言った。

「女の尻を追っかけているように見えるだけです。表層です。その実は人間の普遍性を見極めようとしているのです」と潔は断定するように言った。

「普遍性は女のお尻にはないの」

祐子が悪戯っぽく笑った。

「作家が見るその時には、すでに女の尻は女の尻でなくなっているんだ」と潔は念を押すように言った。

「話は変わりますが」と潔は勝久を見た。「ジュネーブの夜、高級レストランで、祐子と二人っきりで食事をしました。ほの赤い灯りがともっていました。外は雪が降りかねない寒さでしょう。私と祐子は」と潔は首を傾けた。「恋人のように甘いムードに浸っていましたよ。ところがですね、私たちの隣のテーブルに、二人の初老の日本人の男が座っていたんですな。最初は二人とも畏まっていたんですがね、そのうち、ボーイが愛嬌のある恥ずかしがりやのスイス人の若者だと見ぬき、与し易いと感じたんでしょうな。椅子の上に片足をのせたり、ボーイに高圧的な口ぶりで指図しだしたんですよ」

「見苦しいな」

「私は注意をしませんでしたよ」

「足を蹴飛ばせばよかったのに」

「彼らは戦争で圧迫され、職場で圧迫され、家庭でも圧迫されてきたのです」

「だが、圧迫されてきたからって、見ず知らずの人間を圧迫する道理はないでしょうが」

「自慢したいのですよ」

「外国でしか自慢はできないんだな」

「外国に脱出する日本人のタイプは二通りですな。日本では梲《うだつ》が上がらない人間と、日本で頂点を極めた人間です」

「ま、そんなに簡単に分けられるもんでもないでしょう」

「心理分析的に分類すれば、そのように落ち着きます」

「どんなもんですかね、俺もパリに来て何とか芽が出たようなもんだが、よく分からないな」

「バルザックも若い頃は批評家の目が低いために浮かばれませんでしたよ」

食事がすんだ。勝久は乗用車を発進させた。サン・ミシェル河岸に出た。急に視界がひらけた。石造りの建物やプラタナスの枯木の淡い影をのせ、セーヌ河がたゆたうように流れている。先の方に、パリ発祥の地、シテ島が浮かんでいる。

乗用車はセーヌ河岸を進んだ。ノートルダム大聖堂が近づいた。朋子はビクトル・ユーゴーの小説を思いうかべた。せむし男のカジモドが狂ったように鐘を打ち鳴らした鐘楼の先端が灰白色の空を突き刺している。

火刑死したジャンヌダルクの名誉回復の審判、一八〇四年のナポレオンの戴冠式、一九四四年のドゴール将軍のパリ解放のミサ……百余年に亘るパリの日々をみつめてきた大聖堂。乗用車は周囲を一周し、五人はセーヌ河側から南の〈バラ窓〉を見上げた。雨樋と魔除けを兼ねた奇怪な鳥獣像と、巨大なバラの花の形のステンドグラスが奇妙な均衡を保ち、溶け合っていた。広場に十数台の観光バスが停まっていた。

シテ島の花市場をぬけ、セーヌ河右岸のコンシエルジュリーにと向かった。コンシエルジュリーはフランス革命のちなまぐささがまだただようような気がした。朋子は三カ月前に、小暮に案内された。ここで、革命後の裁判を受けギロチンに登った二六〇〇人の貴族や革命家が一生最後の時を待った。

ルイ十六世の王妃マリー・アントワネットが収監された石造りの独房は小さな礼拝堂に改修されていた。誇り高い彼女がいつもすっと背筋を伸ばし、座っていた椅子、最後の手紙類などが展示されていた。昼間でさえも暗いあの独房で、オーストリアのハプスブルク家からフランス国王に嫁いだ悲劇の王妃は過ぎ去りし日々の何を思いかえしたのでしょうか。朋子はぼんやりとコンシェルジュリーを見つめていた。一七九三年十月十六日、アントワネットは荷車に乗せられ、三万の兵士が警戒する間をコンコルド広場の断頭台に向かった。

乗用車はデザール橋からセーヌ右岸に渡り、河岸を西に進んだ。すぐルーブル宮が現われた。朋子は小暮とルーブル宮の内庭に立つカルービンの凱旋門をくぐり、チュイルリ庭園を散策した。フランス革命の時、ルイ十六世を最後まで見捨てずに警護した数百名のスイス人傭兵が市民に惨殺された場所だった。凄惨な影はなかった。花壇や噴水の回りや、彫刻が建ち並ぶ並木道のベンチに憩う恋人たちの姿しかなかった。

コンコルド広場に出た。かつて、今のブレスト像あたりに設置されたという断頭台にジロンド党の花ローラン夫人が上った処刑の直前、ローラン夫人が何を叫んだのかは朋子も知っている。〈自由よ、お前の名においていかに多くの罪が犯されることか〉

乗用車はコンコルド広場を回りシャンゼリゼ大通りに出た。乗用車は枯木のプラタナスがふちどる長さ約二キロメートル、幅約百メートルのシャンゼリゼ大通りを凱旋門に向かい、なだらかな傾斜を走った。ぎっしりと両側に並ぶ高級店に、最新モードのよそおいを誇るパリジェンヌ、ゆとりに満ちた物腰の中年夫妻、そぞろ歩きの旅行者が群れている。〈オー・シャンゼリゼ、欲しい物は何でもあるよ――〉朋子の脳裏を歌が流れた。

「パリにも階段はありますが、ローマほどじゃないですな」と潔が言った。「私がローマのヴァチカンやスペイン階段の広く長い階段を見た時、何を感じたと思います？〈ローマの休日〉ではなく……一九二五年のロシア映画です。〈戦艦ポチョムキン〉です。見ました？　見なかったですか。私は二度見ましたよ。問題は軍隊に追いつめられた何万人もの民衆が長い石段を逃げまどうシーンです。両足のない男も必死に階段を跳びおりましたよ。泣き叫ぶ赤ん坊をのせたまま乳母車が長い階段を転がりおちました。乳母車を押していた母親は射殺されたのです。無声映画でしたな。女たちのクローズアップの激しい表情も音がないせいか、鼻につきませんでしたよ。一人残らず個性にあふれた表情でしたよ」

乗用車は凱旋門の傍を通り過ぎた。

「夜の凱旋門は光に浮かびあがるのよ、綺麗よ」と朋子が言った。

「ほんと」と祐子が言った。

「夜、セーヌ河遊覧船に乗ろうか」

勝久がバックミラーを見た。

「乗りたいけれど、明日の朝、早いの。少し疲れたし……」と祐子が言った。

「何時なの？」と朋子が聞いた。

「七時三十四分にリヨン駅からジュネーブ行きのＴＧＶ（特急列車）に乗るのよ。ジュネーブからチューリッヒに飛行機で飛び、チューリッヒから成田に帰るの」

「もう、沖縄に帰るのね……」

「お母さんをよろしくね、朋子」

朋子は頷いた。

四十分後、バルザック像に着いた。モンパルナス通りとババン通りが交錯する辻にあった。等身大の青銅の寝衣姿のバルザックが二メートル高の台座に立ち、斜め上のプラタナスの枯枝を見上げていた。台座にはバルザックとロダンの名が同じ大きさで彫られていた。潔は像の正面に立ち、ポーズをつくった。朋子が潔のカメラのシャッターをきった。

「祐子も入ったら?」と朋子は乗用車の中の祐子に声をかけた。

「いや、いいですよ。私はバルザックと二人きりになりたいのですから」と潔が言った。「あと、五、六枚撮ってください。一番いいのを引き伸ばし、書斎に飾りましょう。バックのすずかけの枯木も何かを象徴していますからな」

朋子は言われたとおりに少しアングルを変え、五回シャッターをきった。潔は鉄の柵の中に入り、像を撫でた。朋子は乗用車にもどった。祐子が朋子の手をとった。

「頑張ってね、朋ちゃん」

朋子は深く頷いた。

「手紙ちょうだいね」

「祐子もね。……幸せにね」

「はるみちゃん、また沖縄に遊びにいらっしゃいね」

「海、連れてってね」

はるみは目を輝かせた。

「うん。行こうね。勝久兄さん、元気でね。お母さんをくれぐれもよろしくね」

凧

正月の朝は静かだった。着飾った婦人たちが街頭をしゃしゃり歩く姿もなく、店々はシャッターをおろし、一月一日といってもカレンダーの移り変わりにすぎないと言うフランス人のドライさを朋子は感じた。

正月はカトリック教では〈幼子イエスが降誕八日目に割礼を受け、その尊く汚れなき御血をはじめて人類のために捧げたもうた記念すべき日〉なのだが、多くのパリジャンにはレヴェイヨン(大晦日)にしこたま飲み、騒いだあげくの二日酔いの日になる。レヴェイヨンにはどこもかしこも新年を迎えるために深夜パーティーが開かれる。レストランは何日も前から深夜の客を募集する。パリジャンは友人を誘い合い、押すな押すなの大盛況のレストランに特別料金を払い、繰り込む。しこたま飲み、腹一杯たべ、踊りまくり、午前零時になると同時に往来に繰りだし、「ボンナネ」（新年おめでとう）と叫び、頬っぺたにビズ（キス）をしあう。この時ばかりは誰彼かまわず、手あたりしだいに片っ端から抱きついても文句がでなかった。

〈自動車は一斉に警笛を鳴らし、街中が騒音の巷と化す。若い連中はひと騒ぎが終わっても、また飲みなおし、飲み明かしてしまう〉とマダムは昨日の午後朋子に話した。朋子はこのような光景を見たかったが、ビズとか、酒とか、騒ぎが恐く夕方から外出はしなかった。管理人室の食卓の上に小さいやどり木が置かれていた。フランスでは遠くゴール人の時代から、無病息災のお守りのやどり木は新年には欠かせないアクセサリーだ、という記事を朋子は以前読んだ。〈クリスマスと違い、単に新年を迎えるための俗界のお祭りだから、食べ放題に旨いものを食べ、呑み放題に酒を飲めば上々。どんちゃん騒ぎもおおぴら。カフエ・クーポールなどのダンス場は大賑わいとなる〉ともマダムは言っていた。また、〈新年のお祝いのビズをすると見せかけ、相手の財布をすり取る輩も多く、警察は、毎年「すりに御用心」の警告を出す〉とも言っていた。

朋子と小暮は坂を登り、シャイヨ宮の広場に出た。広い階段に座った。巨大な塔がすぐ目の前に迫った。シャイヨ宮はセーヌ河をはさみ、エッフェル塔と向かい合っていた。丘の下のセーヌ河を遊覧船が音もなく動いているように朋子は一瞬感じた。乗客はぎっしりと詰まっていた。朝日は見えなかった。すでに九時をまわっていた。丘の下の街にはまだ白い朝靄がかかっていた。広場をローラースケートを履いた子供たちが滑っていた。赤い長ズボンや赤いセーターがめだった。朋子はパリの街を見まわした。正月だというのにどこにも国旗は掲げられていなかった。

昨日、大晦日の午後、小暮から朋子に電話がかかってきた。朋子は元日の朝、小暮と初日を見に行く約束をした。大晦日の夜、家族一緒に年越しそばを食べている時、伊藤から電話がかかった。正月に会ってくれと言われた。一人ぐらしの伊藤が可哀相になった。朋子は迷った。だが、小暮との約束を破る訳にはいかなかった。家族水入らずで正月を過ごしたいから、と丁寧に断った。

「何の袋ですか?」

小暮は朋子のトッパーコートの膝の上の紙袋に目をやった。

「芋饅頭です。作って来ました」

「僕のために?」

朋子は一瞬とまどったが、頷いた。

「一つ、食べたいな」

朋子は袋から芋饅頭を取りだした。小暮は一つつまんだ。

「……美味しい。朋子さんが作ったんですか」

朋子は微笑みながら頷いた。

「どのようにして作るんですか」

「蒸かした薩摩芋に小麦粉などを混ぜて皮を作り、炊いたえんどう豆と黒砂糖を煮詰め、あんにして包みます」

「美味しいですよ。もう、一ついい?……朋子さんも食べて下さい」

朋子も一個つまんだ。

「日本の正月は年賀状をもらったり、可愛い子供たちにお年玉をやったり、それから、正月料理、綺麗な着物……とても綺麗なテレビの歌手の衣装……空にはいくつも凧が揚がって……楽しかったわ」

「パリの子供たちは正月でも真夏でもローラースケートですよ。日本では正月以外に凧を揚げてはいけません。知らず知らずのうちにタブーになっています。真夏にも凧自体は揚がります。だが、真夏に凧を揚げると、みんなが不可解な目でみるんです」

「……私、去年の正月、近所の子供たちと一緒に凧を揚げました。最近の凧はビニールのようなもので出来ているんですね。尻尾はないんですよ。だけど、とっても高く揚がるんです。昔の凧はよくバランスを崩し、落っこちたんでしょう。ビニールの凧はほとんどぶれもしないんですよ。……あの時、私、恐い思いをしました。私たちが凧を揚げていた場所はビルを建てるために整地された広場でした。私は近所の親たちから子供を預っていたんですね。小学二年生の女の子と小学一年生の男の子と、二歳ぐらいのよちよち歩きの男の子でした。私は小学一年生の男の子の凧糸を調節していました。その時ふと、胸騒ぎがしました。慌てて周囲を見回しました。ちょうどその二歳ぐらいの男の子がよちよち歩きながら十数メートル先のコンクリート製の大きな貯水槽の向こうに隠れました。私は激しい動悸がしました。あの貯水槽の向こう側には埋められていない古井戸があったのです。どこをどのように走ったのか、分かりませんでした。私はその男の子をすぐには発見できませんでした。やがて、男の子がしゃがんでいるのが分かりました。小石をどかせていました。よく見たら、蟻と戯れていたんです」

「びっくりしましたね。私もお話を聞きながら心配でした。……もう一個いいですか」

小暮は饅頭をつまんだ。朋子は微笑んだ。

「ここなら凧もよく揚がるでしょうね。あのエッフェル塔より高く揚げてみたいですね」と小暮が言った。

「揚がるといいですね」

朋子は曇り空にかすむエッフェル塔の先端を見つめた。

「私の目にはあの塔より高く揚がった動かない小さい凧がうかんでいます。美しいと思います。やはり、美しいものはいいもんですね。私の心はいつもこのパリの曇り空のようなものですが、美しいものを見る度にほっとするんです」

美しいパリの街から逃げたい、とあのメトロでは言っていたのに、と朋子は思った。

「……小暮さんの恋人、お美しいでしょう」

「美しいか、美しくないかはもう分からないのです。ただ私の心はパリの曇り空です」

〈ではなぜ、同棲なさっているんですか〉朋子は聞きたかったが、聞けなかった。

「フランス人の派手な女性と同棲をしている、だから、どのような女性にも簡単に手を出す、普通はこのように考えますね。だが、私は違います。私はこれまでに、朋子さんを何回かデートに誘ったが、朋子さんの手に触れた覚えはないのです。どうですか」

朋子は頷いた。

「男は、何か美しいものをこの現実世界に保ちたいのです。一つの夢ですね。現実の世界に夢を残したいのです。私は時々、もう朋子さんとは会わないようにしようと考えるのです。朋子さんの面影をずっと抱き続けたいのです」

「私は臆病かも知れません」

「でも、会えるのに……」

「……」

「私は通訳よりは、絵筆を持つのが性に合っているようですが……でも、通訳だとなにか機械のように生きられるような気がして……機械のように生きてはいけないとは思っているんですが……」

「私も引っ込み思案ですけど、でも通訳の仕事がしたいのです」

「立派な仕事です。私は女性が一人で一つの部屋に閉じ籠もらなければならないような仕事は好きになれません。朋子さんにはほんとに頑張って欲しいと思います」

「私は小暮さんを目標に勉強しているのです」

「悪く思わないで下さい。私も頑張りますから……朋子さんの成功を祈ります。一緒に頑張りましょう」

朋子は小暮の目をみつめ、力強く頷いた。

「正月なんですね」と小暮が言った。

「私、除夜の鐘を数えたんですよ。一つ、二つ、三つ、て最後まで。悲しいことや嫌なことが、一つ一つ消えていくような気持ちになるように、ゆっくり、ゆっくり」

「だから、朋子さんは心優しいんですね」

「小暮さんのお正月は？」

「ほとんど寝正月ですね」

「お酒の飲みすぎかしら？」

「神々しい初日を見ると、顔が赤らむんです」

「……」

「初日が見たくないから私はパリに来たのかも知れません。このような白い靄の正月は落ち着くんです。パリの空はこのようにぼんやりしているのにどうして、人の心ははっきりしているのか不思議です。パスカレットは砂漠の太陽のようです。はっきりしすぎています。私は自分自身をそっと包めないのです。不可能です」

小暮はパスカレットを話題にしたがっている、と朋子は感じた。朋子はつい先程まではパスカレットを知りたいと思った。だが、聞くのが恐くなった。突然、今、小暮に愛の告白をされるような気がした。朋子は動揺し唐突に「ある年の正月が終った翌日、親戚のおばあさんが亡くなり、小雨の中を私は泣きながら丘の墓に向かいました」と言った。

「朋子さんは、感じ易い子供だったんですね」

「今もあまり変わりません」

「お婆さんがいつかは亡くなるというのは、動かし難い真理ですが、でも、たまらないですね」

朋子はうつむいた。

「運命に抗う唯一の方法は幸福になることです」

「みんな幸せになりたいですよね」

「……勝久さんは、私に、君は汚れているから、妹を嫁にはやれないって言っていましたよ」

「……兄は何も分かっていないと思います」

「勝久さんなりに分かっているんでしょう」

「……どうして兄のアパートに遊びにいらっしゃらないんですか。以前はよくいらっしゃったのに……何か、兄と……」

「何もありません。何となく、足が重いんです」

「兄のせい？」

「いえ、私のせいです」

「小暮さんは何も……」

「勝久さんのアパートには行かずに、朋子さんを電話で呼び出し、このように会っている、というのが、不自然なのです」

「……」

「今は朋子さんだけと会っていたいのです」

朋子は動悸がした。私はこれからも小暮さんとデートを重ねるのでしょうか。私は勉強をしにパリに来たはずだわ。人を好きになるためにでは……ないはずだわ。朋子は自分自身に言い聞かせた。

「小暮さんの、子供の頃の正月の話を聞かせて下さい」

朋子は顔を上げた。

「正月ですね」

「……京都ですか？」

「正月はいろんな所で迎えましたよ」

「何か印象深いお正月は？」

「そうですね……私が、なぜ臆病になったのかも分かるかも知れません」

「……」

「少年の頃、大晦日に母がいなくなりました」

「……」

「男と逃げたと思うのですよ」

「……お父さんは？」

「まもなく病死しました」

「お母さんとずっと会ってないんですか」

「あの日から、五年後に会いたいという電話がありましたが、私も妹も会いませんでした」

「妹さんは……」

「妹も私も山口の父方の親戚に引き取られました。妹は中学を卒業後すぐに米軍基地のアメリカ兵のオンリーになりました」

「……」

「いつかメトロの中でしたか、送金が跡切れたら私もプラカードを持つかも知れないと言いましたね」

朋子は頷いた。あの時、老人と一緒に座っていた犬がふと思いうかんだ。

「どのようなプラカードだと思いますか」と小暮が言った。

「あの時のお爺さんは〈犬も私も食べるのがないから、お恵み下さい〉でした」

「私は犬もいませんから、こう書くでしょう。〈私は落ちぶれているけど、どうか、どなたも私に構わないで下さい〉」

「どうしてですか。……どうして……お母さんもきっと小暮さんに会いたいのよ。私、分かります。でも、きっとどうしようもないんです」

朋子は小暮を見続けた。小暮も目を逸らさなかったが、やがて、どんよりと曇った空を見あげた。

「〈私には構わないでくれ〉と毎日思っている訳じゃないですよ。正月が来ると凧揚げを思い出してしまうだけですよ」

「ごめんなさい……無理矢理お話させてしまって」

「いいえ、……朋子さんにはいつかは凧揚げの話をしようと思っていましたから……もう、お分かりでしょう。私に送金をしているのは母です。やっと探し出したのです。私が、じゃありません。母がです。私がパリに住みついてから、母は私を見つけたのです」

「……私、ずっと、お父さんも御健在かと思っていました。お金持ちかと……」

「母の相手は大きな鉄工会社の重役だそうです。だから、金持ちには違いないでしょう。母がなぜ金持ちと再婚できたのか、不思議です……だが、母は小遣いか何かを工面しているのでしょう。私は送金を受ける時、いつもそのように感じるのです」

「お母さん、その人と子供さんは?」

「いないようです」

「そうですか……でも、その人とは旨くいっているんでしょう」

「旨くいっているんでしょうね。子供に会いにも来ませんから」

「でも、パリは遠いですから……もう、お年でしょう」

「私はここで骨を埋めるし、母は向こうで埋めます。……妹はどこに埋めるんでしょうね」

「妹さんのいどころは？」

「分かりません。沖縄かも知れないし、南米かも知れません」

「……」

「もう、止しましょう。正月ですから」

「でも……」

「さあ、次はどこに行きましょうか。いや、もう帰らなければなりませんね。初日を見に、という約束でしたから」

「少し歩いてから帰りたいのですが……」

「歩きましょう。私も歩きたい」

石畳の坂を下りた。通行人はいつものように多かった。だが、顔付きや振舞いがいつもとは違っていた。ゆっくり歩いた。このように、パリをのんびりと歩くのは、初めてのような気がした。足元の石畳道。磨り減った、微かに光沢のある石畳道。何百年間、数えきれない人々が行き交ったこの道。無数の運命を運んだ道。私の運命はどのようなものでしょう。朋子は思った。黙ったままずっと歩きたかった。しかし、小暮が「気掛かりなんですが……」と言った。

「何か？」

「言うべきものではないかも知れませんが、いったん口に出したのですから、言いますが……」

「何か……」

「勝久さんは、私と早知子さんが浮気をしていると疑っているようなんです」

「……どうして」

「私と早知子さんがルモ店の陰で話し込んでいるのを見たと言うのです」

「……」

「偶然の出会いです。五分ばかり立ち話をしただけです」

朋子は小暮の目を見るのが恐かった。だが、見つめた。

「ほんとに潔白です。ですから、今の話はもう忘れて下さい」

朋子はうつむいたまま歩いた。

「忘れて欲しいのです」

朋子は小さく頷いた。

「どこか、カフェにでも入りますか?」

小暮が朋子の顔を覗きこんだ。

「いえ、歩いていたいのですが……」

「そうですね。歩きましょう」

観光地の方角を避け、路地を歩いた。

「パリでは誰もかれもが年がら年中、ファッショナブルな装いですね。だが、日本では、正月には装いが違います。どこがいい、悪いの問題ではありません。ただ、私は節目というのが好きなのです。フランス人は同棲も平気ですが、日本人はやはり考えます」と小暮が言った。朋子は曖昧に頷き、黙ったまま歩いた。勝久兄さんと早知子さんは破滅するのかしら。破滅したら広いパリの曇り空の下を二人はどのように生きていくのかしら。朋子はじっとできなかった。

「私も話していいかどうか……」

「何か?」

「……でも、小暮さんですから」

「何でも言って下さい」

「……あの、早知子さんの話では、兄も浮気をしているようなんです。兄のズボンの裾がほころびているのを早知子さんがそのままにしていたら、いつのまに縫われていたそうです」

「その他にも、いくつか不審な点を聞かされました」

「早知子さんの勘違いじゃないんですね」

「そうですか」

「間違いないのでしょうか」

「勝久さんと早知子さんしか分かりません。内面の問題ですから」

「パリでは、浮気がしたくなるんでしょうか」

「全体に押し広げるのは危険ですが、たしかに日本のような歯止めは少ないでしょう」

「幸せな結婚は難しいんですか」

「私は、一生恋だけをする人間がいても責めません。日本での私の友人ですが、二十代の間に三回結婚、三回とも離婚しました。私はあの頃は、彼を軽蔑しましたが、今は軽蔑できないのです。……女性を好きになれないと言うのとは違います。いや、前にも増して、好きになってきたようです」

今、小暮さんにプロポーズされたら、私はどうするのかしら。朋子はふと思った。私が小暮さんとのデートに応じるのは、小暮さんと結婚……は怖い気がするけど……したいためなのかしら。

「正月早々から、暗い話でごめんなさい」と小暮が言った。

「いいえ」

「もう帰りましょうか。正月の家族団欒も大切ですから」

小暮と初日を見た日以来、朋子は今更のように勝久と早知子が気になった。遠く離れたパリの空の下、なぜ、沖縄人同士がいがみ合わなければならないのかしら。朋子は情けなかった。うっとうしかった。早く春になるように願った。プラタナスの若芽が見たかった。朋子は小暮と会いたくなかった。兄が、理由はわからないが小暮さんと早知子さんの浮気話を作りあげたんだわ。朋子は自分に言い聞かせた。小暮を追求したくなかった。あの話は全くの作り事ですよと、小暮に強く否定されたかった。でも小暮さんは早知子さんの秘密を私に隠しているんじゃないかしら。浮気をしていない証拠だわ。もし小暮さんが早知子さんと浮気をしているのなら、私をデートに誘うはずがない……私がデートに応じるのも二人の潔白を信じている証拠だわ。……勝久兄さんにも早知子さんにも、なぜ浮気の疑いが生じるのかしら。私と母が原因かしら。このアパートの部屋には私たちは異物かしら。

私は小暮さんや伊藤さんと同棲するのは恐いのに、なぜ、私以外の日本人の女は平気なのかしら。朋子は思わず身震いがした。何百年間もの無数の人たちの形骸がパリの街のすみずみに染み込んでいるような気がする。……私が小暮さんや伊藤さんのデートの誘いにのる最も正しい理由は、私の潜在意識がこの広漠としたパリの街を恐れているためではないかしら。

死んだ人間たちの靴が磨り減らした、縁が丸い、冷たい石。あのブローニュの森の妙に茶色がかった黄葉。朋子はまた頭を振った。私はパリにいるのよ。長い間パリに憧れていたのよ。でも、なぜ、幼い日々がしょっちゅう思い浮かぶのかしら。子供の頃の勝久兄さんは優しかった……。

でも、あの、十二月の半ばの勝久兄さんの告白は本当の出来事かしら。あのモーテルの出来事の時からすでに勝久兄さんと早知子さんには亀裂が生じていたのかしら。なぜ、結婚したの。愛さず愛されなかった二人からはるみは生まれたの。祐子姉さんがパリにいたのなら相談したのに……潔さんだって、小説の勉強をしているんだから、人の心や人と人の絡みには精通しているはず……。

なぜ、小暮さんは、姉夫婦がパリに来る前に告白してくれなかったのかしら。勝久が自分と早知子さんを疑っているって。……いえ、姉夫婦に浮気の話なんかできるはずはなかったわ。三年目の新婚旅行に来たのだから。……早知子さんが悪いのかしら。再婚だし……。朋子は頭を振った。早知子さんを悪者にしちゃいけないわ。勝久兄さんにも何かがあるはず……何気なく好きになるのも人間だし、重大な過ちを許せるのも人間だわ。小暮さんを責めたらいけないのよ。

勝久兄さんと早知子さんがお互いに浮気を疑っていたのを私は以前から知っていた。……でも、みんないつかは死ぬのに、一生はほんとに短いのに煩わしいものをわざわざしょい込むのかしら。

パリ・モード

オペラ座の前を横切る女性たちのファッションを見ていた。朋子は飽きなかった。〈パリの冬は寒いけど、でも綺麗に着飾れるから女の人たちは外出が楽しいのよ〉といつか早知子さんが言っていたのを思い出した。朋子はトッパーコートに両手をつっ込んだまま、オペラ座正面の下右側にある舞踏の彫刻の前に立っていた。三日前に伊藤から封書が届いた。オペラ座の近くのブティックのファッションショーの入場券が入っていた。白い紙に一行の文句が書かれていた。〈一月三十日、午後五時、オペラ座正面で待っています〉

朋子はアルバイト先のクレール宅の帰り、オペラ座の南側に広がるバンドーム広場を横切った。しばらくバンドーム広場の戦勝記念碑の周囲をうろつき、頂上のナポレオン像を見つめたりもしたが、まだ約束の時間には四十分も早かった。朋子は身震いがした。空は灰白色に曇り、冷たかった。オペラ座を囲む石の群像彫刻も寒々と立っていた。朋子は身震いがした。寒かったが、寒さのせいではなかった。目の前に迫っている豪壮華麗なミューズの殿堂に身震いした。

朋子はオペラ座の近くのグラン・ブルバールをわざと通らなかった。グラン・ブルバールにはおしゃれ専門の洋装店、宝石店、香水店、靴屋がぎっしりと並んでいる。朋子はなぜか、これから目の前に展開するファッションショーのために、おしゃれ専門の店を覗きたくなかった。

グラン・ブルバールにもシャンゼリゼにもブティックは多かった。だが、ディオールとか、カルダンとか、バレンシアガとか、シャネルなどの店は観光客が集まるこのような大通りにはなかった。繁華街とは縁の無い密やかな、サントノーレ街や、モンテーニュ通りにあった。朋子は最初は驚き、また、妙な感じもした。

オートクチュールの発表の日は、あらゆる新聞や雑誌が賑わい、パリの街を流れる話題は下宿の小母さんや、タクシーの運転手にも染み込むという。だが、朋子はアルバイト先から寄り道をせずにアパートに帰るせいか、三日前のオープニングにも気がつかなかった。

オペラ座の正面のアーケードのコリントス風一枚岩の列柱の下に幾重もの男女の群れができ、朋子の目の前を横切る男女も多かった。朋子は落ち着けなかった。ずっと立っていられなくなった。ゆっくり数メートルほどを行ったり来たりした。四十四、五歳の中肉中背のアングロサクソン系の男がじっと朋子を見ていた。朋子もやっと気づき、男を見た。目が合った。男は目を逸らせた、朋子は動揺し、うつむいた。男は、また朋子を見つめた。朋子は足が止まった。男は意を決したように朋子に近づいて来た。厚手のコートは上品だった。白髪が交じっている。目は微かに潤んでいた。人が善さそうだった。男は少しとちりながら言った。

「いくらでいい?」

朋子は何が何やら意味が解らなかった。

「いくら?」

朋子ははっと気づき、慌てて首を横に振り、手も振った。

「私、ファッションショーを見にきたのです」

男は、一瞬身を固くしたが、こそこそと逃げるように彫像の陰に消えた。平静さを失った朋子は男女の群れに近づき、群れの一員のように見せかけ、つっ立った。足が小さく震えた。

数分たった。背の低い南欧人のような青年が、濃い緑色のジャンパーのポケットに両手をつっこんだまま近づいて来た。朋子は身を固くした。青年は朋子をじっと見た。朋子は目が逸らせなかった。青年は両の人さし指で不意に目尻をつり上げた。

「シノワ（中国人）か」

「いえ、ジャポネ（日本人）です」

「そうか、綺麗だね」

青年は頷きながら、たち去った。朋子は大きく溜息をついた。胸の動悸がしだいに消えた。ふと、はるみを思い出した。〈はるみはフランス人じゃない、日本人よ〉。はるみの口癖だった。早知子さんが買い与えた中国製の服と靴をはるみは一度しか着なかった。すぐ、箪笥の奥深くしまいこんでしまった。早知子さんは汚れが目立たない色の服をはるみに着せたがるが、はるみは淡い色の服が大好きだった。

約束の十九分前に伊藤がきた。グレーのハーフコートを着ていた。群衆のコートと紛れ、すぐには分からなかった。

「待っていてくれたの」と伊藤が言った。呼吸が微かに速かった。

「アルバイト先からそのまま来たの」と朋子は微笑んだ。「券、ありがとう」

「何だと思う?」

伊藤は何かが詰まった紙袋を両手にのせ、恭しく掲げた。

「……何かしら。食べもの?」

伊藤は小さく笑った。

「食いしんぼうね、私」

「当たり。おにぎりだよ。まだ時間があるから、ロビーに座って食べようか」

二人は歩いたが、伊藤が足を止めた。

「ロビーでの飲食は禁止だよ。この辺りで食べようか」

伊藤は石の彫像の脇の小さい階段を指さした。二人は座った。伊藤の目は赤く腫れぼったかった。寝不足かしら、と朋子は思った。酒の匂いもした。そうだわ。朋子は思い出した、あのセーヌ川の遊覧船に乗った時も匂うか、匂わないかの酒の匂いが漂った――。

海苔、梅干し、おかか――。七種類の小さいおにぎりだった。それぞれ二個ずつ入っていた。朋子はままごとのような気がした。

「美味しい。上手ね、伊藤さん」

「年季が入っているからね」

伊藤は手に持ったおにぎりを回しながら見せる。

「指にくっつかないだろう」

「ほんとね。どうして、そんなに上手なの?」

「毎朝早く、両親が桃園に行っただろう。だから、登校前の僕にはいつもおにぎりを作っておいたんだよ。いつも中味が変わっていたから、僕は珍しかったんだ。だから、いつのまにか見よう見真似で作るようになったんだよ」

「ほんと、上手よ」

「……小暮さんと今もデートしているって?」

朋子は顔をあげた。

「小暮和夫は無能だと彼は僕に言ったよ。勝久兄さんに聞いてごらん。何カ月か前、日本人会の集まりの帰りに三人で飲んだんだよ。パリに無能にされたらしいんだよ」

「兄と最近は会わないの?」

伊藤は頷いた。

「どうして？」

「朋子さんを僕と付き合わせたくないんだよ。僕も、勝久さんに〈あなたの言いなりにはなりませんよ〉という意志表示がしたいんだよ。だから、手紙を送ったんだよ」

「……」

「小暮さんはまだ訪ねてくる？」

朋子は首を横にふった。

「無能というのは、もしかすると、彼自身の何かの象徴かも知れない。彼は中学の在学中にスペイン語をマスターしたほどの秀才だったらしい。京大以外は大学じゃないというのが口癖だったらしい。だが、結局は入学せずに南米に渡ったんだね。受験に失敗したのかどうかは知らない。彼は言わないんだよ。とにかく、南米に渡った」

「今は屋根裏部屋に住んでいるんでしょう」

「エレベーターは昔のモッコのようなもんさ。トイレは共同、バスもないんだよ。同棲相手のパスカレットが素性のいい女性なら今頃は贅沢できただろうにさ」

「………」

「南米でね、音楽のように流れる美しい言葉を聞いたんだって。それがフランス語だったんだね。それで、どうしてもフランス語を勉強したくなったんだね」

「ほんとにフランス語は美しいと思います」

「……朋子さん、男性をもう好きになったかい」

伊藤は海苔のおにぎりをほおばりながら、何気ないふうに聞いた。

「……まだ、男の人を好きになったり、嫌いになったりするのが、どういうものか分からないの」

「どうしてさ」

「どうしてって……変わると思うの」

「何が変わるの」

「……よその人をもちだすのは悪い気もするけど、私が高校生の頃の知人のお姉さんだけど……あの頃、大学の四年生だったのね、洋服のセンスはあまりよくはなかったけど、周りの人たちが一目おいていたのね。上品でまじめで、賢かったの。或る日、アルバイト先のデパートで三歳年下の男性と知りあったのね。それまでは、みんなに〈恋人は年上じゃなければ駄目〉と強調していたのに、〈好きになったら、年なんか関係ないのね〉なんて言いだしたの。それからね、いつもみんなに〈彼氏ができても自分を見失いたくない〉と言っていたのに、昼間町のメインストリートで腕を組まれても、肩を抱かれても平気になったのよ。それまでは夜九時になると帰宅したのに、夜中の二時、三時になっても帰ろうとしなくなったのよ。すっかり自分を見失ってしまったの」

「あまり適切な例えじゃないよ。人間は体験をしながら、観念を修正すると思うよ。観念的な小暮さんが言いそうなセリフだけど」

「そうね。でも、決心というのかしら、初志というのかしら、そういうのは大切にしたいわね」

「胸が痛むよ。僕の初志は映画監督だったんだから」

「今からよ」

「でも、朋子さんには初志を貫徹して欲しいな」

「一緒に頑張りましょう」

「そうだね。……そろそろ入ろうか」

おにぎりは一個残った。伊藤はタッパーの蓋をし、紙袋に入れた。

入口にはすぐさま長い列ができた。

「誰から券、貰ったの?」と朋子は列に並びながら聞いた。

「フォンテーヌ。テレビドラマに出演する人だよ」

伊藤がフランスの人気女優と交友があるとは信じがたかった。だが、朋子は頷いた。高額の入場券を伊藤さんは本当は購入したんじゃないかしら。朋子は思った。もしかしたら小暮さんと同じように、伊藤さんも豊かではないのではないかしら。

扉は開いていた。前方の席は埋まっていた。朋子たちは後方の左脇の席に座った。

「パリの人たちは流行の服を買わないそうよ。流行の服はね、しばらくすると流行おくれになるからだって。布地のしっかりしたものを買って、何年も大切に着るそうよ」

朋子は胸の騒ぎがおさまらなかった。パリのファッションショーを初めて見る興奮と先程、男に肉体を求められた戦きが混じっていた。

「経済観念の良い女性が多いよ。僕もパリに来た頃ね、〈食料品は必ず人が並んでいる店で買いなさい〉って、アパートの管理人に言われたよ。パリの人は小さい買物でも、最も安く、最も良い品を売ってる店を選ぶから、その店には長い列ができるんだってさ」

伊藤の顔も心なしか上気しているように朋子は感じた。

「女性たちも、高価なものを身に着けるという訳じゃないのね。ブラウスにスカート、またはセーターにパンツというなんでもない組み合わせなのね。でも、どこか洒落ているのね。よくよく見ると、髪型や化粧がとても個性的だし、またアクセサリーを上手に使っているのね。それに、靴やハンドバッグの色が服と調和しているし、歩き方も綺麗なのね」

「……」

「パリの女性たちはいつも、美しい街を見ながら育ったから、服装の趣味がいい、という人も多いけど、でも新聞や雑誌にファッションのカラー写真が頻繁に載るでしょう。それにこのようなファッションショーも多いでしょう。だから目が肥えると思うのよ」

「……」

「今夜もシックに着飾った沢山の夫人がいるでしょう。一人残らず台所では食事もとらず、子供の面倒もメイドに任せているような顔をしているでしょう。でも、実際は違うと思うの。その場その場に応じ、変幻自在に変化できる幅広さがあるのよ」

「……」

「私も自信が湧いてきたような気がする。今夜はありがとう、伊藤さん」

「うん、僕も嬉しいよ」

朋子は日本語の口調が弾むのを意識したが、周囲の外国人は気にならなかった。外国人たちも朋子たちを全く気にしなかった。

パリには約六十軒の高級衣裳店（オートクチュール）の協会があり、年に四回、春、夏、秋、冬にオートクチュールが創案する新しいモードが発表される、というのを朋子は早知子から聞いた。

朋子はパンフレットを開いた。パリのオートクチュールのメゾン、ジバンシーのオートクチュールは一着、二百万円、と書かれている。そうそう〈縫い上がりの仕上げに決してアイロンは使わない〉といつか早知子さんが言っていた店だわ。朋子は思い出した。〈布の自然な膨らみも圧しつぶすアイロンと違い、微妙な小手先の操作が可能なこては手作りの味を殺さず、いかにもフランス人好み〉〈裾幅の広いドレスなどは、ゆるく暖めたこてかけが結構、仕事になる〉と早知子は朋子のアルバイトがまだ見つからなかった頃言っていた。

朋子は落ち着けなかった。

「伊藤さん、私、係にいろいろ聞いて来るね、すぐ戻ります」

伊藤は一瞬怪訝そうに朋子を見たが、小さく頷いた。朋子はバッグを抱え、足早にホールを出た。係員のコーナーに座っている中年の女性はほとんど笑顔がなかった。パリの人はいつでもどこでも自分の意志を明確にする、また相手も明確にするのを好む、と朋子は聞いていた。係員の女性は丁寧に教えてくれた。〈各店の専属のデザイナーはその年の、その店が運命をかけたデザインを百点から二百点秘密裡に考え、発表する。わずかの期間に六十軒もの店が一斉に発表する。オープニングには世界中の報道陣が押し寄せ、生まれたばかりのファッションを各国に報道する〉という。

ベルが鳴った。朋子は礼を言い、小走りに走った。ホールの席につき、伊藤に微笑んだ。伊藤はほっとしたようだった。場内のライトが薄暗くなった。客席まで延びた舞台にスポットライトがかけめぐった。軽快な音楽が流れた。矢継ぎ早に長身のモデルが現われた。夏物のファッションショーだった。モデルは人種も個性も違う美女だった。朋子はぼうっとした。何とはなしに伊藤を見た。伊藤はしかし、モデルに陶酔しているようには見えなかった。私の目は半ば空ろじゃないかしら、と朋子は思った。ファッションじゃなく、モデルそのものに現をぬかしている目じゃないかしら。日頃化粧らしい化粧をしない自分が惨めになった。

「お得意先は世界中の大金持ちらしいの。一つの型は一国一店にしか売らないそうよ」と朋子は言い、溜息をついた。

「豪華なんだね」

伊藤も小さく溜息をついた。朋子は目の前を横切る華麗なモデルのファッションを見ながら、〈各店、秘密裡に作ったはずなのにどこか似ているなぁ〉と思った。

ファッションショーは終わった。七時半だった。朋子は帰りたくなかった。無性に話がしたかった。朋子は伊藤を誘い、ロビーの大理石のベンチに座った。広いロビーを着飾った婦人たちが埋めた。二人はしばらく黙ったまま、談笑しながら出口に向かう婦人たちを見ていた。朋子は伊藤を待っていた時に起こったオペラ座前の〈事件〉を伊藤に話した。

「その二番目の男は、売春婦のスカウトじゃないかと思うよ」と伊藤が言った。

「売春婦のスカウト?」

朋子は聞き返した。

「何処がどうと言うふうに筋道がたつ訳じゃないけど、そのように感じるんだよ」

「どうして?」

「どうしてってさ、売春婦のスカウトって、いろんな方法があるんだよ。朋子さんがひどい目に遭わないように、売春婦の話、聞かせたいんだけど、いいかい?」

朋子は頷いた。

「ちょっと、長くなりそうだけど……ええっと、待ってくれよ。メモがあるから」

伊藤はグレーのハーフコートの胸ポケットから、手帳をとりだした。

「神代の昔から栄えつづける女性の職業の話だけど、もし途中で聞きたくなくなったら、そう言ってくれよ。何も言わずに走り去らないでくれよ」

「うん」

「この商売の階層も厳然としているよ。まず一番下層は〈ろうそく〉。舗道にずうっと立ちっぱなしだからね。観光客なれしていてね、販売促進のための語学も習得しているよ。〈ヒャクフラン、オニィサン、ヤスイヨ〉等とね。〈ろうそく〉より一段上のランクが、普通の歩行者のように街頭を歩きながら客を物色する、〈歩き屋〉。この営業形態はアマチュアのアルバイトも多いらしい。その上が〈アマゾン〉。彼女自身が車を運転しながら、赤信号や渋滞の時に隣の車の男に声をかけるんだね。あるいは夜など、ゆっくり流しながら、客を誘うタイプだね。最高級クラスの美女アマゾンは光り輝くスーパーカーに客を乗せてね、郊外の豪華なマンションでね、一夜を歓待するらしい。その上が〈地まわり〉。カフェやバーに一日中たむろしていてね、入って来る客をつかまえるタイプだよ。シャンゼリゼやサンジェルマン・デ・プレの高級カフェにごく普通の服を着け、座っている者もいるよ……〈地まわり〉は〈アマゾン〉の下だったか……うろおぼえだが……一番上が〈デラックス・ジェット〉。最高級のホテルとか、有名な劇場とか、国際空港とかのサロンのソファーに艶然と座っている一見貴婦人だよ。プライドがすごく高いから自分からは決して声をかけない。慣れた客が近寄るのを待つんだ。料金は客次第で天井しらずだよ。どう思う?」

「そうね……」

「このような女さ」

「大変ね」

「大変だよ。でもね、パリは善いも悪いも何もかも解き放す街だよ。社会のために、善い、悪い、と自分のために善い、悪いは違うだろう」

「そうね、でも、私、人間は弱いと思うから社会から規制される面があってもいいと思うの」

「規制が多すぎるよ。人生は短いんだから」

「でも、まるっきり自由になったら、何か規制されているような気になると思うの」

「自由って滅多にないよ。金が無いというのも不自由だよ」

「よく分からないけど、でも、その女の人たち、自由意志でそのような職業を選んだかも知れないけど、悲しい目をしていると思うの。そう思いたいの」

〈伊藤さんは売春婦と何らかの関係があるのかしら〉と朋子はふと思った。

「フランスの法律は売春行為そのものは禁止していないよ」と伊藤が言った。「セックスの代償を金銭に換算するしないは最終的には個人の意志だから、法律や権力が介入すべきではない、という考え方なんだよ」

「いわゆる笊法なの?」

「フランスの法律が禁止しているのは売春ではなく、強制売春なんだ」

「……」

「今も毎年、一万人以上の外国人女性が、アルジェリア人やアフリカ人が多いらしいけど、半ば強制的に〈労働契約〉にサインをさせられ、〈輸入〉されているらしいんだ」

「……大変ね」

「売春婦はエグズィレエ（亡命者）さ。世界のいたる所からエグズィレエがパリに集まって来る。中には本物のエグズィレエがいるけど、大概はパリならではの、不思議なエグズィレエだね。朋子さんも伊藤君も愛らしいエグズィレエだね」

「……ね、聞いていい？」

朋子は伊藤の顔を覗きこんだ。

「……何でも」

「あのね、今日、お酒のんだの？」

伊藤は頷いた。

「僕の酒はね、みんなの酒とは違うんだよ。みんなは外が寒いから、と一杯。喉が渇いたから、とまた一杯。仕事帰りの息ぬきに一杯。芝居の出来が良かったからと一杯、悪かったからと一杯。食欲増進のために食前の一杯。消化促進のために食後の一杯。みんなとは違う。僕のは訳が分からない一杯なんだ」

「ね、絵コンテに打ち込んで。きっと旨くいくわ」

「旨くいくだろう。だが、打ち込めない」

「どうして？」

「どうしてだか、分からない」

「これ、プレゼント」

朋子はセカンドバッグから小さい箱をとり出した。伊藤は驚いたように朋子を見たが、すぐ受け取った。

「……何？　あけていい？」

伊藤の声は微かにうわずった。朋子は頷いた。伊藤は包み紙を開いた。縦二センチほどの小さい洗濯ばさみが出てきた。先端にはプラスチック製の小鳥が貼りついている。

「……何なの？」

伊藤は摘み上げ、目に近づけ、透すように見た。

「何でしょう」と朋子は微笑んだ。「マルク・ヴェールと言うのよ」

「マルク・ヴェール？」

「ヒントね、使い方は硝子のコップの縁にちょこっと挟むの」

「……」

「正解は、パーティーなどで中座する時、自分のお酒の入ったグラスに目印をつけるのよ」

「そうか。甘い酒には赤いチェリー、辛い酒には青いオリーブというふうに区別するようなもんだね。可愛いね」

「サントゥワンのノミの市で見つけたの」

「プレゼントしてくれるの」

「うん、安物だけど」

「とても気に入ったよ。ありがとう」

中毒患者

伊藤とオペラ座のファッションショーを見てから三週間が過ぎ、二月の末になった。伊藤からも小暮からも手紙も電話もこなかった。朋子はなぜか気掛かりだった。だが、電話をかける気はなかった。

呼び鈴が鳴った。日曜日の午前なのに誰かしら。朋子は立ち上がった。予告なしに訪問しないのがフランス人の習慣なのに……。朋子はドアチェーンをはずし、ドアを開けた。茶色のコートを着た女が立っていた。背が低く、小太りの女は前頭部の髪は薄いが、まだ三十四、五歳のようだった。顔は肉がつき、白く、柔らか気だったが、眉は太く、黒かった。二重瞼の目は大きいが、とろんと沈んでいる。日本人のようだった。

「どちら様でしょうか?」と朋子は聞いた。

「沖縄の棚原だよ」

女は吐き捨てるように言った。酒に潰れたような訛り声だった。両手にワインの瓶を持っている。両方とも栓が抜かれている。

「……勝久に御用ですか」

「そうだよ」

沖縄の名字、しかも同性だから朋子は親しみを感じた。女が朝っぱらから酔っているのを、さして気にしなかった。勝久が部屋にいるという心強さもあった。朋子は女を居間に招き入れ、寝室の勝久を起こした。勝久は女の名前を呟いたが、思い出せないようだった。だが、枕を巻いていた手拭いをはずし、顔をゴシゴシ拭き、ズボンとセーターに着替え、居間のドアを開けた。早知子は外出していた。母とはるみは隣の部屋から出て来なかった。朋子はお茶に魔法瓶の湯を注ぎ、女と勝久に出した。女は見もしなかった。

「あ、どうも」と勝久が言った。女は勝久の顔をしみじみと見た。コートも脱がなかった。

「棚原さん? 失礼ですが、どこの棚原さんでしたかな」と勝久は聞いた。

「ここは何処かね」

女はワインを瓶から直接のんだ。勝久は女を見つめ、それから、朋子を見た。朋子は黙ったまま首を横にふった。

「この仲田勝久を知っているのかね」と勝久は少し強く言った。

「自分はホテル籠新閣の支配人だ」と女は言った。

「何処の？」と勝久が聞いた。

「コップを出せ」と女は朋子に言った。

「自分はビールの販売代理店の経営もしている」と女は言った。朋子は勝久に目できいた。

「出してやれ」と勝久が目を擦りながら言った。朋子は二個のグラスを出した。女は一気にワインを注いだ。二個のグラスからワインがこぼれた。朋子は立ち上がりシフォン（布巾）を取り、テーブルを拭いた。

「自分はこのホステスの親友だが、おまえは分かっているのか」と女は朋子を顎でしゃくりながら、勝久に言った。

「これはホステスじゃない。俺の妹だ」

勝久は小さい欠伸をもらした。

「まず、乾杯だ」

女はグラスを勝久に手渡した。グラスが傾き、ワインが溢れた。二人は乾杯をした。女は二口三口飲んだが、勝久は口をつけずにグラスを置いた。

「おまえはどこの大学か」と女はあぐらをかき、上体をゆっくりと揺らしながら聞いた。

「君は？」と勝久が聞いた。

「自分か？　自分は東大だ。いや、京大だ。東大はアンポンタンしか入れない」

勝久は後頭部を揉んだ。

「おい、しっかり聞けよ」と女が言った。

「自分は検事総長の資格を取ったが、おまえは何の資格を取った？」

「自分か、自分は……柔道だ」

「柔道か、柔道は危険だ。もっと頭を使わんといかん。まあ、いいだろう、柔道も。許可してやる」

女は何度も勝久と乾杯をした。勝久は湯のみを合わせた。お茶を茶碗酒に見せかけ、飲んだ。

「君は金はあるか？」と女が聞いた。

「……生活に困らないぐらいなら」と勝久は言った。この女はお金を借りに来たのかしら、と朋子は思った。

「そうか、おまえは十四万しかないか、自分は五億ある」

「五億？」

「五億じゃない。三十億だ」

「金持ちだね」

「金は天下の回りものだから、それはいい。ところでおまえは自分の弟子になるか」

「いや、……友だちになる」

「そんなら、友だちになろう」

女は自分のグラスにワインを注ぎ足し、勝久に差し出し、勝久の湯のみを握り、乾杯を繰り返しながら飲んだ。それから、湯のみとグラスを換し飲んだ。

「おい、君」

女は朋子に向いた。

「このお客さんは、プロレスの師匠だ。失礼しちゃいかんじゃないか」

朋子はとまどった。女の睨みつける目が不気味だった。慌てて、曖昧に頷いた。

「分からんのに頷いちゃいかん」

女は拳をあげテーブルを叩いた。朋子は思わず腰をうかし、勝久に寄った。

「乱暴はいかんよ、同志」と勝久が言った。

「女はここが足りんから、分かるのが大変だよ」

女はこめかみを軽くたたいた。

「おまえだけが頼りだ」

女は勝久を向き、また乾杯をした。

「ワイン会社に勤めているのかい」と勝久が聞いた。

「経営だよ。なんだ、勤めるとは。ワインなんてちゃちなもんじゃない。オリオンビールだよ。オリオンビール。産地直送だ」

「パリには長いのかい？」

「会いたかったよ。信子は。何度もここの下を通ったけど、入れなかったよ」

女は勝久の首に抱きついた。勝久は身をよじったが、強いて、振りはらわなかった。女は拳をかため、勝久の背中を叩く真似をするが、実際には叩かなかった。小心者かも知れないと朋子は感じた。

「もう、家も分かったし、又、今度、遊びにこいよ」

勝久は女の肩を軽くたたいた。

「前から家は分かっていたよ。おまえが強いのは前から分かっていたんだ。なぜ助けてくれなかったんだ」

「……今からは助けるよ」

「もう遅い。自分は治らん」

「遅くはないよ。元気になれるよ」

「……もう、元気だ……よし、天国に行くか」

「すごい」

「おまえ、英語は話せるのか」

勝久は首を横にふる。

「自分は話せるよ。おい、おまえ、フィリピン語話せるか」

「いや」

「自分は話せるよ、一緒に天国行こうか。自分は頼りになるだろう」

勝久は頷きながら、女を抱え立たせた。女はふらつかなかったが、全身が重た気だった。女はしばらく厭がったが、勝久に腕を支えられ、玄関に向かった。女の太い腕は異常に柔らか気だった。勝久はドアを開け、女を出したが、一緒にエレベーターに乗り込んだ。

数分後に勝久が戻って来た。

「参った。すっかり眠気もさめた。でも、寝るよ」

勝久は寝室に入りながらセーターを脱いだ。

「ね、知らない人？」

朋子はセーターを受け取った。

「多分、沖縄出身の誰かからここの住所をならったんだろう」

「アル中の人？」

「そうだな。治療中だな、薬の副作用だよ、あの太り具合は」

勝久はドアを閉めた。朋子は居間の卓袱台に片手をのせ、頬づえをついた。母とはるみは目を白黒させながら隣の部屋から出てきた。大人になっても幸せになってね、はるみ、と朋子は呟いた。

「病気なんだね……朋子、ご飯つくろうか」

遅い朝食を済ませた。母とはるみは手を取り合い、エレベーターに乗り、管理人室に下りた。勝久はまだ寝ている。朋子は卓袱台に頬づえをついたまま座っている。部屋は静まりかえっている。このような静かなパリを朋子は知らなかった。あの棚原信子という女の人はずっと男性のような言葉を使った。あの人は「女」を捨てたのかしら。今頃どこをさまよっているのかしら。今度は誰を訪ねるのかしら。沖縄の病院に治療に帰ったらいいのに。朋子は呟いた。

私はS高校の時もアルコール中毒の女性を見た。親しかった同級生の、あの頃二十七歳の姉だった。二歳の女の子がいたが、夫は浮気を繰り返し、彼女は空虚な日々を耐えていた。内気な性格だった。夫に何も強くは言えなかった。いつのまにか台所の料理用の日本酒を飲んでいた。心の溜まりが溶けるように感じた。酔いが回っている時は夫に何でも言えた。酒の量は次第に高じた。素面の時はこの子のためにも飲んじゃいけないと決心した。貰い物の酒を棚からおろし、流しに流した。しかし、夜になると我慢できなかった。遠くまででも買いに行った。夫の帰宅時間はますます遅くなった。彼女の酒の量に反比例するようだった。彼女は子供の手を引いて、飲み屋から飲み屋をはしごした。

ある夜、いつものように酔い、子供を置き忘れたまま、家に帰った。警察から〈子供を保護した〉という電話がかかって来た。一変に酔いが醒めた。どのように警察に行ったのか、覚えていなかった。子供は彼女を見つめた。恨めしそうな何ともいえない目だった。まもなく、火がついたように泣き、やがて泣き疲れ、譫言《うわごと》のように、〈お母さん、お母さん〉と呟いた。彼女は長い間、娘のあの目がどうしても忘れられなかったと言う。

伊藤の手紙

復活祭（パック）の日だった。朋子のアルバイトは午前中で終わった。アルバイト先の歌手クレールは赤ん坊と飼い猫と荷物を乗用車に積み、田舎のロマールエシエールに向かった。

朋子はクレベール通りを勝久のアパートに帰りながら三月二日、三日の両日に開催された国際ネコショーを思い浮かべた。朋子は見には行かなかったが、新聞の記事や広告を興味深く読んだ。パリに猫好きが多い理由が分かったような気がした。パリの人たちは孤独のような気がした。〈国際ネコショーってどんなの？〉朋子はあの時、勝久に聞いた。〈フランスの中年ブルジョアマダムを鑑賞したければ、見に行ってこい〉勝久は皮肉っぽく言った。

ショコラティエ（チョコレート屋）のウィンドーを復活祭のチョコレートの卵や色とりどりの絵を描いた卵が飾っていた。はるみとキャロリーヌも春休みの数日前、授業時間に絵を描くから、とウフ・デュール（ゆで卵）を朋子に作らせた。

今日の朝食後、はるみとキャロリーヌはフランソワーズの家に〈卵探し〉に行った。〈庭の色々な個所に隠された卵を探す〉と二人ははしゃいでいた。〈お菓子でできた小鳥の巣は、樹の枝にのせてある〉と二人は互いに目くばせをしながら微笑んだ。卵は復活祭の象徴だった。復活祭は三月二十一日以降の最初の満月の日の次の日曜日と決まっている。毎年、日付が変わり、移動祝祭日と言われている。前後の二、三日間はほとんどの企業が休業し、学校も春期休暇に入る。イースターパレードもなく閑散としている。だが、パリジャンたちが春のスキーや海辺の日光浴に出かけてしまうこの時節にはドーバー海峡を桜色の頬の少女たちが渡ってくる。

朋子はトロカデロ広場を横切った。いかにも紳士の国、英国の雰囲気をかもしだす紺のブシザーマートの制服を着た修学旅行の生徒たちに朋子は出会った。シャイヨ宮では金髪の北欧の少年たちが噴水やエッフェル塔の写真を撮っていた。日中は気温も心なしか暖かくなり、今までの寒風も軟風に変わった。街路や公園のマロニエが新緑の芽をふきはじめた。時折り春霞にもめげずに日一日と若葉を増やすマロニエの大木に早咲きの蠟燭形の花がつつましく開いていた。〈外出時には帽子〉という老婦人たちは花や薄絹やチュールを飾った帽子を被っていた。春がきたんだわ。朋子は小さく呟いた。

アパートに着いた。管理人室の窓からマダムが顔を覗かせ、朋子を呼びとめた。マダムは室内にいるのに春の帽子を被っている。

「復活祭からは麦藁や軽い素材の帽子を被るのが習慣なんですよ」とマダムが言った。

「綺麗ですね。スワ（絹）ですか」と朋子は聞いた。マダムは帽子をとった。

「サタン（サテン）よ。被ってごらんなさい」

朋子は被った。

「軽いですね。気持ちも軽くなりますね」

「復活祭がくると、欧州に春がくるんですよ」

「ほんとにもう春ですね」

「復活祭を祝う教会の鐘の音が空に高らかに響きわたるのを聞くと、長い灰色の冬が明けたのね、と私は毎年思うんですよ」

朋子は微笑んだ。

「はい、手紙が来ていました」

マダムはエプロンのポケットから手紙を取り出した。朋子は手紙を受けとり、帽子を返した。エレベーターに乗っても動悸はおさまらなかった。伊藤からの求愛の予感がした。部屋には誰もいなかった。玄関のドアに鍵をかけ、居間の卓袱台に座った。しばらく躊躇したが、封を切った。薄く茶色がかった便箋に文字がびっしりと埋まっていた。小じんまりした女文字に似ていた。

あの売春婦の話が朋子さんの気を悪くしなかったか、今も気がかりです。でも、後悔はしていません。僕は何もない生活がたまらないのです。

僕は今アルコールを飲みながら、この文を書いています。酔ってはいません。だから、この文は一から十まで僕の偽りのない心だと信じてください。僕はアルコールを飲むと人間らしい人間になるのです。きっと自殺する時でもアルコールを飲むでしょう。

僕は三年前、飛行機が成田を離れるや否や、アルコールを飲みはじめました。だが、アル中ではありません。不思議です。きっとアルコールを飲みながらも醒めているのでしょう。何にも酔えないのです。

朋子さんと会った時の僕はせいいっぱいにはしゃいだ僕でした。本物ではありませんでした。しかし偽物でもせいいっぱいやるといつかは本物にならないとも限りません。僕は正直、朋子さんと会っていた時は泣きごとも言いませんでしたし、わめきもしませんでした。僕がパリにきた理由が分かりそうな予感がします。書けそうな気がします。

僕は高校を卒業後、岡山から上京しました。職業安定所にかよい、仕事を探しました。東京には失業者がいっぱいいました。職業安定所の玄関前には毎朝早くから、順番待ちの長い列ができていました。〈田舎には心配の種は何もないから早く帰って来なさい〉と岡山の両親から何度も手紙がきましたが、無視しました。

職探しの常連でしたが、いつも買物袋にウイスキーの小瓶をつっ込み、持ち歩いている女がいました。彼女は待合室に入るなり、ちびりちびり飲みはじめるのでした。酔いがまわると、うかれだし、〈なみだ恋〉を歌うのでした。調子はずれでしたが、何か愛嬌がありました。僕はあの時、ふと身震いがしました。まともには見られませんでした。自分の未来の姿を想像したのでしょうか。

僕は職業安定所の紹介状を持ち、幾つかの企業の面接を受けました。でも、ただ座っていただけです。何か質問をされると、一言、二言モグモグ言うだけでした。何だかひどく劣等感をもっていたようです。きっと面接担当者には、いえ、どのような人間にも印象は良くなかっただろうと思います。

数日後、あるいは十数日後、面接を受けた会社から、採用（或いは不採用）決定通知書がアパートに届きましたが開封もせずに、塵箱に捨てました。

日本に住む僕は生活にあくせくする（生活が忙しかった訳ではありません。思考の話です）ただの腕が細い男ですけど、パリに住めばそんな生活を払拭し、めきめき若返る（実際はまだ二十代の前半ですが）と考えました。

だけど、僕はパリに着いた時、すでに目に見えるパリ、耳に聞こえるパリに好奇心を失っていました。もともと好奇心がなかったのかも知れません。この十年間、外国の映画、テレビ、小説、音楽、アート……とありとあらゆる媒体にからまれ、西欧の姿を知らされ、聞かされ続けてきたのがいけなかったのでしょうか。僕のような人間はパリに来る資格はなかったのかも知れません。だが、〈優秀な人たちは犯罪も生じ、物価も税金も高いパリ市から郊外や田舎に移動している。逆に生活保護法の寛大なパリ市に貧しい人種がぞくぞくと集まって来る〉と聞きました。何かで読んだのかも知れません。もし、そうであるのなら、僕がパリに来たのもあながち間違ってはいなかったようです。

僕は〈見ないで翔び〉たいのです。僕はこの手紙を読んでいる朋子さんの目の色や唇の動きを必死にふりはらいながら書いているのです。

パリに来た頃は、金も仕事もなく、朝早く市場を回り、野菜売りが弱った葉を捨てるのを待ちました。塩をふりかけて食べました。ポーズではありませんでした。〈痛み〉を直接感じたかったのです。自分自身をいじめたかったのです。だが、辛抱ができませんでした。ねをあげてしまいました。国の親元に送金を依頼したのです。

あんなにも〈決して金を送るな〉と念を押し、住所も教えなかったですが……何をやっても駄目なのです。もし、あの時飲まず食わずの生活をしつづけていたのなら、背に腹は代えられず、何らかの職業に就けたのかも知れません。だが、僕は親が送金を続けるのを今も拒めないのです。

僕は四方の壁とにらめっこしながら寝転がる日常を否定するためにパリに来たのですが、パリの部屋は壁だらけなのです。日本よりも窓が少ないのです。僕は部屋からラジカセを盗まれましたが、〈どろぼうさん、ありがとう〉とさえ言いたくなりました。何もかも気にかけない傍若無人の力を、僕は尊敬しているのかも知れません。

僕の高校の同級生の兄ですが、ひどい女たらしでした。彼の思うままになった女性は何十人とも何百人とも噂されました。或る時、彼の妻が浮気をしました。はじめての浮気だったのですが、たまたま彼に見つかってしまいました。彼女は逃げました。彼は二年間も探し廻りました。一度は僕の前でも歯ぎしりをしました。見つけたら殺すと言うのです。

彼がその後、妻を見つけだし、殺したかどうかは僕には分かりません。僕は彼の何に憧れているのでしょうか。僕の価値判断の基準は倫理ではありません。行動だけです。

僕は何度か勝久さんの乗用車に乗りました。或る時、勝久さんはスピード違反をしました。日本でいう白バイに捕まり、警官はつんとすましながら質問をしました。「仕事はなんだ」「柔道を教えている」と勝久さんは平然と言いました。「力こぶを見せてくれ」警官は急に丁寧になりました。勝久さんは力こぶを見せました。「強そうだね。行っていいよ」警官はすぐ立ち去りました。

嘘のような本当の話です。もし運転していたのが僕だったなら、どうなっていたのでしょう。朋子さんは幼い頃から強い人間を見続けてきたのでしょうか。いえ、朋子さんの責任でも何でもないのです。僕は、相手のフランス人女性は何も気にしていないのに、勝手に平衡感覚を失い、まっとうではなくなり、仕方がないから、妙な笑い顔をつくったり、顔をひきつらせたりするのです。

このようなラブレターが通用するでしょうか。朋子さん、びっくりしたでしょう。僕も何が何だか分からないのです。アンドレ先生の講義の最中、僕の隣の女生徒はフィアンセからの恋文にしきりに熱い口づけをしていました。今なら、彼女の行為も許せるような気がします。

僕は外国が好きになれないように外国の女性も好きになれません。外国人と同棲をしている小暮さんは怪物です。朋子さん以外の日本人女性も僕は好きになれそうもありません。なれません。朋子さんに抱きつきたいという衝動を何回おさえたでしょうか。一瞬、ほんの一瞬でしたが、しかし、必ず柔らか気な肉感が微かに息づくのをみてしまったのでした。もし、見なかったのなら僕もためらわなかったでしょうか。

朋子は頭が混乱した。色々な心象がうき、飛んだ。異性の底の深さに驚いた。伊藤さんは私よりわずか

二、三歳しか年上じゃないのに……。朋子は深い溜息をついた。私は初恋の経験がないせいかしら。でも、なぜ、健一君の紫色のセーターがまざまざと思い浮かぶのかしら。すでに十年にもなるのに。私の初恋だったのかしら。恋は〈するもの〉ではなく〈させられるもの〉だと憶えている。なのに、なぜ私の頭脳は機能しているのかしら、騒いでいるのは心ではなく、頭のような気がする。朋子はこめかみをもんだ。

私は伊藤さんとデートの時、兄や母やはるみや勉学が全部どうなったっていいと思ったかしら。私の目は伊藤さんの目の色、伊藤さんが着ていたセーターの柄、伊藤さんが何か言葉を発した時の唇の形、これらのちっぽけな一切のものを見逃さなかったかしら。

とりとめのない心象が消えないまま夕方になった。誰も仕事や買物から帰ってこなかった。母や兄に相談する気はなかった。早知子や小暮にも相談したくなかった。身内からは絡みつくような生々しい臭いがしたし、早知子や小暮からは浮気の淡い匂いがした。朋子は淡い匂いも今は鼻についた。相談するのなら、マダムしかいないけど、伊藤さんの秘めた思いをたとえフランス語にせよ、他人に明かしていいのかしら。冒瀆じゃないかしら……。朋子は乱れ飛ぶ心象を固めるために、夕食を作ろうと思い立ち上がった。だが億劫だった。母が帰って来るのを待とう。いつものように母と一緒に作ろう。朋子はまた卓袱台の前に座った。

ただパリのどっしりした街が見たかったから、私は伊藤さんとデートを重ねたのかしら。私の恋人はパリ。いえ、ふざけてはいけないと朋子は強く頭を振った。私の意識の底には、将来、伊藤さんよりももっと素晴らしい男性が私に求愛するという奢りが潜在しているのかしら。いえ。私はずるくはないわ。朋子は髪を掻きあげた。

私は空想のまどろみの中でしか、アヴァンチュールはできないのです。いいえ、空想の中でまどろんでいるうちに、私の心はもはや、満足してしまったのです。……今から四十年後、私が五十九歳になった時、〈なぜ、あの十九歳の時、全く逆の内容の手紙を書かなかったのかしら〉と胸が締めつけられないかしら。

年老いた私の頭の中を何かがかけ回るのかしら。

すぐに返事を出さなければいけない。いてもたってもいられない。書こう。投函しなくてもいい。書くだけでいい。いえ、やはり、まずマダムに相談しましょう。私たちの恋が恋に違いないと仮定はできます。しかし、何があるかわからないこの世の恋です。だから、私はマダムに相談に行くのです。

この世のものならぬ美しい恋なら、何故、この世の人たちに打ち明ける必要がありましょう。……私がマダムの部屋に降りるのは、相談しにではなく、マダムが恋を否定するのを予感しているためでしょうか。

管理人室にはキャロリーヌしかいなかった。朋子は硝子戸ごしに顔を覗かせた。キャロリーヌは遊んでもらえると勘違いし、口元をほころばせながら駆け寄ってきた。

「マダムは?」

朋子は部屋の中を見まわした。

「ママに用事なの?」とキャロリーヌは気ぬけしたように言った。朋子は小さく頷いた。

「地下よ。石炭を燃やしている」

キャロリーヌは床を指さした。「はるみは? 朋子おばさん」

「買物よ。帰って来たら遊んでね」

「うん」

今日は真冬が戻ってきたかのように寒かった。

朋子は地下の階段を下りた。マダムは早朝一人で一階から最上階の七階までのエレベーター、廊下、階段の掃除をし、硝子を拭く。塵は裏口に集め、塵収集車につめ込む。朋子は日頃から、偉いと思っている。マダムはまた毎年九月に入るとショファージュ(暖房)をするために地下に降りる。真冬は夜中でも地下に入り、石炭をくべる。一週間に一回は石炭の燃えかすを塵に出す。朋子も一度だけ燃えかす運びを手伝った。かなり重かった。〈前の夫は溶接工だったが、手もちぶさたの暇の時でも、私の仕事を決して手伝わなかった。あの時、私は石炭運びがたたり、腰を痛めていたのに。でも、フランスの男はほとんどがそう〉と、マダムはあの時、朋子に話した。

朋子がマダムに相談をしようと決心したもう一つの理由は、マダムが大の日本人びいきだから。マダムは小さい時に、日本人に以ているねと言われ、大変嬉しかったという。アパートの部屋が空くと、数多い予約者の中から先ず日本人を優先するという。

マダムははるみに着物を着せ、下駄を履かせ、買物に連れて行きたがる。だが、はるみは周囲の人たちが物珍しそうに見るからと、着たがらなかった。はるみが三歳の夏、マダムが二十日間、バカンスに連れて行った時も着物と下駄を着るように要求した。はるみはバカンス先のトノンレバンでは下駄や着物を脱ぎ、遊んだ。帰って来た時はパンツの個所を除き、全身が真っ黒に焼け、目だけが、ギョロギョロと動き、早知子は自分の子供かしらと疑った。

鉄の釜の火はゴーッ、ゴーッと音をたてながら燃え盛っていた。マダムの顔は燃え盛る石炭の炎が映え、赤黒く揺らめいていた。朋子は体が硬くなった。マダムがすぐ何気ないふうに声をかけた。だが、黒いセーターの袖をまくった、長身のマダムの目に一瞬、奇異な表情が流れたのを朋子は見てしまった。足がすくんだ。だが、声は出た。

「お忙しいですね、マダム」

マダムは笑みを浮かべながら、朋子に近づいた。朋子は世間話をしたかった。だが、世間話をすると、何も相談できなくなるような気がした。単刀直入に言いなさいと、自分に言いきかせた。

「朋子さん、部屋に行きましょうか。コーヒーでもどうですか」とマダムが言った。

「いいえ、ここでいいんです。……あのう」

「何か」

「あの……実は……」

朋子は、伊藤からの求愛の手紙がきた事実を簡潔に言った。マダムは小さく頷き、朋子の目を見つめた。朋子は手紙をジャンパーの内ポケットにしまっていた。マダムは日本語は読めないが……見せてはいけないと思った。マダムも見る気は全くないようだった。

「朋子さんは、伊藤さんが好きですか」とマダムが聞いた。

「……好きなのか、嫌いなのか、分からないのです」

マダムはまた、しばらく黙った。私は伊藤さんとのデートの時、あるいはデートの後、何か微妙なものを感じたのかも知れないわ。朋子は必死に思い起こそうとした。しかし、マダムは詳しくは聞かなかった。朋子の背中がぞくっと震えた。顔は火気を浴び暑いぐらいだが、地下室のせいか、背中は冷えた。

「私たちフランスの女は好きだなあと感じると、先ずたいてい同棲をしてみるんですよ。それから、やっていける自信が生じたら結婚するんです」とマダムが言った。朋子は頷いた。

「私がロジェと結婚しようと決心した時も、ロジェの家族は反対しました。私には、あの時、別の男性と同棲中に生まれた、いわゆる未婚の子供がいたからですよ。でも、私たちは結婚しました。ルクルブ通りに部屋も借りました。でも、夫は酒飲みの上、乱暴だったんです。彼とは三カ月間同棲もしましたが、判からなかったんですね。毎日、喧嘩だったわ。で、或る日、私ね、カフェで知り合った若い男と逃げたんです。パラディ通りに隠れ住んだわ。ロジェには見つからなかったけど、その若い男も酒飲みで、乱暴だったの。同じ酒飲みで乱暴なら、子供もいるロジェのアパートがいいに決まっているから私、帰ったの。子供って、ロジェの子供じゃなくてね。その前の同棲の相手の子供ですよ」

「……」

「彼がみていてくれたのですね。その後、彼との間に四人の女の子が生まれたけど、どうしても旨くいかないのですね。だから子供はみんな私が引き取って離婚したのです。それから、仕事に就かなければならないから上の四人の女の子はエルムノンヴィルの里親に預けましたよ。末娘のキャロリーヌは小さかったから手元におきましたよ。里親に預けた四人の女の子はみんな今でも時々、里親に会いに行くようですよ。忘れられないんですね。……私には滅多に会いに来てくれません。キャロリーヌだけは私を母親だと思ってくれます。私の仕打ちが悪かったのかしらね。まだ分からないんですよ。夫に対しては罪悪感はないですよ」

「……」

「でも、夫が私に給料を渡さないと、私は夫に食事もあげず、寝室にも入れなかったのは却って夫の火に油を注いでしまったと今は考えるんですよ。でもね、私がちょっとでも外出すると、男を探しに行くんじゃないかとひどく厭がったんですよ、夫は」

燃え盛る石炭のほてりが揺らめくマダムの顔は、しかしなぜか青白く見えた。マダムの見開いているような目が強張っているせいかも知れないと朋子は感じた。

「暗い話になったかしら」とマダムが言った。「でも、朋子さんが、伊藤さんと結婚するとひどいめにあうと言うつもりはないですよ」

朋子は頷いた。

「つまりですね」とマダムが続けた。「朋子さんに偽りのない心のまま伸び伸びと生きてほしい、と私は言いたいのです」

寝苦しかった。だが、隣に寝ているはるみや母がまどろまないように、身動きしなかった。何度も浅い夢を見、すぐ目覚めた。冷や汗がでた。冷や汗を気にしながら寝たせいか、こともあろうに明け方の恐ろしい夢はなかなか目覚めなかった。

十八世紀前半の頃、貴族の高級な品々を満載したフランス商船が海賊に捕らえられ、乗組員たちやあらゆる客たち（その中には勝久の顔も、はるみの顔も、朋子の母の顔も父の顔も鮮やかに見えた。マダムやキャロリーヌは朋子が必死に目を凝らしたが、船底にも白いマストの上にも見あたらなかった）は一人残らず、頭を割られた。ただ一人の美しい女、フランス・ルイ王朝時代のドレスをまとった朋子だけは恐ろしい処刑を免れた。悪漢たちは朋子を入江の砂浜に連れて行った。真っ昼間だった。朋子は素っ裸にされ、八つ裂きにされた。海辺にはわずかな漁師が住んでいたが、沖の漁に出ていた。女たちや子供たちだけではこの恐るべき犯罪を防ぐ手段はなかった。朋子の「助けて！　ご慈悲を！　お願い！」と言う耳をつんざく悲鳴は凄まじく、真っ昼間のざわめきをどこまでも裂いた。朋子の死体は殺された場所に埋められた。

一五〇年の年月がすぎたが、朋子が殺された七月十三日の真っ昼間には朋子の慈悲を求める気味の悪い悲鳴は聞く者たちの血を凍らせた。

朋子の手紙

数日前までは、時雨れた淋しい冬の続きのようだった。だが、今日の街角には自動車の荷台に、はっとするような色彩のチューリップやアネモネや桜草を積んだ花売りがいる。フルーリスト（花屋）の花と花の間にはオレンジ色の小さなプードルが座っている。客が来ると、立ち上がり、しきりに尻尾を振る。二月の半ば頃だったかしら、ウィレット広場近くのフルーリストの店先につつましく幽かな芳香を漂わせていた、小鳥の胸毛のようなミモザの小花を朋子は今ふと思い出した。あの頃はそぞろ寒く鉛色の空も重くうっとうしかった。だが、朋子の心は晴れていた。フルーリストの前の石畳の上に黄水仙が並んでいる。いかにも春らしく、心がうきたつはずなのに……。マガザン・ド・レギューム（八百屋）の店先には瑞々しい葉野菜類が出まわりはじめている。

朋子はセーヌ河畔を歩いた。木立が何となくぼうっと紅色に霞んでいた。早朝に、優しく雨が降りそそいだようだった。マロニエの微かにべとつくような飴色の芽がゆるんでいた。おや、いつのまにかと朋子は驚いた。朋子は自然の何もかもに驚きたかった。

朋子は便箋と筆記用具を入れた鞄をかかえ、朝食後に、部屋を出て来た。母にはフランス人の友人に会いに行くと言った。けげんそうな顔をした母に、女よ、と付け足した。出かける理由は嘘だった、行くあてはなかった。アルバイト先のクレールが四日間も田舎から帰って来ないのが、朋子は淋しかった。アルバイトに夢中になれば気も紛れるかも知れないのにと思った。プラタナスが芽ぶいていた。春、春がきたのよ。朋子は自分に言いきかせた。

昨日の話は誰にも口外しないで下さい、とマダムに言うのを忘れた。引き返そうと思わず立ち止まったが、思いなおし、歩き続けた。マダムが口外するのを恐れるなら何故あなたはマダムに相談したの。朋子は自分に言った。

マダムは復活祭の日に寒くて、そして暑い地下室に籠り、石炭を燃やす苦業を強いられていたのかしら。四人の子供を里親に預けた……やはり罪悪を犯したのかしら。復活祭の日に私に恋文が舞いこんだのは何の所以かしら。私の顔色や仕種にいつもと違うものが表れていたかしら。兄や早知子さんは気づきながら気づかないふりをしていたのかしら。朋子は夕食はどのような夕食を食べたのか、いつもはすぐに忘れる。しかし、昨日の夕食はありふれたものだったが、不思議とはっきり覚えている。

カフェに入ろう。朋子は気づいた。私は伊藤さんに返事を書くために便箋を持ち歩いているんだわ。コーヒーを飲もう。コーヒーが心の憂いを追い払うための良い薬になる、と朋子は思う。ある貴婦人が、夫の戦死の報せを受けた時、「ああ、なんて、あたしは不幸なんでしょう。早く、早く誰かあたしにコーヒーを持ってきて！」と叫んだという話がある。

朋子はエミールゾラ通りから裏通りに入った。人々はなぜカフェに出かけるのでしょうか。酒もしくはコーヒーを飲むため？　それは最も薄弱な理由です。人々は用談のために、玉突きのために、トランプをするために出かける、と確か小暮さんが言っていた。退屈な家庭を、口やかましい女房から逃れるために、とは誰が言っていたかしら。……電灯代と燃料を節約するために出かける。女と会うために出かける。

……しかし、最も大きな理由は、人と話をし、意見を闘わすためです。もっともっと大きな理由は、恋文を思考し書くためです。

昔はいささか様子が違う。朋子は狭い石畳道を歩きながら、ずっと前に読んだ本の中味を思い浮かべた。普仏戦争が激しくなりパリが攻囲されていた頃は、人々は所在を紛らすために、何かセンセーショナルなニュースを聞くために、闇の物質を手に入れる方法を見つけるために、防衛司令官を批判したり、ビスマルクの悪口を言うために、何かといえばカフェに集まった。

滅多に観光客の行かない場末街の、おや、こんな所にと思う小さいカフェだった。年配の夫婦が経営していた。今年の夏、一度だけ伊藤さんと入った。夏にも、普通のカフェのように歩道にテーブルや椅子がはみ出していなかった。

朋子は木製のドアを開け、中に入った。ゆったりした椅子に腰かけた。この店のボーイは老婦人だった。普通のカフェは椅子に腰をおろしても、ボーイは慌てて注文を取りにこないが、老婦人は朋子が呼ばなくてもすぐに来た。

朋子はカフェ・ノアール（ブラック・コーヒー）を注文した。老婦人は「ありがとう」と言いカウンターの中に入った。朋子は店の中をそっと見まわした。四人の客がいた。モジャモジャのパーマ髪が盛りあがった太った中年の婦人は、歩き疲れて一休みしているようだった。二人の中年の男は商談をしているようだった。綺麗にカールした金髪の青年は朋子に背を向け、カウンターに座っていた。

伊藤さんと何気なく過ごしたあのセーヌ河遊覧船の出来事や、ファッションショーの思い出が全部一つ一つ意図があったと考えると胸がつまる。朋子は鞄を開き、便箋とシャープペンをテーブルの上に取り出した。勝手に思い浮かぶ想念を手あたりしだいに書き綴ろう。それを伊藤さんにそっくりそのまま送ろう、と考えた。

朋子が特別に注文しないのに、老婦人は大カップのコーヒーを持って来た。たったの四十サンチームだった。一フランを出し、おつりはいらないと言ったが、実直な老婦人はどうしても受け取らなかった。優しいお婆さんはどこにもいるのね、朋子は小さく溜息をついた。沖縄にも優しいお婆さんがいた。沖縄では今頃は清明祭（シーミー）かしら。まだ早いかしら。朋子はカフェ・ノアールを飲みながら思いをめぐらした。朋子は書いたり、消したりしながら書きすすめた。

蝶のコレクターは言う。麻薬や賭事と似ている、何もかも忘れられる。

墓の草を刈っていた時、一匹の小さいまだら模様の毛虫が落ちてきた。踠《もが》きながら、小石と小石の隙間に逃げていった。気味悪い毛虫だった。だが、気味悪い毛虫ほど見事な蝶になるという。墓に続く畑には、大根や菜の花が咲き、畑中の道には、たんぽぽやシロツメクサの丸い花が咲いていた。空の薄曇りは花々の花粉のせいのように思えた。春の暖かい陽光が射し、生暖かく、冷たい何ともいえない風がそよいだ。線香の煙や、刈り取った草を焼く煙が方々でたなびいていた。岩陰の小さい墓にも、土に埋もったような墓にも、こんもりした木々の下の墓にも一塊の人たちが座っていた。若い女の祈りより親戚のお婆さんの祈りが真剣に見えたのは私の気のせいだったのかしら。八十歳半ばのお婆さんは長い祈りがすむと、曾孫の赤ん坊を抱きしめ墓の境内の隅に座った。

お婆さんは、二十三歳の時に夫を亡くし、四人の子を女手一つで育てた。だが、沖縄戦や病気や事故で五人の子や孫を亡くした。しかし、今は、二十人近い孫や曾孫が墓の周りで遊び回っている。お婆さんは独り言のように死んだ人たちの話をする。死んだ人たちは決まって、女は美しく、優しく、働き者で、男は強く、頭が良く、人情もちだ。

清明祭が終わる頃には、夕靄が出て、遠くはぼけた。お婆さんは墓の方を一度も振り返らずに農道をゆっくりと歩いた。畑の土も春を含み、柔らかく盛りあがっていた。しかし、お婆さんが転ぶと致命傷になる予感がした。小川のほとりで近所の人にも出会った。日頃仲が悪かった。しかし、妙に、わだかまりもなく、みんな頭を下げた。忍び寄った冷たい大気が黄色い蝶を舞わせた。蝶はあの世の人の化身だと村人は信じている。

人はなぜ死ぬのでしょうか。私は愛した人が死ぬのが悲しいから、男の人を愛せないのかしら。正直に言いますと、私は死ぬのが恐いのです。いえ、自分ではありません。愛しい夫や、愛しい子供、がです。だから私は恋愛ができないのです。どうして、日が暮れるのでしょう。何が苦しいといっても愛しい人が死んでしまうほど苦しいものはありません。このような気持ちを持ちながら、しかも、このような気持を少しも表さずに、伊藤さんとお付き合いをしてしまいました。申し訳なく思っています。愚弄されたと詰められても当然です。私もいつかは変わるかも知れません。でも今は未熟過ぎるのです。

いや、私は真剣になるのが恐いのかしら。朋子は頬杖をついた。戯れに恋をしたのかしら。伊藤さんを傷つけたのかしら。でも、伊藤さんもデートの時は真意を洩らさなかった。しかし、私が注意深かったのなら、察してあげられたかも知れません。恋というのはこのように突然のものでしょうか。何の兆しもないものでしょうか。私はほんとに恋の体験はないのかしら。


私は高校一年生の時、文芸部に入部しました。ある青春スターに似た部長に憧れ、私は作品を幾つも書きましたが、一つ残らず、彼への憧れの気持ちを吐露したものでした。彼と私が恋愛をしている夢見心地の小説みたいなものも書きました。勿論、私は文芸誌には一作も作品を載せませんでした。部員たちの作品をタイプし、刷るのに精をだしました。彼は卒業後、一度だけ文化祭の応援に来てくれました。私は胸がときめきましたが、隠し通しました。彼が大学生になっても私は何も一言も言えませんでした。「好きです」というただの一言なのよ、と自分に言いきかせました。しかし、言いきかせただけで震える腑甲斐無さを責めました。それから数カ月後、彼が名城市のOLとお付き合いをしているという風の便りが耳に入りました。寒さが残る春先でした。私は布団にもぐり込んで泣きました。それからは、一行も書けなくなりました。そのままずっと書いていたのなら、もしかして小説家になっていたかも知れませんね。まもなく私は文芸部を辞めました。

このような文章を書き終え、一通り目を通した。二つに引き裂いた。引き裂く音が意外に大きかった。鞄につっ込んだ。このような手紙は伊藤さんを傷つけてしまうと思った。

朋子は「哲学」を書きたくなった。書いたものが、哲学になるのかどうかは関係がなかった。自分を俗化し、俗の自分を高い所から見下ろし、自分の迷いや動揺を笑いたかった。書きあげるのに二時間近くかかった。途中、アンフュジオンを注文した。朋子は前にも一度のんだ。煎薬のようなものだった。菩提樹の葉だったが、ほかにも幾種類もあった。鎮静の効用もあるという。

でも、やはり「哲学」は哲学でしかないわ。手紙に書くものじゃないのよ。私がパリに来た頃のトロカデロ公園の八重桜は花盛りだった。ぼってりと重た気に、色が濃い八重桜がたわわに開いていた。花の塊の中に埋もれた小鳥たちが大騒ぎをしながら盛んにさえずっていた。……あの時、桜見物の人ごみの中から、時折ヴァイオリンの音が聞こえた。クライスラーの愛の喜びの曲だった。ほっそりとした黒眼鏡の盲目の青年が弾いていた。朝から雨が降りそうな、しかし、重たい雲の上に鈍い春の日射が充満しているような日だった。昼なお暗いアパートにくすぶっているよりは、桜の花でも見ながら歩きましょうと、無数の人たちが出て来ていた。

伊藤さん。お手紙ありがとうございます。でも、何にどのようにお答えしていいのか、分からないのです、いえ、伊藤さんの手紙の内容が不明瞭という訳ではありません。私の心の問題です。私は自分の心が分からないのです。ですから、私は善いも悪いも私の心にいまだに残っている物語を書きました。どうか、ご返事だとは考えないで下さい。私自身が分からない私を知っていただきたいのです。

伊藤さんは誰々の何々という戯曲を読んだでしょうか、と聞きたいのですが、どうしても作者名と作品名は思い出せないのです。恐ろしい物語です。私は愛読した訳ではありませんが、忘れられないのです。

十八歳の少女ヴィオレーヌは、六月の或る朝、父の所有する広い麦畑を眺めながら大変に幸福でした。

〈この世はなんて美しいんでしょう。私の愛している人は私を愛してくれるの。私はあの人を信じているの。私は幸せ過ぎるくらいよ。でも、神様はね、私を幸せであるようにお造りになったの。罪悪や苦しみのためにはお造りにならなかったのよ〉

許婚者との結婚も間近かに迫っていました。しかし、この幸福への確信も、殆どの幸福のように、明日を計り知れない人間のはかなさの表面に築かれていたのです。彼女はあまりにも自分が幸福すぎるのがもったいなくて、その朝ひそかに遠くへ旅立とうとする××病の青年ピエールに××病と知っていながら、その頰や唇に接吻をしたのです。

〈ああ、可哀相なピエール〉

ピエールは許婚者のいるヴィオレーヌを愛し、体に触れたいと願った罪で××病の印を受けた聖堂専門の建築家でした。

やがてヴィオレーヌの体に××病の兆しが現われました。

〈私の可愛いヴィオレーヌ……私の天使……ああ、私のためにお前を育ててあげてくれたこの世界はなんて美しいんだろう〉

許婚者はこのように歌いながら彼女を抱こうとしたのですが、彼女の顔の変わりようを知ると、とたんに悪魔の娘、呪われた女と罵り、彼女がいくら自分の身は××病でも、心は潔白だと告げても信じようとしませんでした。

ヴィオレーヌはただ神様だけが苦痛を知り、苦痛は神様のためにのみ役立つ、とわずかに堪え、山奥へ身を隠し、孤独に生きながら堕落してゆくのでした。

八年の年月が去りました。ヴィオレーヌの元に妹マラが訪ねてきました。マラは姉の代わりに姉の許婚者と結婚していました。マラは、急死した一人子をヴィオレーヌに渡し、どうか生き返らせてくれと言うのでした。

〈そんな恐ろしい事、言わないで頂戴。神様のように死人を蘇らす力なんて私にはないのよ〉

〈それなら、あなたみたいな人が生きていて何の役に立つと思うの？　この子を生き返らす力もないなら、ただ苦しんだって無駄じゃないの〉

〈そんなこと私はしらない……ただ神様が知っていらっしゃるだけ〉

イエス・キリストが聖母マリアから生まれた事実を寿ぐ夜でした。真夜中のミサの鐘の音が聞こえてきました。ヴィオレーヌは妹に福音書を読んでもらいました。

〈今日、ダヴィドの町において汝らのために救世主生まれたまえり。是れ主たるキリストなり〉

すると、ヴィオレーヌは身内を剣で貫かれるような痛みを感じました。ヴィオレーヌの抱いていた冷たい子供が動き出しました。子供はマラと同じ眼の色でしたが、蘇った時はヴィオレーヌの眼の色に変わっていました。唇についている乳の滴もヴィオレーヌのものでした。妹は、子供の眼の色に驚き、この八年間、姉がずっと自分の夫を慕っていた事実を知り、盲いた姉を車の下敷きにしてしまうのです。死んでいくヴィオレーヌが傍らのかつての許婚者に言うのです。

〈私はあなたの子供の亡骸を、この世であなたから受けることのできたたった一つのものだと思って抱いたの。その時、私はあなたのために、身が二つになる苦しみを感じたの……〉


朋子はしばらく迷ったが、この文章を封筒に入れようと決めた。大きく溜息をついた。正午が過ぎた。しかし、コーヒーやアンフュジオンが胃に凭れている。食欲はないが、何か食物を食べなければと思い、ふとカウンターを見た。カウンターに座っていた金髪の青年と目が合った。青年は立ち上がり、朋子に近づいてきた。「ポワソン・ダブリル」と言いながら、糸に吊した二、三センチの紙製の魚を朋子に見せた。

一個、五フランだという。

「何なの?」と朋子は聞いた。

「ポワソン・ダブリル（四月の魚）。エイプリル・フールの遊びだよ。魚の形をしたショコラやパイをこの日に食べる習慣があるだろう」

「なぜ四月の魚なの?」

「訳だね。二つあるよ。まず、釣りの解禁日の四月一日にはまだ獲物の魚が期待できないという皮肉さ。またもう一つは長い間続いた四月一日から始まる暦をシャルル九世が改めた記念という説だよ」

「なぜ、そんなのを売っているの」と朋子は単刀直入に聞いた。他愛のない遊びに思えた。

「旅費稼ぎだよ」

「旅費?」

「パック（復活祭）には行けなかったが、次はアッサンション（キリスト昇天祭）。それが終われば、パントコート（聖霊降臨祭）の連休。次は七月十四日の革命記念日。そして、夏のグラン・バカンス（一カ月の休暇）」

青年は指おり数えた。「いつ行くかはまだ決めてないが、旅費は溜めておかなければならない」

「学生さんなの?」

「そう」

「でも、まだ四月一日じゃないんでしょう?」

「でも、今作ったんだよ。あなたに買ってもらいたくて」

「じゃあ、二つ頂戴」

「ありがとう。五つ、作ってあるよ」

「二つでいいの」

朋子は一つは自分の、もう一つははるみにあげようと思った。そうだわ。キャロリーヌにも。

「あと一つ頂戴」

青年は礼を言い、カウンターに戻った。朋子は青年の後ろ姿を見ながら沖縄にいる時に見た映画、「屋根の上のバイオリン弾き」を思いおこした。ユダヤ人家族の物語だった。四人の年ごろの女の子の物語と言った方がいいかしら。四人とも恋に生き、愛する人と運命を共にした。朋子はあの時、感動し涙を流した。迷ってはいけないのよ、と朋子は自分に言いきかせた。あの「恐ろしい物語」を投函しよう。朋子はカフェを出た。すぐ郵便局に向かい、切手を買った。

マロニエの木蔭

四月も末になった。暖かい日が続いた。四月三日ごろから芽ぶきはじめたマロニエの芽が日増しに大きくなり、数日前にはすっかり葉が出そろった。二週間ほど前、ポルト・ド・ヴェルサイユで恒例のプレタポルテ・サロンが開かれ、世界各国からファッション関係業者がパリにくり出し、パリ中のホテルが満員になった。

四月の中旬には、パリ競馬・春の呼びもの大統領賞レースが催された。また、四月最後の日曜日、一昨日はセーヌ河を舞台に国際水泳レースが開かれた。何一つ朋子は見に行かなかった。新聞で読んだだけだった。

桃、桜、黄水仙、チューリップ、桜草、数々の花が公園に、広場の花壇に、近郊の森に咲き出し、朋子は久しぶりの黄色い陽光に目を細めた。朋子は新緑にそよぐマロニエの木陰のベンチに腰をかけた。パリ中のマロニエに新緑の葉が茂っている、と朋子は呟き、思いをめぐらせたが、またもや伊藤の手紙がにじみでた。ベンチの向い、小さい石畳の道をはさみ、三軒の八百屋が並んでいた。店先に、スカロール、ロメーヌ、アンディーブ、サラダ菜、マーシュ（ノヂシャ）、レチュ（レタス）などさまざまな種類の野菜が積まれていた。

朋子は昨日はタンポポ、一昨日はシコレを食べた。根の部分を取り除き、ギザギザの葉っぱを茎ごと生のまま千切ったタンポポを、炒めたベーコンとアンチョビ、半熟たまごを加えたドレッシングで和えた。臭味がとれ、風味が増し美味しかった。……朋子は伊藤からの手紙を忘れたかった。シコレはフランスパンの中味の柔らかい部分に、すったニンニクと炒めたみじん切りのベーコンと一緒にはさんだ。この時もマダムに聞き、葡萄酒から造ったワイン・ビネガーを使い、味がはえた。このサラダは南のプロバンス地方の人が好んで食べる、とマダムは言っていた。朋子は一昨日はムール貝とセロリのスープも食べた。セロリの香りが貝に溶け込み、実にいい味がした。

朋子は長い間、八百屋を見つめていた。ふと気づいた。店先の野菜類はすべて畑の泥や砂がついている。ジャガイモも、大根も、人参も洗われていない。サラダ菜もクレソンも束ねられていない。トマトも胡瓜も茄子も桃も紙やポリ袋に包まれていない。苺も箱に一粒ずつならべられていない。不思議な気がした。

客は、主婦も、ネクタイを締めた紳士も、品物には全然手を触れず店主や店員が適当に選び量り差し出すのを、黙ったまま受け取る。パリに来た頃は、朋子はほんとに妙な気がした。後日マダムから聞いて分かったが、もし、品物を選択し、品質の改善を要求したら、たちまち眼の玉が飛び出るような高価な野菜や果物を買わされる羽目になると言う。

どうしても伊藤の手紙が気になる。手紙は昨日の午後来た。朋子はアパートの部屋に手紙を置いておくのは気がかりだった。持ち歩いた。今はアルバイト先からの帰り道だった。頭上のマロニエの新緑がつつましげに騒いでいる。朋子はショルダーバッグから手紙を取り出した。開く気にはなれなかった。昨日、何度も読みかえしたが、今読もうとすると胸がつまる。朋子はいつか母がマダムに歌い聴かせた〈マロニエの木蔭〉を歌った。伊藤の手紙はとても辛い内容だったが、なぜか、哀愁のこもった歌を歌いたかった。

朋子さんのお手紙、何度も読み返しました。入学試験問題も、あるいはその後、夢中になった幾冊ものの愛読書もこの手紙のようには読み返しませんでした。

私は朋子さんと同じようにこの恐ろしい物語を暗記してしまいました。しかし、僕は朋子さんとは違うようです。この物語はただの恐ろしい物語に過ぎないのです。この物語を読んだ後も、僕の頭の血管の流れも腕力も走る力も叫ぶ声も何も今までと違わないのです。まるっきり、違わないのです。だから、この世のすべての風景がころりと変わるはずもありません。

僕は朋子さんとのデートの前の日は、昼も夜もパリの街をあてどもなく歩き廻りました。僕はその時は、向こうから来る見知らぬ人に思わず微笑みたくなりました。犬や猫にも一言かけたくなりました。

恋は人間の美しさに目を開かせる唯一のものだと聞きました。朋子さんが唯一の美しい人間だと言うつもりはありません。しかし、朋子さんのフィルターが僕のつまらないものを漉《こ》し、僕はこの世の人間たちの美しさを知ったはずです。

もし、パリが美しいとすると、恋は心の中のパリの美しさです。目に映るだけの仮象の美しさではありません。変幻自在の美しさです。無限です。臆病な僕はこの広漠としたパリを迷うのが恐かったのでしょうか。ただ自信を持ちたかったのでしょうか。恋は類例のない偉大な自信を生じせしめるものだという真理を僕は知っていたのでしょうか。

朋子さんとのデートの後に感じたあの虚脱したような疲労感、あれは何だったのでしょうか。正直いいますと、僕は朋子さんと結婚したいとは思いませんでした。不思議な気持ちでした。僕は美しい病気にかかりたかったのです。ただ無邪気に愛するだけの……憎んだり愛したりはしたくなかったのです。

僕は今でも、数多くの不愉快な思い出も、朋子さんと一緒の時の色々なシーンを思いおこすと不愉快ではなくなるのです。鳥や虫をもすべての善意に考えずにはおれないのです。だけど、僕はあらん限りの記憶を呼び戻し、朋子さんの気に入らなかった面、醜くかった態度、物腰、様々な性格上の欠点などを指をおりながら数えあげようとするのを必死に抑えてもいるのです。

病気というものは発病してしまってから気がつくものです。僕が朋子さんに恋したのは、いつなのか、どのような原因があったのか、もちろん分かりません。恋が長く続かないのは僕も知っています。だけど、たった数日でも、素晴らしいものは無いよりはあった方がいいじゃありませんか。

僕は今日、アメリカに発ちます。この手紙はオルリー空港のポストに投函したものです。

マダムの娘

パリの五月一日のメーデーはロマンチックだった。働いている親しい人にスズランの花束を贈る風習がいまだに活発に生きていた。この日ばかりは誰がパリの街頭に立ちスズランを売っても咎められなかった。人通りが絶えないオペラ広場とかグラン・ブルバールとかシャンゼリゼにはスズラン売りがたむろしていた。

サン・ラザール駅の近くの街角でも綺麗な若い娘たちが手に手にスズランの束を抱え、売っていた。森や林から摘んできたばかりの朝露に光るような可憐な花だった。イタリアン通りの街角では、ベレー帽を被った太ったおじさんや、色白の少年や、幼い子の手を握った若い母親が、幾分恥ずかし気に声を張り上げていた。ミュゲ（スズラン）はいかが？　二フランです。誰も彼も一日限りのスズラン売りだった。

ミュゲ祭。この日ばかりは、パリの男性たちは紳士もメーデー休暇の労働者も、妻や娘や女友達からもらった香るスズランを胸にさしている。

去年の今日、朋子は小暮からスズランを贈られた。花が散った後、マダムに言われた通りに鉢を窓際に出したら、六月の初旬に小さな赤い実がなった。愛らしい鈴のような実だった。

私がパリに来てから一年が過ぎたのね。朋子はセーヌの河畔を歩きながら小さな溜息をついた。ベンチに座った。早いような遅いような一年だった。少し身を屈め、橋のアーチから向こう側を覗いた。セーヌ河の遊覧船がやって来た。デッキの上から伊藤が手を振っているような気がした。樹影が川面にゆれている。朋子は背筋を伸ばした。河岸のマロニエが目に入った。驚くほど青々とした葉をのせた枝が上に上にのびていた。

二週間後、朋子は同じベンチに座った。たわわに白い花が咲いている。白い蠟燭を立てたようなマロニエの大きな花。緑の葉のあいだから美しい花が揺れている。パリ中の凡ての巨大なマロニエ並木に白い花が咲き、揺れているはずだわ。朋子が座っているベンチの数メートル先に絵かきらしい青年がいる。通行人に遠慮深げに声をかける。彼の足元には十数点の油絵やドローイングデッサンがある。そうだわ。今日の朝、私が通ってきたチュイルリ河岸のマロニエの並木の下には絵を描く人、ジョギングをする人、散歩する人、ベンチに座り続ける人、さまざまの人間がいた。私は何のために部屋を出てきたのかしら。今日の朝食はカフェオレにクロワッサンにサクランボのジャムを食べた。

今朝方、ずいぶん沢山の夢を見たけど、よくは思い出せなかった。何だったかしら。散っていく花弁のようにはかない夢ばかりだったのかしら。ダニエルお婆さんが十六歳の頃に、一生懸命唄をうたっている夢を見たような気がする。綺麗な顔だちの十六歳のダニエルちゃんだった。唄は母が教えた〈マロニエの木蔭〉だったのかしら。

朋子は一時間ほど前、古びた石造りの世界を歩いている時、ふと、頭上に揺れているマロニエの花を見上げ、不思議な安らぎを覚えた。マロニエの木々の白い花は石造りの建物や敷石道とよく似合っていた。そうそう、今頃は草花も咲き乱れているわ。ジャルダン・デ・プラント（植物園）、リュクサンブール公園、モンソー公園、バガテル公園などの花壇は文字通り花園になってるわ。

雀がベンチの端に降り、目玉をクリクリ動かしながら朋子の足元に近寄って来た。鳩なみに人間に親しげな雀も珍しかった。そうそう、けたたましく囀る小鳥の声を聴いたわ。どこだったかしら。そうそう、エッフェル塔の脚元。パリの桜は去年も今年も街のいたる所に咲いていた。ルリ草に似た青い花が街の角々の花壇を埋め、街路には八重桜が満開だった。数日前に行ったエッフェル塔の辺りは人出が多くなっていた。アイスクリーム屋も多かった。大きな色パラソルの下に、客を待ちながら、花売りのお爺さんがのんびりと座っていた。花の中に埋もれた小鳥たちは大騒ぎだった。エッフェル塔の上に綿雲が浮かんでいた。亡くなった父がまだ若い顔のまま笑っていた。まだ田舎だった祝嶺市の春の野辺。燥《はしや》ぎすぎ、小川に落ちてしまった私に、自分の白いワイシャツを着せてくれた父。小川の温んだ透明の水に私の小さな足がゆらゆら揺れていた。あれもこれもみんな過ぎ去ってしまったのですよ、朋子さん。私は自分に呟いた。

沖縄の春。何があったかしら。一月の末には、桜祭り。パリには緋寒桜はないでしょう。一月の桜祭り。パリの人たちに聞かせたら目を丸くするかしら。みかん狩りに、友人に連れて行ってもらった時も一月の陽気が降り注いでいた。そうそう、私は何年か前に海豚《イルカ》狩りの写真集を見た。海豚狩りを沖縄の春の風物詩だと言う人もいるけど、風物詩にするには海豚が可哀相すぎる。

朋子は自作の詩を諳んじた。

湾は春を呼んだ。冬の水の強張りも溶け、水の表面はふっくらと膨れあがり、温み、夏のような荒々しい重さもなく、静かに、優しく海は目を醒ました。次第に藻や珊瑚が溢れ、砂も艶を増し、暖かい風が芽吹いた無数の緑葉をそよがし、湾は森羅万象を呼び集めた。深く暗い海や凍寒の海や嵐の海や月夜の海を生きてきた海豚は、春の穏やかな陽光に晒された。

無限の海を泳ぎきった力と自尊心に満ちた海豚。黒い肌は輝き、目はさらに輝き、巨体は小煩い小才を微塵もくっつけず、深く遠くを目差し、泰然自若として水を割る海豚。海豚は一寸の隙も無駄もない完全無欠な天のもの。個々の美醜が無く、真に等しく、しかも精一杯個々を具現する海豚。なぜ、この極東のちっぽけな島の、ちっぽけな湾に海豚の群れが現われたのでしょうか。太古の昔もやって来たのかしら。

フェスティヴァルシーズンの開幕するパリの五月。陽気になりましょう。九月まで続くシーズンの幕開けは〈ヴェルサイユの五月祭〉。フェスティヴァル期間中は盛り沢山の催し——コンサート、リサイタル、演劇、バレー、花祭りが行われる。

五月八日は独軍降伏記念日（一九四五年）だった。同時に、ジャンヌ・ダルクが英軍からオルレアンを解放した記念日（一四二九年）だった。オルレアン市のような記念行事はパリでは行われなかったようだが、五月の第二日曜日、黄金のジャンヌ・ダルク像のあるピラミッド広場の隅ではささやかな記念行事が行われた、とマダムが言っていた。

五月の最後の週にはパリならでは見られない風物がある。ギャルソン・ド・カフェを中心とするレストランのギャルソン（ウェイター）が多数参加し、〝サービス・レース〟が行われる。ギャルソンたちは水の入ったコップを並べたお盆を持ち競走する。

六月のヨーロッパは白の世界だという。北フランスや南ドイツの田舎には林檎の白い可憐な花が咲き乱れているという。パリでもマロニエの白い花吹雪が散っている。川面に降り注ぐマロニエの白い花弁はぼたん雪のようにも見える。朋子は散る花弁から、雪を想像した。

パリには初夏はない、春から一足飛びに夏になる。六月が変わり目だが、入梅もなく、蒸し暑くもなく、爽やかな晴天が続き、日が長くなり、午後八時でも、まだ明るかった。午後九時頃にようやく日が暮れた。この頃の日本からの旅行者は時差ぼけに悩まされた。

沖縄には梅雨があった。朋子は兄、勝久の幼い頃の話を思い出した。

毎日雨が降り勝久兄さん達は退屈していた。だから、雨合羽も雨靴もなく、ずぶ濡れのまま帰る友雄さんをよく苛めた。友雄さんは朝も濡れて来た。上着を絞り教室の清掃戸棚のほうきかけに干し、ランニングシャツのまま授業を受けた。ズボンは濡れたままだった。友雄さんの椅子や足元の床板がびっちりと濡れた。友雄さんは頭も良くなく、腕力も強くなく、一日中でも黙っていた。

或る日、友雄さんはどういうわけか、硝子壜に入れた鬪魚（クサジュー）を机の下に置いた。みんなが騒ぎ、女の先生が、よくみんなが見えるように教壇の上に移した。熱帯魚に似た縦縞のある川魚を誉める者もあらわれ、友雄さんも珍しく多弁になった。

或る日、晴れ間がのぞいた。放課後、勝久兄さんは友雄さんと一緒に帰った。友雄さんの家は芋畑とすすきの原に挟まれた掘っ立て小屋だったが、勝久兄さんは何気ないふうに見ただけだった。じっと見ると、友雄さんに悪いような気がした。友雄さんの家から百メートルほど離れた所に田圃があった。田圃の角は農具を洗う水溜りになっていた。水溜りは黒みがかり深そうだった。底にどのような生物が潜んでいるか知れなかった。友雄さんは上半身裸になり水溜りに入り、魚を泥の穴に追い込み、掴んだ。勝久兄さんは鬪魚二匹をもらった。あの頃、二十数年前はみんな貧しく、今では到底食べない木の実や草の根も食べたが、どこか不気味な鬪魚は食べなかった。友雄さんは毎日鬪魚を食べている、という噂が耳に入った。勝久兄さんは信じたくなかった。友雄さんは母親と二人っきりのようだったが、何処から来たのかさえよく分からなかった。

公民館の裏に大きな池があった。浮草が水面を覆っていた。暖かい春の日には浮草の間から何匹もの鯉が大きな口をパクパクと開けた。池は戦前は小さい水溜りだった。戦争中、水を確保するために日本軍が住民に深く掘らせたとも言われているし、米軍の艦砲弾が落ち、拡がったとも言われている。どういう訳か、或る日、大人たちが池の浮草を残らず土手にあげてしまった。数日後、小雨の降る夕暮れ時、友雄さんは池に落ち、水死した。

花のフェスティバルが連日、ヴェルサイユをはじめバガテル公園などで開かれた。バガテル公園の薔薇はヨーロッパ一美しい、とマダムが言っていた。美しい薔薇を見たら気が晴れるかも知れない、と朋子は思ったが、行く気がしなかった。

マレー地区では十七世紀の貴族の邸宅の庭や建物を舞台に、音楽や現代演劇が上演され、天気次第では野外オペラや野外演劇も見られる、ともマダムは言った。フェスティバル・デュ・マレーはパリの文化行事の目玉であり、ヨーロッパ各地から多数のファンが毎年やって来るという。

六月の末にはオートイユ競馬場でドラグ賞障碍レース、ロンシャン競馬場でパリ賞レースが行われる。小暮は競馬に興味があるようだった。朋子は去年、誘われたが、小暮との仲が深くなるのが、あの時どうした訳か恐くなり、結局、行かなかった。小暮さんはほんとに何処に行ったのかしら。もう二カ月も私の前に姿を現わさない……。勝久兄さんは何も言わない……。もしかしたら、伊藤さんは小暮さんにも手紙を出したのではないかしら。朋子はふと思った。どんな内容だったのかしら。小暮さんは傷つき……。いえ、私の考えすぎだわ。

カフェテラスに椅子やテーブルが一斉に出ていた。客も一斉に増えた。パリのカフェが防寒用の硝子の囲いを取り外すのも六月だった。勝久は、この頃になるとテラスに腰掛け、ういきょうの強烈な香りのする「パスティス」を飲みたくなると言う。別名「ペルノー」とも「リカール」ともいうこの飲み物を朋子も去年一度飲んだ。うがい薬のような匂いがした。殆んど飲めなかった。その後はいくら勝久に勧められても飲まなかった。しかし、勝久は飲むほどに深い味を知り、病み付きになると言う。黄色く、ドロドロとした液体に水を注ぐと、さっと白く濁る、その瞬間に涼気が漂う、と言う。

朋子はシャンゼリゼ通りのカフェの外のテーブルに座っていた。カフェオレをお代わりした。正午を過ぎたばかりだった。カフェの前の歩道にテーブルや椅子がはみ出ていた。日射しは強くなかったが、向いや隣のカフェも色とりどりのパラソルが立ち、庇から日除けが張り出していた。乾燥した爽やかな風が朋子のコットン・サテンのブラウスの襟元を撫でた。汗は少しも出なかった。歩道と車道の境い目の至る所に駐車車両が詰まっていた。どれも〈垢だらけ〉の中古車両だが、道路には埃は全然たたなかった。いつも不思議に思っていた朋子はいつかマダムに聞いた。土質が違うのが原因らしかった。フランスの土は日本の砂、と考えればいいんだわ、と朋子は思った。

このカフェには五人のボーイがいる。店内やテラスのテーブルが五等分され、ボーイの分担区域が決められている。分担区域以外の客には一切サービスはしない、もちろん注文も取りに来ないというシステムを朋子も知っていた。カフェにはレジがなく、勘定もボーイがする。朋子が去年の夏に行ったフォーブルサントノレ通りのカフェボーイは小さい鞄を腰に下げていた。ここのカフェのボーイはお金を無造作にポケットにつっ込む。

朋子の左手側の通りに面した席に、恋人らしい男女が座っていた。しきりにビズ〈キス〉をしていた。一言しゃべってはビズ、コーヒーを一口すすってはビズ、というふうにせいぜい二、三秒間のビズが十数回も繰り返されていた。朋子は今日、やけに多くのビズを見た。観光客など人通りの多いオペラ通りだった。敷石道を蟹のように歩いているカップルがいた。大学生のようだった。ビズをしながらお互いに体を相手に傾け、悠々と歩いていた。数百メートルほどの長いビズだった。

サントノレの宝石店だった。五十歳に近い男性と、二十四、五歳の女性の目の前のショーケースの上に十数個の指輪が広げられていた。ロング・ボブの髪の女性は一つ指輪を手にとり〈これ、素晴しいわ〉と小さく溜息をつき、連れの男性にビズ、別の指輪をとりあげ〈これ、綺麗だわ〉と目を輝かせ、またビズ。このようにビズを繰り返していた。

ビズを繰り返すカップルから目を逸らせた時、ふと若い女性と目が合った。奥のテラスに座っていた。美しかった。朋子は慌ててコーヒーをすすった。どうした訳か、次第にソルド〈セール〉が思い浮かんだ。

数日前、朋子はあるブティックのソルド〈セール〉に行った。大型ヴァカンス前の六月には毎年、フランス中の新聞の朝刊にソルドの広告が大きく載る。朋子は気が晴れなかった。だが、行った。掘り出し物を一着でも買えば少しは気が紛れるかも知れないと思った。初日だった。開店前だったが、長い列ができていた。試着室は殆ど用意されていなかった。パリジェンヌ達は小型の鏡を持ってきていた。うず高く積まれたセール品の脇に小型の鏡を立てかけ、シュミーズ一枚になり、或いはシュミーズも脱ぎ、慌ただしく何着も着たり、脱いだりした。その揚句にやっと気に入った物を買っていた。

朋子はふと先程の女性が気になった。目をあげた。すると、女性は立ち上がり朋子を見ながら近づいて来た。朋子はなぜか目を逸らせなかった。

「朋子さん？」女性は朋子の傍に立ち、聞いた。フランス語だった。朋子は座ったまま、上半身をよじり、顔を斜めにあげたために頷くのも窮屈だった。一瞬、売春の勧誘員かと思い、背筋に悪寒が走った。

「私、アパートの管理人、アニーの娘です」

「ジネットさん？」と朋子は咄嗟に言った。ジネットの名前をすぐ思い出せたのが不思議だった。ジネットは微笑ながら頷いた。

「座っていいですか？」

「どうぞ」

ジネットは座り、ボーイにヴァン・ショー（ホットワイン）を注文した。ボーイはカウンターに戻った。

「ギャルソンは固定給はありますが、少額で、かなりチップにたよっているのです」

朋子は頷いた。ジネットは続けた。

「私たちは夫には、あなたは甲斐性がないとか、出世が遅いとか、絶対にけちをつけません。収入の少ない男性を選んだ責任は自分にあるのですから。足りない分は共稼ぎで埋めます」

朋子は少し面喰らった。不意に重い話を持ち込まれたような気がした。しかし、ジネットのよく動く細めの唇は形がよく色艶もよく微妙な官能を帯びていた。

「私たちは働くのは苦になりません。フランスの男性は戦争中、外国軍の捕虜になっていました。その間、女性は懸命に働きました。今でもそのような経済的な独立を大切にしているのです」

「じゃあ、貯金もできますね」と朋子はつい筋道がおかしい質問をした。変にざっくばらんなジネットの話し振りにつられた。しかし、ジネットは水が流れるように答えた。

「貯金はしますけど、旅行やバカンスに使ってしまうから、後には残らないんです」

朋子は大きく頷いたが、でも、老後はどうするのかしらと思った。

「これからの家庭のために、貯えようなどとは絶対に考えません。例えば、夫婦二人のためでしたら、その時に二人で考えればいいと思うのです。今持っているお金は自分のために全部使ってしまいます」

朋子は内心が見透かされているような気がした。ギャルソンがヴァン・ショーを運んできた。

「……でもね、いつか騎士のような男性が現れ、恵まれない環境から、私を救い出してくれるのを信じたいのです。私が協力をしなければならないような男性なら、現れて欲しくないのです」とジネットが言った。ジネットなら女優やモデルになるとか、或いはいわゆる玉の輿に接近するとか、自分自身の力で這い上がっていけるような美貌の持ち主なのに、なぜ他力本願の考えをするのかしら。

「でも、もし、騎士のような人が現れなかったらどうするのですか」

「今うんと何もかも楽しんでおけば、諦められます」

ジネットはヴァン・ショーを飲んだ。ジネットはマダムの話をしないのかしら。朋子は気掛かりだった。聞きたかった。だが、聞けなかった。

「家庭中心ではないんですね」と朋子は聞いた。

「家に閉じ籠もっている家庭本位の女性よりも、芝居や映画を観たり、リベラルな考えをする、世の中を知っている女性の方が男性から好かれます」

「……」

「でも、私は料理を作るのがとても好きなんですよ。料理は創作でしょう。たとえ同じメニューでも一人一人の個性が生きるでしょう。だから楽しいんです」

朋子は頷き、コーヒーを飲んだ。ジネットは足を組まなかった。西洋人の女性が椅子に腰掛けた時に足を組まないのは珍しかった。好感がもてた。

「私の祖母の時代には、ご存知のように戦争がありました。そして、私たちは生命は儚いものだと痛感させられました。私たちの生きている間にも、いつ戦争が起こるかわかりません。ですから生命の不安は始終感じています」とジネットは言った。沖縄にも酷い戦争があったわ。朋子は思った。戦争の後遺症を引きずったら、いつまでも良くならないわ。だけど、陸続きの外国に囲まれているフランスと、島国の日本は脅威感が違うのかしら。ジネットの大きい茶色の目は微かに潤い、震えるように澄んでいる。

「あと少し、時間をくださいますか?」ジネットが聞いた。何処かに連れて行かれるんじゃないかしら、と朋子は一瞬思った。だが、頷いた。

「身の上話ですけど、少し聞いていただけますか」

ジネットは朋子の目を覗き込んだ。朋子はまた頷いた。

「パリ脱出は私たちの食欲や睡眠欲と同じような欲求なんです。流行の最先端に立つパリジャンやパリジェンヌでも、祖父、曾祖父は皆、農民です。この農民の血が(メトロ、カフェ、セックス)の都会生活に窒息するのです。バカンスだけでは足りないのです。田舎の家で自由になりたいのです」

「セカンドハウスですね」と朋子は言った。

「フランスには二百万のセカンドハウスがあるのです。パリでは五世帯に一戸の割合なんです。数はアメリカに劣りますが、密度を考えると世界一なんです」

ジネットはヴァン・ショーを飲み続けた。

「一つの物語と思って私の話を聞いて下さい。……私と彼は中古の小さいトラックに必要最低限の生活道具を積み込み、パリを北上しました。ジプシーのように各地を彷徨い、ルーアンの寒村にやっと古い空屋を見つけました。彼と一緒に屋根やら壁を修理し、小さいオーベルジュ(田舎風の料理店)を開きました」

「……」

「私が料理を、彼が給仕を担当しました。私は小さい頃から料理を作るのが好きでしたから心配はありませんでした。材料はジプシーなどから安く仕入れました。開店したのが丁度バカンスの時期でしたから、避暑客が自動車の後ろにキャンピングカーを繋ぎ、移動して来ました。彼らはオーベルジュに立ち寄り、長いテーブルを幾重にも囲みました。私のル・コッコヴァン（鶏肉のワイン煮）は大変人気があり、私も彼もほんとに生き甲斐を感じました。客たちと真夜中までお酒を酌み交わし、話し合いました。毎日が充実していました」

「……」

「しかし、秋になると急に客足が跡絶え、冬の初めに私たちのオーベルジュは潰れてしまいました。雪は豊かに降り積もりましたが、あの寒村にはリフトもゲレンデもありませんでした。私たちは毎日、本を読んで過ごしました。暖炉の火が燃える音だけしかしませんでした。村には映画館どころか、テレビさえなかったのです」

「そうですか」

「私たちは農民に溶け込みたかったのです。農民社会に包み込まれたかったのです。しかし、農民はオーベルジュに近づきませんでした。私たちの方からは近づけませんでした。怖い目をするのです。農民は観光客は受け入れますが、余所者が定住するのを嫌がるのです。孤独の長い冬ほど苦しいものはありません。先ず、彼が病気になりました。私は彼を励まし続けましたが、そのうちに私自身も気がおかしくなりかけました。私たちはもう理想も何も考えなくて済みました。ただ、その寒村を去ればよかったのです」

ジネットはヴァン・ショーを飲んだ。朋子は何を言えばいいのか、どのような表情をすればいいのか分からなかった。

「……じゃあ、私は失礼します。長い間ご免なさい」

ジネットは立ち上がった。朋子は何故かこのままジネットを立ち去らせたくなかった。ジネットにもマダムにも悪いような気がした。

「あのう……ちょっと……」

朋子も立ち上がりかけた。

「何でしょうか……。そうそう、母の話も少ししますね、いいですか」

朋子は深く頷き、腰をおろした。ジネットも座り直し、ゆっくりと話しはじめた。

「あまり、パパやマモン（ママ）とは思い出はないんですけど、一つだけ思い出せます。丁度、今頃の季節のプルミエール・コミュニオン（初聖体拝領式）です。知っていらっしゃるかも知れませんけど、子供が生まれて初めてキリストの体、聖体を拝受するカトリックの大切なお祝いです。この季節には日曜日ごとにどこかの町角で純白の衣装の女の子と正装をした親の一団に出会います。会いました？」

「いいえ、まだ」

私はしつこくビズをしていたカップルにしか出会わなかった。だが、朋子は黙っていた。

「デパートのショーウィンドーには純白のコミュニオン用の服が並んでいる筈です。私は小さい頃、何カ月も前から教会に通い、聖体拝受の資格を得る為のお説教を聞き、お祈りを暗記し、讃美歌を覚えました。聖体拝受の朝早く、生まれて初めての懺悔をしました。懺悔が終わってからミサが始まるまでの間、私たちは教会から一歩も外に出られませんでした。禁じられていたのです。私たち女の子は純白のオーガンジーの長いワンピースを着け、レースに刺繍を施した太いベルトを締め、白い帽子と白いベールを被り白い靴を履きました。それに、胸に大きな十字架を下げ、毛皮のコートやケープを羽織りました」

「可愛かったでしょうね」

「私はとても晴れやかでした。いつまでも胸がどきどきしていました。今でもはっきり憶えています。母の笑顔も綺麗でした。母はいつものような小言は言いませんでした。きっと、私が汚れなく輝いて見えたのでしょう」

ジネットは小さく微笑んだ。ジネットさんはマダムの男性関係を軽蔑していると朋子は感じた。でも、マダムも決して悪い人ではないと朋子は思う。

「もう一つ思い出しました。マモンは幼い私にラベンダーの香りの〈匂い袋〉を買ってくれました。十センチぐらいの赤い袋はお人形の形をしていました。お人形の頭のてっぺんについている紐を洋服簞笥に吊すのです。私は最初使い道が分かりませんでした。マモンに聞くと、七、八歳の女の子に香りを慣れ親しませるためのものだと言うんですね。香水やオーデコロンはまだ早過ぎたんですね」

ジネットは立ち上がった。

「それでは、失礼します。四時の列車でデンマークに帰ります」

ジネットはマダムに何の伝言もないのかしら。朋子は立ち上がった。

「お母さんの所に寄らないんですか」

「アーネスト・ヘミングウェイはこう言っています。〈もし、君が幸運にも青春時代にパリに住んだとすれば、君が残りの人生を何処で過ごそうとも、パリは君についてまわる。何故なら、パリは移動祝祭日だからだ〉」

朋子は何か分かるような気がした。

「……ラベンダーって知っていますか」とジネットが聞いた。朋子はジネットの顔を見つめたまま、首を横にふった。

「私も大人になってから知ったんですけど、小さい紫色の花です。南フランスの山にはラベンダーの花畑が広がっています。私は今でもラベンダーの花を虫よけにシーツや下着のタンスに入れています。まだ、何にも毒されていない花々なんです」

バカンス

パリ市内の大小さまざまな公園に数多くの人たちが上半身は何も着けずに仰向けに寝ている。若い女性もショーツだけしか着けていなかった。

「太陽が欲しいのね」

朋子は乗用車の窓から少し顔を覗かせた。

「冬は子供たちはみんなビタミン剤を飲んでいるよ」

勝久はハンドルを握りながら横目で公園の女たちを見ている。

「はるみも?」と朋子は隣のはるみを見た。はるみは頷いたが、すぐ、また珍しそうに公園の女たちを見た。

〈ジネットに会いました〉とマダムに話した方がいいのかどうか、数日間、朋子は迷った。ジネットは元気だった。マダムに告げ、安心させたかった。だが、パリまで来ていながら母親の自分に顔を見せずに、デンマークに帰ったと知ると、マダムは嘆き悲しむでしょう。言わずにいましょう。アルバイト先のクレールも四日前、トノンに長期バカンスに出かけていた。

マダムは今年はバカンスに出かけないと言う。キャロリーヌはコロニ・ド・バカンス（林間学校）に参加するという。朋子はキャロリーヌを誘いたかったが、早知子も行かないのに、と思い直した。そうだわ、小暮さんはバカンスに出たんだわ。朋子はふと思った。早めの、長期のバカンスに……。伊藤さんは私に一度もバカンスの話をしなかったけど、バカンスの体験がなかったのかしら。今頃、アメリカで何をしているのかしら。アメリカもバカンスの季節かしら。

朋子たちのバカンス先はノルマンディー地方だった。勝久とはるみが数日前に決めた。オートルート

〈高速道路〉を出た。道路に、若い男と女が立っている。男が白い旗のついた棒を振っている。トゥルーズに行きたいという黒い文字が読みとれた。

「残念ながら満員だよ」と勝久が言った。ほんとに早知子さんも一緒に来なくて良かったかしら。朋子は思った。あと一人か二人は乗れそうだった。朋子は彼らの前を通り過ぎた時、小さい会釈をした。

十数分後、小さな町サンヴェルマンの脇にさしかかった。若い二人の男が、横に大きいダンボール箱の切れ端を持ったまま立っていた。切れ端にはリヨンまで乗せて下さいと書かれていた。

石の橋の欄干に若いカップルが腰かけ、抱き合い、長いビズをしていた。

「パリ祭が済んでから出かけた方が良かったんじゃないかい。もうすぐでしょ」とカップルを見ながら母が言った。

今日は七月三日。パリ祭まであと十一日。朋子は今更のように気づいた。朋子は去年の七月十四日の夜、セーヌの川風に吹かれながら花火を見物した。何色もの花火がエッフェル塔の周りに咲き散った。大掛かりで立派なものよ、と出かけ際にマダムが言っていたが、一度見た沖縄海洋博記念公園の花火に比較すると物足りなかった。時間も短く、仕掛けもなかった。

「去年、見たね、勝久兄さん」と朋子が言った。

「バスチーユ広場の祭りはコマーシャルに毒されているよ。街頭ダンスも興醒めだよ。指定の踊り場で踊るんだからね。鉄柵の中のね」と勝久が言った。

「でも、パリ祭のムードが漂う所もあるんでしょ」と朋子が聞いた。

「レオン・ブリュム広場なら下町情緒が残っているよ」

「知ってる。バスチーユから遠くないでしょう」

「近いよ」

パリ祭。フランス人は〈キャトールズ・ジュイエ〉と呼ぶ。英語圏では革命の火蓋が切りおとされた場所、バスチーユ監獄の名にちなみ、〈バスチーユ・デー〉。そして、日本では、一九三三年に上映されたフランス映画のタイトルの邦訳名が固定し、〈パリ祭〉。朋子が沖縄にいた頃、通った図書館の本に出ていた。

「パリの下町の連中も、数年前からはパリ祭の前にバカンスに出かけてしまうからな。パリ祭の様子が変わるはずだよ」と勝久が言った。

「でも、私、レオン・ブリュム広場のダンスはとても良かったわ。去年見たの。滅多に観光客も来ない広場なのよ」

朋子は母を見た。母は頷いた。

「たまたま日本人夫婦が来たのよ。で、ね、遊んでいる広場の子供たちの写真を撮ったの。すると、子供たちは一人残らず大喜びなの。観光客なれしていないせいね。〈明日の新聞に出るかな〉などとはしゃいだのよ」

「バスチーユ広場のダンスなんか、有名だが情緒はないよ。騒音と車や人の混雑だけだよ」と勝久が言った。

「でもさ、面白いんでしょ。どんなだったんだね？　朋子」と母がはるみの髪を撫でながら聞いた。はるみはむず痒そうに首を振った。

「そうね……」と朋子は目を閉じたまま言った。「今夜ばかりは、無理矢理寝かされる心配もなくメリーゴーランドなどに乗り、はしゃぎ回る子供たち。……ソーセージを焼いている一家総出の屋台。それから……綿菓子売り。ブルターニュ地方の名物クレープの屋台。それから、花火と爆竹」

「花火、綺麗ね」

はるみが微笑ながら朋子を見た。

「綺麗ね」

朋子ははるみの手を握った。

「どこで、打ち上げるの?」とはるみが聞いた。

「モンマルトルの丘やシャイヨ宮などよ。十五日の夜十時から一斉に打ち上げるんだって。エッフェル塔やサクレクール寺院の上の夜空に……綺麗ね、はるみ」

朋子は母の手をのけ、はるみの長い、艶やかな髪を撫でた。

「爆竹もあるのかい」と母が聞いた。

「若い男性の中にはダンスの輪や、道端のカフェのテーブルに投げつけたりする者もいるのよ」

「危ないね」

母は太い首を竦めた。

「事故があったよ。何年か前」と勝久が言った。「事故とは言えないな」

「何なの?」と朋子が聞いた。

「たまたま十三日の金曜日の夜だったな。バスチーユ広場に爆竹売りの夫婦が車を停め、屋台代わりにトランクを開けたまま商売を始めたと考えろよ」と勝久が言った。

「考えた」

はるみが目をつぶったまま言った。勝久は苦笑しながら続けた。

「若者たちに爆竹は飛ぶように売れ、爆竹売りの夫婦はほくほく顔だったよ。方々で爆竹の音が聞こえ始め、祭り気分が盛りあがったが、その時、若い男が火の点いた爆竹を爆竹売りの車の中に投げ込んだんだ。次の瞬間、大量の爆竹も同時に爆発してしまい、車内に寝ていた幼児はあっという間に焼死してしまったんだ。両親の目の前でね」

「ほんと、恐いね。朋子、パリ祭に行かんで良かったよ」と母が溜息まじりに言った。

「どちらかというと、移民の人たちが爆竹遊びが好きらしい。日頃のフラストレーションを吹き飛ばしたいんだな。窓を開けたまま車を運転すると、いつ投げ込まれるか分からんよ」と勝久が言った。朋子は話題を明るくしたかった。

「マダムが言ってたけど、パリ祭のパレードは七三年まではシャンゼリゼ大通りで行われていたって。七四年からはジスカール・デスタン大統領がバスチーユ広場とレピュブリック広場を結ぶ通りに変えてしまったんだって。あの頃のパレードはスケールダウンしてたって嘆いていたわ、マダム」

「パリ祭にはヨーロッパ各地のスリが集まって来るよ」と勝久が言った。「……ナンバー・プレートの数字を見てごらん、朋子。75が多いだろう。パリの車だよ」

朋子は勝久の乗用車の両脇や前方の車両を見た。

「七月一日、七月十五日、八月一日は交通の大混乱だよ。パリからの大脱出なんだから。区切りのいい日にバカンスに出るというのは何も日本人だけじゃないんだよ」

七月十五日以降は〈パリは空になる〉と言う。朋子は去年の夏を思い浮かべた。パリ名物の路上駐車が急激に減った。しかし、パリジャンやパリジェンヌと入れ替わるように世界各国からの観光客が入り込んできた。去年のパリ祭が終わった数日後の夕方、朋子は古本屋が立ち並ぶセーヌ河岸を散歩した。フラヌール（散歩する人々）が多かった。気温は二十七・八度だったが、湿気が少ないからむし暑さは感じなかった。祭り後の静けさが漂っていた。妙に名残り惜しかった。

パリの国道入口を取り囲むように若いヒッチハイカーたちが群れていた。〈南〉、〈西南〉、〈イタリア〉、〈スペイン〉、などと大きく書いた紙をめいめい胸元や頭上に持っている。〈リヨン、またはアヴィニヨン、またはマルセイユ、またはニース〉と書いた長い紙を広げた二人組もいる。

「沢山いるんだね」

母が窓から顔を出した。背の低い若者が指を立て、Vサインを送った。母は笑った。あどけない笑顔になった。

「フランスはヨーロッパ大陸の中央にあるエグザゴン〈六角形をした国〉だろう？　はるみ」

勝久は振り向き、はるみを見た。はるみは頷いた。

「パリはそのフランスの中心だからね、ヨーロッパ中の都市に向かって、自動車の道路網が張り巡らされているんだよ。いい勉強になったね、はるみ」

はるみは曖昧に頷いた。

ユダヤ人は安息日を発明し、英国人はウィークエンドを発明し、フランス人はバカンスを発明した。

六月に入ると、カフェでもレストランでもパリジャンやパリジェンヌの話題はバカンスに集中した。朋子の耳にも〈女房の実家の部屋を安く借りられたから〉と胸を撫で下ろす所帯持ちのサラリーマンや、〈物価の安いスペインに行く〉と言う独身らしい女の声がとびこんできた。その女の相手も独身の女のようだったが、〈フランス人が大勢押しかける為にスペインも急に物価が高くなった〉と年上らしく溜息をついていた。

オートルート（高速道路）を抜けたが、ルーアン方面に向う車両は多かった。勝久はいつものようにスピードは出せなかった。右手側に栗の林が見えだした。パリでは焼き栗がよく売られている。朋子も何度か買った。だが、フランスには栗拾いの習慣はない、とマダムは言った。秋になると日本人の家族がゴルフ場に出かけ、ゴルフそっちのけで栗を拾うという。マダムはかなり前に一度、アパートの日本人から、栗ご飯の夕食に招かれたという。

「バカンスの費用を溜める為に大抵アルバイトをするんでしょう。葡萄を摘んだり、レストランの皿洗いや、ベビーシッターをしたり」と朋子が言った。朋子は〈四月の魚〉を作っていた青年をふと思い出した。いつだったかしら。たしか三月だった。エミールゾラ通りから裏通りに入ったカフェ。あの青年はどこにバカンスに行ったのかしら。

「朋ちゃんはバカンスの為にアルバイトしたら駄目だよ」と母が言った。「勉強しに来ているんだからね」

「フランスでの人生はバカンスだよ。小学生の頃は大抵、コロニ・ド・バカンス（林間学校）に行くし、もう少し大きくなれば、家族と一緒に田舎の別荘や親戚の家に行くし……そして、十七、八歳になると、いよいよ友だちや恋人とバカンスだよ」と勝久が言った。

「はるみも大きくなったら、お友だちとバカンスに行くの？」

朋子ははるみの顔を覗きこんだ。

「うん、行く」

はるみは目を輝かせた。

「セ・ジョリ・コロニー・ド・バカンス、メルシ・パパ、メルシ・マモン〈林間学校は素敵だな。ありがとうパパ、ありがとうママ〉という歌がパリで流行したよ」と勝久が言った。

はるみは歌の妙な節回しが気に入ったらしく、「教えて」と勝久にせがんだ。勝久は渋ったが、「じゃあ、みんなで一緒に歌おう」と歌いだした。朋子も唱和した。「おばあちゃんも歌って」とはるみがせがんだ。母も歌いだした。次第にはるみの声が一番大きくなった。発音もイントネーションもはっきりしていた。半時間ばかり繰り返し歌った。葡萄畑が現れた。葡萄畑は地平線いっぱいに拡がった。朋子は目をみはった。背丈の低い葡萄の濃緑の平原が青みがかった白っぽい空に接しながらどこまでも続いていた。わずかに森や渓谷が葡萄畑を遮断した。

「パリジャンの日々の楽しみは何だと思う？　昼の御馳走だよ。じゃあ一年の最大の楽しみは？」と勝久が言った。

「バカンスでしょう。勝久兄さんもパリジャンになったのね」

朋子は笑った。

「国籍とは関係ないよ。太陽が一年中射さない石造りの高層アパートに住んでいるんだから、病気にならない為のバカンスだよ」

「そういえば、マダムも〈夏、十分に太陽に当たらないと、冬に風邪をひく〉って言ってたわ」

「名台詞だ」

「キャロリーヌは林間学校に参加すると言っていたわね」と朋子は母に言った。はるみが顔を上げ、朋子を見た。

「学校は七、八の二カ月も休みでしょう？　はるみ」

「親に連れて行ってもらえない子供は、林間学校に参加するよ」と勝久が言った。

「林間学校って、学校の主催ではないんだってね。日本とは違うのね」と朋子が言った。

「どんなの？」と母が聞いた。

「先生の内職だったり、旅行斡旋業者の商売だって。あちらこちらの学校から生徒を勧誘して、いりまじった団体を作るんだって」

「ほんと」

「フランス人は一年の半分を来るバカンスを語って過ごし、残り半分を過ぎ去りしバカンスを語って過ごす。どうだい、これも名文句だろう」と勝久が言った。「バカンスは単なるレジャーだけでなく、政治の問題だよ。レジャー大臣がいてもおかしくはないよ」

「ほんとにレジャー大臣っているの」と朋子が聞いた。

「いるよ、余暇担当相というのが」

「ほんと。嘘みたい」

「ほんとだよ。マダムに聞いてごらん」

勝久は口数が多いと朋子は思った。早知子さんがいないせいかしら。心なしか目も輝いている。

パースィ村（地方）に入った。幹線道路からいろいろな地方にぬける道路に散っていく車両も多かった。

だが、やはり勝久の乗用車の前にも後にも相変わらず続き、四十キロ以上の時速は出せなかった。

海、そしてその十中八九が地中海。パリジャンは太陽を求め、南に下る。一年間のパリ生活だが、パリジャンの太陽渇望を、朋子は理解できる。沖縄では想像もできないような長い陰欝な冬。日照時間の短さ。曇天がいつまでも続き、わずかでも日が射すとほっとする日々。

「殆どの人が海岸に行くんでしょう」と朋子が言った。

「七八年、俺たちがパリに来た頃だったが、あの時はフランス中のバカンス客が南仏、コートダジュール一帯に集中したよ。ブルターニュ海岸がタンカーの座礁で汚染され、スペイン海岸では燃料輸送車の大事故があったんだ」

ニースからカンヌに続く、いわゆる〈天使の入り江〉には日光浴客が群がり、太陽に向け、女たちはトップレスになるという新聞記事を朋子は思い出した。もう今では浜辺の女性の七割近くが乳房を晒しているという。祖母、母、娘三代の女が乳房を晒したまま仲良く浜辺に仰向いて寝ている写真を朋子は思い出した。母に気づかれないように溜息をついた。私もいつかはあのようになるのかしら。

「いろんな所に行くのね。そんなに避暑地があるのかしら?」と朋子が言った。

「暑さを避ける為じゃないよ。日本とは反対に、太陽光線を浴びる為だから、太陽の光が降り注ぐ所ならどんな田舎でもO・Kだよ」と勝久が言った。

「沢山の人が出るんだね。考えられないよ」と母が言った。

「フランが暴落しようが、失業者が二百万を超えようがバカンスはいささかも衰えないよ。とにかく、何をけちってもバカンスには出る。隣近所がどたばた出るのに自分だけ、パリに居残るのは耐え難い屈辱なんだよ」と勝久が言った。

「お前も、そう?」と母が言った。

「俺は違うよ。俺は何もけちってはいない」

朋子はバカンスに出たがるパリジャンたちの気持ちが分かるような気がする。冬が長いパリ。四月になっても、五月になっても鉛色の重苦しい空。それに、小雨がよく降る。時には七月に入っても回復の兆しが見えず、ラジオ、テレビは「うっとおしい」夏を予報せざるをえないと言う。

しかし、地中海沿岸には、すでに夏の太陽が溢れんばかりに照り輝いている。一刻も早く甲羅干ししたいと願うパリジャンたち。……沖縄では蒲団ぐらいしか干さないのに……。

ふと乗用車の窓の前に町が現われた。小さい町だったが、数百年も前からひっそりと生き続けているような雰囲気が漂っていた。小高い丘の上に教会があった。灰白色の高い塔が、川の流れに沿った古い石造の家々を見下ろしていた。肩を寄せ合っているような小さい家々だった。十数分後、先程の川の上流から下流に沿った田舎の城館が見えてきた。蔓薔薇の花が石造の硬さを和らげていた。城館そのものも曲線を活かしたような造りだった。だが、古かった。黒々とした灰色の苔がむしていた。城館の主は歴史上の人物かしら、と朋子は想像をめぐらせた。城館の周りの美しい老木の並木は、かつての弱小の城館主が精一杯に背伸びをしている姿に見えた。城館の壁の隙間から赤い小さい花が顔をだしていた。乗用車の中からは何の花なのか、見当がつかなかった。朋子はこの町を通り過ぎるのが、何故かいとおしくなった。

「八月に入ると新聞が急に薄くなるだろう。朋子おぼえてないか？　去年」と勝久がバックミラーを覗いた。

「よく、覚えてないけど」

「八月号の雑誌も前月号の半分以下の厚さになるよ。……何故だと思う？」

「うん、新聞記者や雑誌編集者がバカンスに出かけてしまうからね」と朋子は言った。

「その上、広告頁が減るからな。消費者がパリに居ないのに、広告を出す馬鹿な会社もないだろう」

「でも、安くなるんだろ」と母が言った。

「何？」と勝久が聞いた。

「新聞代」

「それが同じ値段さ」

「じゃあ、みんな文句いうんじゃないかい」

「誰も彼も黙っているよ。いかにバカンスが必要か分からない者はいないんだ」

朋子は去年を思い浮かべた。パリ祭の頃からテレビ番組の〈間引き〉が始まり、バカンスが本格化する七月三十一日以降は午前中の放映が殆どなくなり、ゴールデンアワーも自主番組は最小限に絞られ、劇場映画が繰り返し放映された。パン屋、八百屋、肉屋、薬屋、クリーニング屋……猫も杓子も店を閉め、〈政令第何条により何月何日から一カ月休みます〉などと書いた紙を店先に貼り、バカンスに出た。パリ中が妙に寂しくなった。駐車中の車両が犇《ひし》めき合う古い町並みが急にすぽんと抜け落ち、空間が広がった。人間の影も減った。買物籠を持った黒ずくめの老女たちが、ぽつりぽつりと歩いていた。誰もおぼつかない足どりだった。石畳の坂道をゆっくりと登って行った。犬が道端にうずくまっていた。犬はじっと老女を見送った。老女が消えた石畳道はひっそりと静まりかえった。パリの街全体が無機質の石だ、と認識できた。しかし、三十年、四十年も過ぎ去ると人間の顔にも風格が滲《にじ》み出てくるように、街の顔も長い星霜に磨かれる、と朋子はあの時思った。街は物音がなかった。マダムはよく眠れた、と言ったが、朋子は逆になぜか寝付きにくかった。あの時、私は取り残されていたのかしら。

「まだ、バカンスシーズンじゃないんでしょう」と朋子は勝久に聞いた。

「七月十四日のパリ祭（フランス革命記念日）から八月いっぱいがほんとのバカンスシーズンだよ」と勝久が言った。「ところで、みんながその時期に集中するとパリの企業は全部休業してしまうだろう。それに、バカンス先の貸別荘も貸アパートも収容しきれなくなるだろう。そこでね、フランス政府は、休みはお互いにずらして取りましょう、などと宣伝しているよ」

「八月に入ると車も混むんでしょう」

「凡ての幹線道路が麻痺するよ。キャラバン隊は動けず、折りたたみ式のテーブルと椅子を道路脇に持ち出してね、スナックを作って食べ、その後、ゆっくり昼寝をしてもまだ、〈青信号〉にならないという嘘のようなほんとの話もあるんだよ」

「逆にパリ市内は車道がぐんと広がるでしょう。泉の噴水もぴったり止まるのね」

「エネルギー節減の為だよ」

去年の今頃、朋子はシャンゼリゼ通りを歩いた。様々な言葉が聞こえてきた。フランス語を喋っているのはボーイだけかしら、と耳を疑った。八月のパリを外国人観光客と田舎からのおのぼりさんが埋めた。パリの人口も都市活動も急激に減った。何もかもの動きが緩やかになった。街中に何ともいえない柔らかな息吹が蘇った。正月の三日間、名城市の空が急に清々しくなるのと似ていた。

「ほんとに猫も杓子もバカンスね」

「労働者はバカンス休暇をとる権利がある反面、その休暇中は他所で働いてはいけないという義務があるんだ」

「何故?」

「バカンス期間のアルバイトを認めたら、労働市場が乱れるからね」

「でも、バカンス万歳ね」と朋子は母を見た。

「ほんとだね。最高だね」

母ははるみと微笑みあった。

「そうとばかりも言えないよ」と勝久が言った。朋子は勝久を見た。

「八月は一人暮らしの老人の姿が目立たなかったか?　朋子」

「そうね、確かにそうね」

「社交好きな老人はまだ、いいよ。パリ市招待の観劇や遠足、或いは公園の片隅での、ペタンク（玉ころがしゲーム）やチェスに気を紛らわせられるからね」

「でも、沖縄の老人と比べたら幸せだよ」と母が言った。

「そうでもないよ」と勝久が言った。「普段、家族と一緒に暮らせる老人も、バカンスには不幸になるよ。〈足手まといになるから〉と老人を施設に入れ、バカンスに出る者が何人もいるよ。足腰のたたない老人なら止むを得ないとも考えられるが、中には充分、健康な老人もいるんだよ」

「そんなひどい……」と母は言った。信じられないような目だった。朋子はまた、去年の夏を思いうかべた。老婦人が薄暗い部屋に座りミシンを踏んでいた。方々の屋根裏部屋にぼんやりと人影がのぞいた。みんな、老人たちだったのかしら。

「もっと残酷な親は」と勝久が言った。「幼い子供をアパートに残し、しかも外から鍵をかけ、新婚気取りで出かける。子供は二、三日もしないうちに冷蔵庫の食料を食べつくし、水道の水を飲み、飢えを凌ぐ。そして餓死寸前に消防署の梯子車に救出される。一昨年の夏の事件だよ。だが夫婦は日頃はとても優しいパパ、ママだったというよ」

「大変ね」と朋子は言った。何を言っていいのか分からなかった。

「犬や猫も大変だよ」と勝久が言った。「この時期には数十万の犬猫が紙屑のように捨てられるというよ。愛玩動物も邪魔のようだ」

朋子は信じられなかった。フランス人の犬、猫好きは異常とも思えた。それともフランス人は快楽の為なら何もかも捨て去るのかしら。エゴイストかしら。でも、なぜ勝久兄さんはこのような残酷な話をするのかしら。バカンスに向かう途中だというのに……やはり、一緒に来なかった早知子さんが気掛かりなのかしら。勝久兄さんはバカンスに出発する前に早知子さんとどのような話をしたのかしら。

ノルマンディー

乗用車は脇道の農道に進入した。右も左も前方も葡萄畑が広がっていた。葡萄畑の果てが見えなかった。

勝久は乗用車を停め、四人は農道の端に立ち、背のびや深呼吸をした。

朋子は一直線に続く農道の先に向かって、深呼吸を繰り返した。香ばしい香りが漂っているような気がした。

「よし、真っ直ぐ行ってみよう」

勝久は母とはるみを促し、農道の奥深く乗用車を走らせた。横道が何十本ものびていた。勝久は構わず進んだ。葡萄畑は切れなかった。

「もう、引き返した方がいいんじゃないの」と母が言った。

「どこからでも幹線道路に出られるよ」

横道に入った。だが、逆に奥まっていくようだった。勝久は様々な方向に乗用車を走らせた。だが、幹線道路はどこにも見えなかった。朋子は悠長に葡萄畑を眺める気を失った。心なしか、葡萄畑がうっそうと茂ってきた。葉が濃緑になった。早く、幹線道路に出て、葡萄畑を遠くから眺めたかった。

「まだなの?」と朋子が聞いた。

「すぐだよ」と勝久は言ったが、目元に焦りの色がにじんでいた。

「私はトイレに閉じ込められたよ」と母が不意に言った。

「トイレに?」と朋子が聞いた。

「今まで黙っていたけどね、話して聞かせるよ。早知子さんには内緒にしてくれよ」

「どうして?」

はるみが聞いた。

「どうしてって……」

母は口ごもった。

「はるみのママが心配しないようにだよ」と朋子は言った。母は、早知子さんに足手まといに思われていないか、気にしている。母はしばらく黙った。沈黙が漂った。

「話してよ」と朋子が促した。

「……そうだね」

母は話しはじめた。「勝久が弟子の……郊外の道場の先生を教えに行った時、ついて行ったんだけど、勝久は中国食料品店の前で私を降ろしたんだよ、二時間後に迎えに来るからって言ってね。店の中にはいろいろあってね、ゴーヤー、シマナーの漬物、ラッキョウの瓶詰なんかね。フランスの大根はごぼうのように外側は黒いんだね。びっくりしたよ。長い間店に居たけど、何も買わないもんだから、変な感じになって、通りに出たよ。近くの本屋に雑誌が立てられていたけど、表紙の女が紅型の着物を着ていたんだよ。沖縄の本がこんな所にもあるんだね、と私はとても懐かしくなったよ。でもね、懐かしがってばかりもいられなかったよ。とてもトイレに行きたくなったんだよ。言葉は解らないし、勝久はいくら待っても来ないし、公園とテニスコートが近くにあったから、トイレもあるだろうと捜してみたが、見つからないんだよ。カフェを捜したんだが、ちょうど十二時だったから、殆んどが準備中なんだよ。一つだけ開いていたけど、中を覗いたら男だけだったから入らなかったよ。そうこうしている内に、プラスチック製の白っぽい建物を見つけたんだよ。道の真ん中にあるけど、周囲は芝生でね、トイレの感じなんだね。でも、ぐるりと廻っても入口が見当たらないんだよ。よく見たら一フランと書いてあったから、一フランを入れたら、サーッとドアが開いたよ。恐る恐る入ったら、サーッとドアが閉まったよ。私は急に胸がドキドキしてね、どのようにして出たらいいのか、心配でね、あの心配は一生忘れられないよ」

「どのようにして出たの」と朋子が訊いた。

「取っ手の左や右や、上や下を触ったら、開いたよ」

「大変だったのね」

乗用車は同じ道をぐるぐる走っているような気がした。迷路にはまりこんでしまったと朋子は思った。

葡萄以外は何もなかった。みんな黙り込んだ。何か言わなければいけない、と朋子は思ったが、何も思いつかなかった。

「……何年か前のバカンスはスイスに行ったよ」と勝久が言った。沈黙の責任を感じているようだった。

「国境の警備員に停められたよ。〈トランクを開けてくれ〉と言うんだ。俺は観念した。後部トランクにガスボンベ、天ぷら、ソーキ汁、巻き寿司、サーターアンダギーを詰め込んでいたんだ。肉を持っている車は通さないんだ。罰金も心配だった」

「……」

「運よく、ソーキ汁が入っていた鍋は開けなかったよ」

「ほんと、良かったね」と朋子は言った。なお、十数分走り、ようやく葡萄畑の中に赤瓦色の大きな屋根が見えてきた。木立に囲まれた農家だった。ペッシェ（桃の木）の木蔭にテーブルが出ていた。二十五、六歳の女性と老婦人が腰かけていた。勝久は乗用車の窓から顔を出し、道を訊いた。老婦人が立ち上がり、近づいてきた。道を教えながら朋子たちに微笑んだ。大人しく乗っている世代の違う三人の女が微笑ましいようだった。

「コーヒー、どうですか」と老婦人が誘った。訛りのあるフランス語だった。勝久と朋子は一瞬目をあわせ、すぐ「いただきます」と言った。

「遅くならないかい？」と母が乗用車を降りながら訊いた。

「道も判ったから、半時間ぐらいは大丈夫だよ」と勝久は長椅子に腰をおろした。「ノルマンディーはもうすぐだ」

勝久と農家の娘はコーヒーを飲みながら、ノルマンディーやバカンスの話をした。老婦人は〈農家の人は海よりパリが好きだ〉と口をはさんだ。

「おにぎり出してあげようか」と勝久たちの話が跡切れるのを見計らい、朋子が言った。

「出してあげなさい」と勝久はすぐ言った。朋子は垣根の脇の乗用車に戻り、バスケットを取り出し、大皿に盛った。朋子はふと、伊藤を思い出した。伊藤さんは、いつかのデートの時、おにぎりを七種類つくってきた。海苔やおかかの……伊藤さん、今頃どうしているのかしら……。あの手紙ではパリを呪っていたようだけど、アメリカは違うのかしら。

朋子が差し出したおにぎりを老婦人も若い娘も食べ、喜んだ。朋子は作り方を問われた。作り方と言える程のものでもないが、彼女たちは質問をしながら熱心に訊いた。白いテーブルクロスの表面をペッシェの葉蔭が揺れ動いていた。平和だなあと朋子は思った。庭の隅に小さい沼があり、家鴨が泳いでいる。朋子は家畜小屋を見た。牛や兎がいる。はるみは恐わ恐わと近づいた。この農家に住んでいるのは彼女たちだけだった。ミニチュアを作るのが好きだったという彼女の父親は十一年前、高血圧が悪化し亡くなったという。若い彼女は色々と勝久に話しかけていたが、まもなくつれなくしだした。勝久が独身じゃないと分かったようだった。

「母が初めてロンドンに渡った時、私はまだ高校生だったの」と若い娘が朋子に言った。「その時、〈リバプールの船舶王を連れて帰って来るかも知れない〉と密かに期待したのよ。だって、私はあの頃、器量も、容姿も優れていたんですから。町のプレイボーイのワイン会社社長が色目をつかう程だったの。それから十年にもなるけど、私は相変わらず独身よ」

「この子は栗鼠のように臆病なんですよ。そして、この子の友達は二人に一人が離婚経験者なんです。だからこの子は結婚を病気のように恐がるんですよ」と老婦人が言い、小さく肩をすくめた。

「臆病は母の方よ。人間を伝染病のように恐がっているわ。ここ数年はやっと伝染病に罹るのも苦にならなくなったようだけど……」と娘が言った。「母は一九四三年、アウシュヴィッツに送り込まれたの。フランスに帰れたのはほんとに奇跡よ。でも、母の手首に刻まれた捕虜番号の刺青は永遠に消えないわ。また、母の体は生体実験されたの。だから私が生まれたのも奇跡よ」

ノルマンディー――フランス北西部、セーヌ川下流域からコタンタン半島にかけての地方。主要都市はルーアンとルアーヴル。九世紀以後、ノルマン人が侵入、ロロがノルマンディー公国を建設、のちに一部がイングランドを征服し王朝を開いたため、イギリス、フランス抗争の地となったが、百年戦争末期の一四五〇年以来フランス領。第二次世界大戦中の一九四四年六月、連合軍の上陸作戦が行われた地としても有名――。

朋子はメモ帳を閉じ、バッグの中にしまった。バカンス先がノルマンディーと決まった日の夜、朋子は百科事典を開き、書きとめた。

ポプラ並木が続いている。涼しげな木蔭が切れずつながっている。朋子は乗用車を降り、木蔭の草の上に寝ころびたかった。やがて、白と黒の斑の牛たちが草を食べているのが見えだした。大きい黒い目が優しげだった。父や勝久が好きだった闘牛の目に似ていた。

野にはくねくねと小さな川が流れ、川の畔には、ピンクや白や黄色の小さい花々が咲いていた。朋子はうっとりとした。放牧の牛が群れる新緑の野原の周辺に林檎の木が広がっている。春には、大きくのびた林檎の樹々に射す淡い陽光が零れんばかりに咲きほこる白い花を柔らかく包むにちがいないわ。見渡す限り人っ子一人いない静かな田舎。風になびく街道のポプラ。

コロンバージュ（茅葺屋根）に木の格子の白壁。ノルマンディー特有だという農家がぽつんぽつんと見えだした。丘を越えた。すると、海が見えた。英仏海峡だわ。朋子は目を輝かしながら溜息をついた。夏の日の午後の海は真珠色に淀み、眠っている。英仏海峡に向かい、パリをとても小さくしたようなドーヴィルの町が拡がっていた。緩やかな坂道を下り、パリの西、二百キロにある、ドーヴィルの町に入った。狭い十字路の脇にあるガソリンスタンドに乗用車を入れた。

「ようこそ、ノルマンディーへ」と痩せた中年の男が近づいて来た。「バカンス先をノルマンディーに決めなさったとは正解でしたよ」

給油中、給油所の事務所の奥から出てきた太鼓腹の初老の男が運転席を覗き込んだ。

「日本人ですかな」

人が善さそうな声だった。

「そうですよ」と勝久が言った。

「ちょっと待っていて下さいよ」

太鼓腹の男は給油所の事務所に引き返した。だが、給油が終わり、料金を払い終っても戻って来なかった。

「行こうか」

勝久はエンジンをかけた。

「来たよ」と朋子が言った。太鼓腹の男がおなかを突き出しながら小走りに近づいて来た。また運転席を覗き込み、勝久に一枚の古い写真を見せた。セピア色の写真だった。朋子も覗き込んだ。羽織と袴姿の外国人が人力車に乗っている。

「私の父が日本にいた」と太鼓腹の男が言った。写真の下に横浜写真館という文字と、一九一八年という数字が入っていた。太鼓腹の男は〈商人だった父は日本までシャンパンを売りに行ったが成功しなかった。だが日本人には親切にされた〉と懐かしげに話した。太鼓腹の男はなおも日本を誉め称えた。だが、朋子は人力車も袴姿も外国の風物のような気がした。自分の国が誉められているような気はしなかった。太鼓腹の男は今度はノルマンディーを誉めだした。

「フランスのこんな古い歌を知っていますかな」

太鼓腹の男は歌い出した。妙な節まわしだが、発音は明瞭だった。「〈瑞西も伊太利の空も見た、ヴェニスとゴンドラの船頭も。しかしわれに生命を与えたノルマンディーがいちばん美しい〉」

はるみは身を乗りだしている。太鼓腹の男は「お嬢さん、もう一回ききますかね」と言い、繰り返し歌った。

「静かでいいですね」と勝久は運転席の窓から上半身を出し、言った。「地中海には、ドイツやオランダやベルギーの外国人キャラバン隊が殺到しますよ。キャンプ村は人の波、波ですよ。だが誰もこの現実を知りながら毎年、夏になるとまたキャンピングカーを引っ張って行くんですね」

「地中海なんか明るいだけですよ。反乱の時、ウージェニー妃はこのドーヴィルから逃げたものです。この北の海は興亡の歴史があるんですよ。青灰色の翳りが一年中ありますよ。何とも言えませんよ。地中海はただ輝いているだけですよ」と太鼓腹の男は言った。手振りも様になっていた。何年も何十年もこのように旅行者に説明してきたのかしら、と朋子は思った。

「じゃあ、どうも有り難う」

勝久は乗用車のエンジンを掛けなおし、太鼓腹の男と握手をした。

「ホテルがまだ決まっていないんなら、ホテルデザールを紹介しますよ。儂の弟が主だが、儂も惚れこんでいる。保証しますよ。儂はブルノーというんだが、儂から紹介されたと言いなさいよ。ぐんと安くなりますよ。まず一泊してみてごらんなさいよ。もし、気に入らなかったら、帰りにここに寄りなさい。ただで満タンにして差し上げますよ」

「どうも、じゃあ」

勝久は小さく会釈をした。乗用車は発進した。海辺に沿った板張りの散歩道が長く続いている。散歩する人々も多い。バカンス客らしい。カフェにはテーブルとデッキ・チェアが並んでいる。浜辺に重なり合っている丸い小さい石を波が洗っている。時々、小さい波が煌めく。乗用車は海岸沿いの石畳道をゆっくり走った。

入江の沖に碇泊しているのは、一隻のバナナボートだった。何世紀間もこのように青いバナナを積んだ船がアフリカから来たんだわ、と朋子は思った。初めて実物を見た。雑誌の写真よりやはり郷愁が漂っていた。

給油所の太鼓腹の男が教えたホテルは海に面していた。規模は大きくなかった。だが、何十年間も風雪に晒されたような壁の色だった。朋子たちはホテルに入った。五時十五分だった。〈経営者に直接話せば便宜を図ってもらえるかも知れない〉と勝久は朋子に言い、母が〈騙されているかも知れないよ〉と曝いたが、耳をかさず、フロントに太鼓腹の男の名前を告げた。若い口髭のフロント係は内線電話をかけ、数秒間話し、〈どうぞ、そこでしばらくお待ち下さい〉とロビーのソファーを指し示した。朋子たちはソファーに腰かけた。やがて、コック帽、コック服の男が現れた。朋子と母は顔を見合わせた。勝久の目も怪訝そうだった。勝久は立ち上がった。この男はオーナーだと自己紹介した。よく見ると、顔つきがあの、太鼓腹の男と似ている。ただ彼よりはだいぶ痩せている。一通りの挨拶をすませた。勝久もオーナーも座った。

「楽しい日々をお約束しますよ。特に料理は目の玉がとびでるぐらい美味しいものを期待して下さい。私が作るんですからな」とオーナーが言った。

「よろしくお願いします」と勝久が言った。

「あれをご覧なさい」

オーナーはロビーの壁を指した。朋子は振り向いた。四十センチ平方ぐらいの古い写真だった。大の大人たちが波打ち際で戯れている。髭の紳士は丈の長い海水着を着ている。婦人たちは長い髪を束ねている。写真の下の文字は〈於・ドーヴィル海岸〉と読める。

「その頃、南フランスのニースは単なる避寒地でしたよ」とオーナーが言った。「ドーヴィルはナポレオン三世皇妃のウージェニーが開いて以来、大いに栄えましたよ。一九二〇年代の末頃までは、ヨーロッパ中の社交界のお偉方が遊びに来ましたよ。まだ、絢爛なカジノや大ホテルの残照はありますよ。明日の朝ののんびり散歩をお勧めしますよ」

オーナーはドーヴィルを繰り返し称え、〈じゃあ、晩餐の準備がありますから失礼します。どうぞごゆっくり〉と言い、立ち上がった。

ボーイに部屋に案内された。朋子は驚いた。普通の二倍の広さの部屋だった。寝室は充分歩き回れた。バス・ルームは旧式だが大きかった。特等室じゃないかしら、と朋子は怪しんだ。くるみ材の大きな洋箪笥も木彫りの大型ベッドも時代物だった。

「ほんとにフロントが言った料金なのかしら」と朋子は言った。

「そんなもんだよ」

勝久はベッドに仰向けに寝そべった。

「こんなに安いの？　バカンス時期なのに」

朋子は木製の椅子に腰かけた。

「日本人に惚れ込んでいるんだよ。ここのオーナーは」

勝久は目を閉じた。

食堂に下りた。食堂はまさにフランス風だった。客たちは喋りながら食べに食べ、飲みに飲んでいた。朋子はまた驚いた。長い文字のメニューがたったの十数フラン。ワインは飲み放題。前菜は七皿の中から選択。エスカルゴ、ムール貝、ダランタ、パテ……。小皿に盛った十数種類のオードブル・ヴァリエ。

朋子たちは窓際の席に座った。四人用テーブルだった。海の沖もようやく暮れかかっていた。この海も沖縄の海に続くのね。朋子は思った。打ち寄せる波の音が、硝子越しにきこえるような気がした。

朋子たちは、注文の品を決めかねていた。また、オーナーが来た。今度は白いウェイター服を着け、蝶ネクタイを締めている。

「お嬢さん、何を召し上がりますかな」

オーナーははるみの肩に手をおいた。はるみは照れ笑いをしながら勝久を見た。

「何でも言いなさい」と勝久が言った。

「エスカルゴ」

はるみはオーナーを見上げ、はっきりと言った。

「おお、エスカルゴ」

オーナーは驚いてみせた。

「沢山ありますよ、お嬢さん」

「ここの名産ですか」と朋子が訊いた。

「ブルゴーニュ地方の名産ですよ。赤葡萄酒と共に」とオーナーは両手を広げた。

「だが、殆どがハンガリー、チェコスロヴァキア、ポーランド、ルーマニア、トルコからはるばるやってくるんですよ。汽車に揺られてね。輸入なんですよ。人間がエスカルゴを食べるスピードがエスカルゴの繁殖するスピードを上回っているんですな」

「小さいアフリカマイマイと考えればいいよ。俺もしばらくは気味悪かったが、今は好物だよ」と勝久が向かいに座っている母に言った。母は頷いた。

「……エスカルゴはもともと葡萄の葉やサラダ菜を食べる害虫だったんですってね」と朋子はオーナーに言った。失礼かしらと一瞬思ったが、なぜか今は何でも訊けるような気がした。

「フランス以外の国じゃ、退治していましたよ」とオーナーは言った。

「エスカルゴの産地はワインの産地と一致するそうですね」

「ぴったしです」

「調理法はむつかしいですか」

調理を訊かれたオーナーは気を悪くしないかしら、と朋子は一瞬思った。

「何も難しくはありませんよ」とオーナーは、すぐ答えた。「ニンニクとバターとパセリを入れ、オーブンで焼くだけですよ。美味しいですよ」

「外国に輸出する時は身の缶詰と殻をセットにするそうですね」と勝久が言った。

「よくご存知ですな。殻の中にもう一度、味付けした身を詰め、後はオーブンで焼くだけ、というのも市販されていますよ」

「でも、お魚屋さんがエスカルゴを売っているとは思いませんでした」と朋子が言った。

「野生の物も食べてみたいね。一度探しに行こうか」と勝久は朋子に言ったが、フランス語だった。オーナーが答えた。

「簡単じゃありませんよ。何度か、ペリゴール地方のエスカルゴの工場を訪ねましたがね。あの時は丁度、飲まず、食わずのエスカルゴが遠い国から工場に着いたところでしたよ。お腹の中を空っぽにさせてしまうためにわざと何も食べさせないのですよ。ありったけの粘液を吐き出させてしまうんです。どんな毒草を食べていないとも限りませんからね。一週間から十日間このように絶食させなければ食べられないのですよ。……おっとと、このような話をしますとせっかくのものが美味しくなくなりますな。今、若いウェイターをよこしますから、注文の品を決めておいて下さい。では、ごゆっくりお楽しみ下さい」

オーナーは食堂を出ていった。朋子たちはしばらく黙った。

「腹が減った。まずは注文だ」と勝久が威勢よく言った。

朋子はムール貝のファルシを注文した。ポタージュが出た。焼羊肉が出た。サラダが出た。約十種類のチーズが出た。タルト（パイ）や自家製のプリンや果物のコンポートのデザートが出た。

「いつかは、困らせたから、はるみ、おばあちゃんを大事にする。大きくなったら、外国に連れていってあげる」とはるみが言った。料理が美味しく見事なせいか、突っ拍子だった。母はしばらく呆然とした。

やがて、涙ぐんだ。

「有り難うね、はるみ」

はるみは大きくゆっくり頷いた。おませな感じがした。殆どの料理が何から何まで手作りのようだった。代々の料理人から料理人へと伝えられた生粋のフランス料理のようだった。プリンも自然の牛乳と卵の味がした。人工香料の匂いはなかった。朋子はふと夢を見ているような気がした。早知子さんが居ないせいかしら、と朋子はふと思い、強く頭を振った。早知子さんも可哀相だわ。青灰色の英仏海峡の海には、人間の内面の襞や翳がひそんでいるような気がする。

「バカンスで一番稼ぐのは誰だと思う?」と不意に勝久が言った。勝久は野鴨のクリーム煮をナイフで切り、口に入れている。

「ええっと、パーマ屋さんかしら」と朋子は言った。

「ええっとね、私は、薬屋」と母が言った。

「はるみは?」と勝久が訊いた。

「ええっと、ええっと、ダン先生」

「どうして?」

「だって、バカンスが明けると、とても元気なんだから」

「ふうん」

「で、正解は?」と朋子が訊いた。

「物乞いだよ」

「物乞い?」と母が繰り返した。

「俺の弟子のフランス人のA君の話なんだがね。A君が毎日寄る、或るカフェの前は広場になっていてね、その向こうに或る寺院がある、と考えたまえよ。いいかい、その寺院の階段に中年の女の物乞いが毎日、座って居た。参詣人や通行人からお恵みを頂戴していたんだね。ところがね、パリ祭の数日後に彼女の姿が見えなくなったんだ。A君はどういう訳かひどく気になったんだね。しかし、日が経つうちにいつしか忘れてしまった。ところが、八月下旬の或る日の朝、例のカフェでコーヒーを飲んでいたA君が何気なく寺院の方を見ると、一カ月も姿を見せなかった女物乞いがいたんだよ。しかも同年輩の男物乞いと一緒に……はるみ、何処に行っていたか、分かるかい？」

「……バカンス？」

「うん、正解だ。みんなバカンスに出かける時にパリに残っていたら貰いが少ないからね。ニースとかカンヌなど金持ちの多い地域にバカンスに行ったんだよ」

「……」

「でも、はるみ、物乞いになろうと思ったら駄目だよ。可哀相な人たちだからね」と勝久が言った。珍しく勝久は優しさを隠さない、と朋子は思った。食後、十数分間、四人は談笑をした。間もなくはるみが椅子に凭れ掛かったまま寝た。

「はるみ、もう部屋で休みなさい」と勝久が言った。母は〈どっこいしょ〉と立ち上がり、はるみの手をひいた。朋子も立ち上がったが、勝久が目くばせをした。

「コーヒーでも飲んでいけよ」

勝久兄さんは私に何か言いたいんだわ、と朋子は感じ、座りなおした。母とはるみの姿が消えた。

「先程のA君はね」と勝久はコーヒーを一口のみ、話しだした。「経済状況が思わしくなく、奥さんと子供しかバカンスに出せないんだ。彼は一カ月間の有給休暇中もパリに残り内職の仕事を捜すんだ。奥さんと子供のバカンス代を稼ぐんだ」

「素晴らしい旦那さん……」

朋子は語尾を濁し、コーヒーを飲んだ。

「悲しい旦那さんだよ」

「お金に困っているなら、みんな家で過ごしていいのにね。みんな一緒なら楽しいと思うけど」

朋子は乗用車の中で執拗に聞かされたバカンスの意義を忘れていた。

「その理由がね、A君は毎日、柔道に夢中になった為に、道場に月謝を払っているからららしい。何と言ったらいいのか」

「でも、やはり、奥さんや子供さんを病気にしたくないのよ」

朋子はバカンスの重要な意義を思い出した。勝久はコーヒーカップを片手に持ち、窓の外を見た。夏の遅い夜もやっと夜の帳が降りていた。窓硝子に赤黒い灯がともっていた。室内の卓上ランプの灯だった。

朋子は思い切って言った。

「早知子さんを置いてきて、ほんとに良かったのかしら」

「本人が行かないと言ったんだろう」

勝久は窓を見つづけている。

「勝久兄さんが、もっと声を掛けるべきだったんじゃないの」

「……面白い話を聞かそうか」と勝久は朋子を向いた。「これも、俺の道場の弟子だが……相当の年輩の頭の禿げた立派なフランス紳士を想像して見ろ……したか?」

朋子は頷いた。

「その紳士と、若い女の子が秘かに逢引しているのを見かけたよ。去年の八月の初めの或る日曜日、俺が弟子のフランス人青年A君とブローニュの森に遊んだ時だった。俺たちは池の周りを回り、夕食のために森の中のレストランに入った。彼らは食事の最中も惜しむようにキスをしていたんだ。この〈老いらくの恋〉何だと思う?……驚くなかれ、バカンスと関係があるんだ……」

「バカンスと?」

朋子は話を促したが、黙っていても勝久は話し続けるような気配だった。

「A君と話し合い、このような結論が出た。責任職の社長、重役は平社員とは違う。丸々一カ月間パリを留守にできない。妻や子供だけをバカンスにやる。だが、彼らも楽しむ。秘書やタイピスト嬢との浮気だ。だから八月のパリにも年齢の釣り合わないカップルが異常に増える、とね」

「ほんと？　ほんとなら恐い」

「それからね、A君が言うには、〈ご主人ばかりではないですよ。もちろん全部とは言いませんが、バカンス先の奥さんも浮気をするようなんです。フランスの若い学生が初めてそのほうの経験をするのが殆どがバカンスの時らしいんです。そして、相手は年上の人妻らしいんです〉……。それに、俺から日本の女の話も時々聞いているから、このように続けたんだ。〈日本ではご主人が何カ月間外国に出張しても、殆どの奥さんはじっと待っているでしょう。フランスの女性は違います。夫が自分をほっとくんだから浮気をするのは当然だと考えています〉とね。俺は早知子をほったらかしている？」

朋子は小さく首を振った。

「A君はこうも言うんだ。〈日本の女性はいったん親しくなると、浮気ではなくすぐ本気になってしまいます。ところが、フランスの女性は、浮気は浮気よ、とドライに割り切ってしまいます。バカンスから帰れば、けろっと口を拭い、夫や子供たちの為に尽くします。貞淑な奥さんに戻るんです。また相手の若い学生も、バカンス先の体験はさらっと忘れてしまいます〉」

「ほんと？」

「どうして俺が嘘いうんだ。彼はね、こう続けるんだ」

「〈学生はパリに帰った奥さんを追いかけたりはしません。夫も何事もなかったような顔をします。お互いに、バカンス中の体験は追及しません。不文律なのです。だが、このような冒険と不文律が夫婦生活の倦怠を薄めるんじゃないでしょうか〉ってね」

「……」

「俺が思うに、A君もバカンスの冒険と不文律の体験者だね」

「……」

「俺はバカンスに出る、早知子は社長、重役のようにパリに残る。俺より早知子が偉いのかな」

「早知子さんは仕事があるんでしょう。そう言っていたでしょう」

「仕事の中味は誰も知らないんだ」

朋子は黙った。勝久はまた窓の外を見た。朋子は楽しいバカンスにしたかった。勝久の内面に素直に入っていけなかった。もどかしかった。勝久が抱えているものを解決してあげたかった。しかし、どうしていいのか分からなかった。

「……部屋に戻ろうか」

勝久は立ち上がった。朋子は頷いたが、座ったまま窓の外の海を見た。暗かったが、見つめた。窓硝子にぼんやりと青黒い顔が浮かんでいた。

何十年後、沖縄の海辺に座る年老いた私は、このノルマンディーの海の色を、このレストランの豪華な夕食と共に、うつらうつらと幻のように思い浮かべるのではないかしら。

菜の花、林檎の花、梨の花、杏子の花が咲き、どこまでも香りが漂う春の薄紫の夕暮れ時——と話していた、あの親切なホテルのオーナー。

雷雨

パリの夏も暑い時はひどく暑く、石の上にぎっしりと立ち並んでいる石造りの高層集合住宅が一日中熱してしまうと、お互いの照り返しは容赦がなかった。

朋子たちがバカンス先からパリ市内に戻った日は、朝から蒸し暑かった。怪しげな暗い雲が低い空に漂いだした。「雷雨《オラージュ》がくるよ」と勝久は乗用車を運転しながら言った。間もなく、雷雲がパリの空を覆った。

まだ午後二時すぎだったが、すっかり薄暗くなった。閃光と雷鳴が石造りの街の空を席巻した。突然、激しく大雨が降った。勝久は乗用車を路肩に停めた。はるみは朋子にしがみつきながら窓の外を興味深げに見ていた。朋子も乗用車の硝子窓をぴったりと閉め、大粒の雨に激しく打たれ続ける石畳を見つめた。

歩道の脇にたちまち流れができた。雷は金属に落ちる、と憶えていた朋子は、はるみを強く抱きしめた。この車に落ちないかしら。……いえ、落ちるのならエッフェル塔に、だわ。一番高いんだから。雷雲がエッフェル塔をすっかり包み隠してしまっているでしょう。今、エッフェル塔の上にきっと沢山の観光客が登っているでしょう。彼ら彼女らは恐ろしさに震えているのでしょうか。それとも、神の印をまじかに感じているのでしょうか。テレビを見ていたかも知れない早知子さんは、アンテナに雷が落ちるのを恐れ、部屋中の電源を切り、じっとしているのかしら。……毛むくじゃらの男が朋子たちの乗用車の脇を通った。上半身は裸だ。大雨に打たれている。だが、シャワーを浴びているように悠然と去って行く。

約一時間後、傍若無人な雷はけろりと何処かに消えた。鼠色の雨雲を手で強引に引き千切るように黄色い空が現れた。朋子は美しいと思った。勝久は乗用車を発進させた。朋子は窓を開けた。アパートのバルコンの花々が一斉に匂いたった。浮遊物を叩き落とされた透明な大気に水を含んだ草花の精が漂ったようだった。

アパートに着いた。マダムが微笑みながら管理人室から出てきた。朋子は留守中の礼を述べ、かいつまんでバカンス先の話をした。マダムは目を輝かしながら、訊いた。

「キャロリーヌは?」とはるみがマダムに訊いた。

「今、遊びに出ているのよ」

「キャロリーヌにお土産があるの。じゃあ、後でね」

「有り難う、はるみ」

マダムははるみの髪を撫でた。朋子たちはトランクを持ち、エレベーターに向かった。

「勝久さん」とマダムが呼び止めた。遠慮深げな声ではなかった。朋子は何気なくマダムの目をみた。強張っていた。勝久も気づいたようだった。

「はるみ、おばあちゃんと部屋に入っていなさい」

勝久ははるみに部屋の鍵を渡した。はるみと母はエレベーターに乗り込んだ。

「……早知子さんがずっと帰って来ないんですよ」とマダムが言った。勝久と朋子は目を見合わせた。

「早知子さんから手紙がきています」

マダムは部屋の奥に入り、封書を持ってきた。タンプル地区の消印が押されていた。六日午前に投函されたものだった。

「いつから、帰って来ないんですかね」と勝久が訊いた。

「キャロリーヌがコロニ・ド・バカンスから帰った前の日でしたから……十日前ですよ。私、一度、合鍵でドアを開けましたよ。……ダニエル婆さんの悲しい出来事もありましたしね」

「……」

「どうしたんでしょうね。何もなければいいんですがね」

マダムは朋子の目を見た。朋子は黙ったまま頷いた。

「どうも有り難う、マダム」と勝久は言い、エレベーターに向かった。朋子はマダムに小さく会釈をし、エレベーターに乗った。

「俺が手紙を読む間、お袋とはるみを管理人室にでも下ろしてくれ」と勝久はエレベーターの中で言った。はるみと母は仲良く居間に寝そべっていた。

「はるみ、おばあちゃんと風呂に入りなさい。疲れがとれるから」と朋子は言った。

母ははるみの着がえを出し、二人は浴室に入った。勝久は手紙をポケットにつっ込んだまま寝室に入った。朋子は、勝久が手紙を読んでいる間、一通り、部屋の中を見回した。部屋は丁寧に片付けられていた。

早知子の服がなかった。鏡台の小物入れは開けなかった。入念に探す気はなかった。

朋子はルモ店に電話をかけた。〈四週間ほど前にロズィエ店に引き抜かれた〉と嗄れ声の女は憤慨した。免税品店と免税品店が日本人店員の引き抜き合戦、ホテルへの出張サービス合戦、専用マイクロバスの送迎合戦、空港到着ターミナルでの日本人客先取り合戦が行われている事実は朋子も知っていた。ロズィエ店に電話した。女性がでた。〈数日間勤めただけで、すぐ辞めた〉とやはり憤慨した。勝久が寝室から出てきた。

「読んでみろ」

勝久は居間の卓袱台の上に手紙を投げ、また寝室に入った。朋子は便箋を開いた。伸びのある文字だった。動悸が激しくなった。

夏のパリの公園はとても静かでした。私と小暮さんは夕方、モンソー公園によく出かけました。誰もいない、静まりかえった公園は淋しく独り暮らしらしい中年の婦人が肩をおとし、ぼんやりとベンチに腰かけていました。

田舎のないらしい子供が自転車を元気一杯こぎ廻っていました。いじらしくなりました。しかし、子供の後を飼犬が吠えたてながら追って行くのを見ますと、ふと微笑ましくもなるのでした。私は小暮さんを相手に毬投げをしました。何年ぶりの遊びでしょうか。心が安らぎました。

私は小暮さんとパリの街をよく歩きました。歩くのが大変好きになりました。歩くのがこのように愉快とは今まで思いもつきませんでした。ほんとにただ歩くだけです。しかし、疲れも、何もかも忘れてしまいます。思わず何時間も歩き廻ってしまいました。不思議な時間でした。小暮さんが、歩き疲れて腫れあがった私の足に軽く触れ、言いました。

「熱めのお湯に足を入れ、それから、冷たい水に入れるのです。すると腫れがひきますよ」

私は胸がじいんとしました。返事もできませんでした。

私は貴方たちがバカンスに行っている間、ずっとパリに居た訳ではありません。小暮さんとグラースに行って来ました。カンヌの街から十数キロ入った小さな山村です。何故、私が香水の産地、グラースに行きたかったのかははっきりしませんが、多分、小暮さんから香水の話を聞いたのがきっかけになったのでしょう。

〈花によって、花摘みの時間が違う〉と小暮さんは言うのです。〈ジャスミンは午前五時から十時まで、薔薇は午前中、カーネーションは強い日射のあと〉だそうです。この時間帯が最も花の香りが強く、高い香りのエッセンスが採れるからだそうです。私はとても神秘な感じがしました。不遜かも知れませんが、恋も結婚も似ている、と感じました。いえ、感じた筈です。だから私は殆ど無意識に小暮さんに甘え、グラースに連れて行ってもらったのです。遠い山道から見下ろしたグラースは、靄にかすみ、匂うように佇んでいました。どの道沿いにも、**Parfum**（香水）や**Parfumerie**（香水店）の文字が目立ちました。山中の花は年中たえないそうです。一月はすみれ。二月はミモザ。四月の終わりにオレンジの花。五月は薔薇。八月、九月はジャスミン、オランダ水仙。十月には金ネム。それから、ヒヤシンス、カーネーション、モクセイ、と続くのです。グラースは海に近く、背後にはアルプスが迫り、日照時間が長く、雨が少なく、香料植物栽培に適した土質なのだそうです。

私は長々と〈グラース〉を書きましたが、貴方を焦らすつもりはありません。私の本音が裸のまま出てくるような気がするからです。貴方は私に香水を買ってくれる時に店員にどう言うのでしょうか。「適当に見繕ってくれ」ですか。それとも、「日本で有名な物はどれ」と訊くのでしょうか。それとも一つ覚えで「シャネルの五番」と言いますか。それとも、「一番値段が高い香水が欲しい」でしょうか。私は貴方から香水を贈られると、（まだ一度もありませんが）妙に気になるのです。合わない匂いをプレゼントされてもちっとも嬉しくないのです。小暮さんが贈るのなら嬉しいのです。彼は私に最もよく合う香りを知っているのです。

私が他人と違った匂いを見つけようとするのは間違っているのでしょうか。パリジェンヌたちは、大人になるまでに、必死に自分自身の匂いを見つけようとします。私も（パリジェンヌではありませんし、とっくに大人ですが）自分自身の匂いを見つけたいのです。漂わせたいのです。何故、貴方は私の匂いを厭がるのですか。

或る香水の専門家に「フランスの香水は何種類あるのですか」と尋ねました。すると、彼女は笑いながら、「教えきれません。フランスの女性の数だけあるのですから。同じ香水でも、個人個人の肌の匂いと混じり合い、全く違った匂いになるんです」と答えました。結婚の種類というのも女性の数だけあると思うのです。何故、貴方はたった一つに固執するのでしょうか。

私は貴方の肌に染み込んでいる恭子の匂いがどうにも我慢できないのです。私は結婚をすれば、貴方の肌から恭子の匂いが薄くなるだろうと考えました。そして、パリに渡ったら、恭子の匂いがすっかり消えるだろうと信じました。でも、裏切られました。貴方は恭子の匂いを忘れたかも知れません。でも、私には貴方と恭子の匂いが混じり合って匂うのです。私は私自身をごまかせないのです。

私が一生懸命に自分自身の嗅覚を変えようと模索した日々を分かって下さい、とは言いません。私はこれから強く生きようと覚悟しましたから、泣き声はだしたくないのです。

皮膚病持ちの犬がいました。私が通勤の途中、通る石畳道に面した小さな店イーファーの前につながれていました。犬は、毛が抜け落ち、痛々しげな赤い肌が剥き出た体を隠すようにしながら私をじっと見上げたのです。恥ずかしさと苦しみが混じった目でした。私を見つめないで下さい、という目でした。早く。そのような叫びが聞こえそうでした。捨て犬ではありませんでした。首輪は綺麗でしたし、剥き出しの赤い肌は油ぎった薬が光っていました。〈元気を出しなさい。夏が終わったら良くなるんだから〉と私は犬に囁きました。私は夏が終わっても良くはなりません。さらけ出された皮膚のままなのです。つなぎ止められたままなのです。私はつなぎ紐を噛み切りました。やっとの思いでした。何処まで行くか分かりません。ぐるぐる廻るかも知れませんが、つなぎ紐には決して近づきません。

パリの人々が待ち憧れていた夏もやがて終わります。何とはなしに哀しい夏の終わりのパリです。ひっそりとした路地の石畳道に〈沖縄から来た女〉が佇んでいます。たった一人です。どのアパルトマンの窓も鉄の鎧戸が下りています。バルコンに咲いていた花々は萎れ、枯れています。私は枯れた花々を見上げています。私はそのような花にはなりたくないのです。


朋子は二度読んだ。男と女の関係がこのように脆いとは思わなかった。……早知子さんは勝久兄さんより小暮さんが好きになった、というだけの内容だわ。

早知子さんが勝久兄さんを本当に好きなら、たとえ、勝久兄さんが恭子さんを好きでも、早知子さんは勝久兄さんから離れられないはずだわ。……好きだから勝久兄さんを独り占めにしたいのかしら。相手が友人だったからなおさら早知子さんは苦しいのかしら。……勝久兄さんは屈辱を感じていないのかしら。早知子さんは独りっきりで家を出て行ったんじゃない……。勝久兄さんの友人だった小暮さんと一緒なんだわ。そして、早知子さんはわざわざ、はっきりと手紙に書いたんだわ。勝久兄さんはきっと早知子さんを探したりしないでしょう。……勝久兄さんが柔道の絞め技をかけたら、痩身の青白い小暮さんは死んでしまう……。

私は正月に初日を見て以来、一度も小暮さんと会っていない。電話も一度もかかってこない。あの時、小暮さんは私に身の上話をした。あれは何だったのかしら。

タオルを持ったはるみが浴室から出てきた。朋子は慌てて手紙をポケットにつっ込んだ。

「ママはまだ?」とはるみが髪を拭きながら訊いた。

「お仕事よ」と朋子は言った。

「ママ、可哀相」

「え?」

「バカンスにも行かないで、お仕事なんだから」

「ママはお仕事が好きなのよ」と朋子ははるみの髪を拭きながら、言った。母が浴室から出てきた。

「はい、はるみ終わり。バカンスの感想文を書いたら?」

朋子ははるみの肩を叩いた。はるみは隣の部屋の机に向った。朋子は母に、早知子の件を話し出せなかった。母が心臓が悪いのが気がかりだった。迷った。しかし、いつかは話さなければならないでしょう。長引けば長引くほど母の衝撃は大きくなる。朋子は決心した。母に耳うちした。母は驚き、朋子に色々訊いた。早口だった。朋子は、まだ、よく分からないから、あまり騒ぎ立てないようにと言った。幾分、母は落ち着いた。はるみにはしばらく気付かれないようと朋子は母の太った手を握った。

朋子は管理人室のマダムに電話をかけ、しばらくは早知子の家出の事実をはるみに隠して欲しいと頼んだ。マダムも約束した。

「朋ちゃん、どうするんだい?」と母が言った。母の目はまだ強張っている。

「今、頭がこんがらがっているの。静かに考えてみる。お母さんもそうして」

「静かに考えてなんかいられないよ。勝久は寝室かい」

母は寝室のドアを開けた。勝久はベッドの脇の木製の椅子に腰かけていた。

「勝久……」と母が言った。

「八年間が、あんな薄い紙にまとめられるのか、毎日、何の積み重ねもなかったのか」

勝久はゆっくりと朋子たちに向いた。

「どうするつもり?」と母が言った。

「……俺の頭の中ははるみにどのように話をしようか、という思いが渦巻いているだけだよ」

「なあに？」

はるみが朋子の脇から顔を覗かせた。いつの間に背後に来たのか、朋子は気がつかなかった。

「ううん、何でもないよ」と朋子が言った。「はるみ、バカンスの日記書いた？　まだ？　忘れない内に、書いて、ね。そう、そう、それからミスカーを連れて来たら？　マダムに預けてあったでしょう。あの小鳥ちゃん元気かな。太っているかも知れないね」

はるみは目を輝かせ、足早に玄関のドアを出ていった。

「あんな可愛い子を置いて、男と逃げられるもんかね」とはるみの後ろ姿を見つめていた母が振り向き、言った。「私が来なければ良かったんだよ」

「何を言うのよ」と朋子が言った。

「私が来たからうまくいかなくなったんだよ」

「お母さんのせいじゃないのよ」と朋子は言い、小さく溜息をついた。あの手紙は、私や母を責めてはいなかったわ。

「ね、どうするの」と母が勝久に言った。勝久は白い壁を見つめたまま黙っている。

「……何か言わないと……私、恐いんだよ」

母は勝久を見つめ続ける。

「……一つだけ言いたい。今、思い出した」

「何なの？」と母が訊いた。

「不気味な話だよ」

「……」

「訊くかい？」

朋子と母は顔を見合わせた。朋子が小さく頷いた。

「カタコンブの話」

「何？　それ」

「……俺は一回だけ入場したよ。入場料は二フラン。蠟燭が一本六十サンチーム。中は殆ど真暗だから大型の懐中電灯を買えば、はっきり見える。だが、薄暗い蠟燭の光が幾倍も迫力はある」

「……」

「九十何段かの階段を地下に降りるとカタコンブの入口だ。ここから約二キロの一本道が通っている。一本道だから迷う心配はないが、心配だ。真暗だし、曲がりくねっているから」

「何なの？」と母が訊いた。

「案内人がいないんだ。だから前を歩く人が持っている光に離されないようにずっと緊張のしっぱなしだ」

「だから、何なのよ」と母が訊いた。焦れているような語気だった。

「穴だよ」

「穴？」

「ノートルダム寺院や、ルーブル宮殿を造っている石は何処から切り出したと思う？」

「……地下なの」と朋子が言った。

「しかも同じ地下から石膏や粘土の建材も採ったんだ」

「穴なの」

「だからね」と勝久は朋子を見た。「花の都・パリをフランス人が発音すると穴の都・パリに聞こえるんだ」

「……」

「実際、パリの床下は穴だらけだよ。中世の時代から採石に採石が繰り返され、全長は三百キロにおよぶらしい」

「すごいのね」と朋子は言った。勝久兄さんは話を逸らせたいんだわ。話を逸らせ、早知子さんの手紙の動揺を和らげたいんだわ。

「そんな穴を見に行ってどうするんだね。お金まで払って」と母が言った。勝久はベッドの脇の絨毯にあぐらを掻いた。朋子と母も座った。

「穴を数百メートル進んだらね。白い石の門があるんだ。その門にね、〈止まれ、ここが冥土の入口だ〉と刻み込まれているよ」

「……」

「オスュエール、つまり納骨堂の入口という訳だ。入口に一歩入ると、すぐ両側に人骨の壁だよ」

「人骨?」と朋子が訊いた。

「ちょうど薪を積み上げるように骨を積み重ねてね、その間に、そうだな三十センチ間隔で頭蓋骨が並んでいるよ」

「どうして?」と朋子は訊いた。勝久は何も訊かなくても話し続ける予感がした。だが、朋子は早知子の〈事件〉をできるだけ和らげたかった。

「海賊の印のように頭蓋骨と脛骨が組み合わさっているんだ。何とも不気味な姿が通路の両面にびっしりと並んでいるんだ。八百メートルもね」

「気味悪いね」と母が言った。

「頭蓋骨の色は、南国の漁師の顔に似た赤銅色だったよ。それに顔全体に艶が滲んでいたんだ。蠟燭の炎の揺らめきにつれ、頭蓋骨の形相も明らかに変わったよ」

「疲れたけどね、一休みしようとする者は誰もいなかったよ。無数の頭蓋骨が見つめているんだからね」

饒舌になってしまった勝久が可哀相だった。だから、朋子は相槌を打ち、あえて質問した。

「墓のない人たちなの?」

「中世からパリのレアール地区にあった無縁墓地が一七三〇年代に満員になったんだよ。共同溝から死体が溢れ、溢れた死体の上にまた死体が積み重ねられたという状態だったんだね。周りの住民は悪臭や伝染病の蔓延に日夜晒されたんだね……。やっと議会が動いたんだね」

「カタコンブに移したのね」

「無縁墓地の六百万のパリ市民の骸を収容したんだ」

「今はそんな話をしている時じゃないでしょう。どうしたらいいか、話し合わなければ……」と母が言った。

「俺は今先まで、カタコンブのパンフレットを見ていたんだよ」

「どうして」

「あの二人がカタコンブの暗闇の中を迷っていたら、どうしようかと考えてね」

「あの穴の中に居るのかい、早知子さんは?」と母が訊いた。ちぐはぐだった。

「ね、穴の入口は沢山あるの? 私、何もかも初耳だけど」と朋子は慌てて言った。

「現在は十四区のダンフエル・ロシュロー広場のすぐ近くの入口だけだよ」

「塞いだの?」

「エクソシストの診療所や、不穏分子のアジトになったりしたからね」

「ほんと」

「だが、最も重要な理由は、迷路のような採石場跡に、入ったまま出られず白骨になる、という事件が頻発したからだ、と俺は思う」

「恐いね。……お金を出せば、誰でも入れるの?」と朋子が言った。

「朋ちゃん、まさか入るつもりじゃないだろうね」と母が言った。朋子は微笑みながら首を振った。

「誰でも入れるが、いつでもという訳にはいかない。土曜日の午後だけだよ」と勝久が言った。

「入る人、多いの?」と朋子が訊いた。

「入口の広場にはお土産品店が並んでいるよ。グロテスクな絵葉書やスライドがよく売れているよ」

「ほんと」

「……もし、あの二人がカタコンブの中で迷って死んだのなら、二人の頭蓋骨の額を念入りに磨いてやるよ。そして、すぐ間近で柔道のせめ技を見せてやるよ。……俺はコーヒー、飲んでくる」

勝久は立ち上がった。母が止めたが勝久は玄関のドアを開け、出て行った。朋子は止めなかった。「大丈夫なの?」と一言ききたかったが。

「勝久、疲れてないだろうかね。あんなに長い間、運転していたのに、すぐ出て行ってさ」と母が言った。

「大丈夫よ」と朋子は言った。〈部屋にいたら気が滅入るのよ〉と付け足したかったが、やめた。

「外は雷がくるんじゃないだろうかね」と母が言った。朋子は勝久がどこまで歩いても、石畳道は濡れて光っているような気がした。

二羽の鳩

緑が深まった石の街を白黄色の太陽が照らし、大公園にも小公園にも花が咲き乱れ、街中の交通量もみるみる減り、思いもかけないのどけさが漂ったパリの八月も終わった。外国人観光客の〈侵入〉がとだえた。走る乗用車のナンバー・プレートも殆どが〈パリ〉だった。国営ラジオ放送フランス・アンテールも朝、昼、晩の三回放送していた英語、独語のニュース、天気予報をフランス語だけに戻した。

九月一日だった。九月一日はパリジャンの仕事始めの日だが、バカンスのパリ帰還《ラントレ》の日でもあった。ハイウェーや駅や空港は足の踏み場もないぐらいに混んだ。パリの周囲に並ぶマイカーの列は長い蛇のようだった。

葡萄の収穫が始まった、というラジオニュースが朋子の耳に入った。葡萄の収穫の始まりの日は、各地方のワイン業者の管理委員会が決定し発表する。パリの食通《グルメ》はよい葡萄酒に恵まれるように祈りつつ秋のまろやかな瑞々しい味に酔う、と早口のアナウンサーは喋った。流れるような女声だった。ほんとに豊潤な薄紫色の葡萄の玉を彷彿させるようなフランス語だった。

朋子は去年の九月の末、勝久と一緒にフランス西南部ボルドーの白の甘口ワインの銘酒ソーテルヌのヴァンダンジュを見学した。摘みとるのは房ではなかった。水分が充分に蒸発すると白い黴のようなものが実の表面を被う。この状態を〈プリチュール・ノーブル〉（貴腐）と呼ぶ、とあの時、童顔の農夫が教えた。このような実を一粒一粒摘む、とはにかみながら朋子に摘んで見せた。〈彼はおまえに気があるようだ〉と勝久は帰り道、朋子に何気ない風に言った。あの若い農夫は、秋の陽を浴び、葡萄に糖分が溜まるのをじっと待つ、と言った。遅く摘めば摘むほど葡萄は甘くなるから葡萄園は収穫を遅らせたがる。あの若い農夫もクリスマスに、葡萄を摘んだ年もあった。あの時は寒波や雪がとても怖かったという。

朋子はアパートの窓際に木製の椅子を引き寄せ座っている。左向いのアパートの窓が見える。五、六歳の少女が窓辺に凭れ、下の石畳の路地を見ている。つまらなさそうに俯いている。一人っ子なんだわ、と朋子はぼんやりと思った。この少女は大人になったら幸せになれるかしら。少女が凭れている窓のすぐ下の窓を見た。葡萄色のカーテンが夏の名残のそよ風に小さく揺れている。カーテンが細目に開いている。中には誰がいるのかしら。朋子は一年半も向い合って暮らしている住人の顔を、知らなかった。

勝久兄さんは、ノルマンディーで〈バカンス先での浮気〉の話をした……もしかしたら、勝久兄さんは、早知子さんが浮気するのを予感していたのかしら。あの時、私はもっと真剣に聞き、兄の胸の中のものを吐き出させ、私も懸命に考えてあげるべきだった……。勝久兄さんはいつかの日、早知子さんや私に長い告白をした。あの告白は、私に向いていたんじゃないかしら。……早知子さんも私に告白したかったに違いないわ。同性だし、世代もたいして違わないんだから。……もしかすると、小暮さんが私に早知子さんの身の上話をしたのは、間接的に早知子さんが私に告白していたのかしら。私はただ、日が昇り、日が暮れるパリを見ていたのかしら。だから、誰の苦悶にも耳を傾けなかった。母は違う。母は自分自身を責めなくてもいい。勝久兄さんも早知子さんも、年寄りには心配をかけまいと気を配っていたでしょう。たとえ母が何もかも自分に相談しなさいといっても、勝久兄さんも早知子さんも弱々しく微笑むだけだったでしょう。

勝久兄さんは、骨はこのパリに埋めるといつか言っていた。この広いパリの空の下を勝久兄さんは、はるみを抱え、どのように生きていくのかしら。母も私もいずれは沖縄に帰るはずだし……いえ、いずれは早知子さんは帰ってくるでしょう。離婚したんじゃないから。……でも、もし帰ってきても、今までとは何かが違うでしょう。勝久兄さんは早知子さんの何も信じないでしょう。

私の心は何故落ち着かないのかしら。伊藤さんの奇妙な返事を読んだ時でさえも、私の足元は今のようには揺れなかった。パリのせいよ。パリ以外だったなら、私は萎縮なんかしなかった。パリだから、私は家族以外の人間をことごとく恐れているのだわ。私が家族に伊藤さんを引き入れたなら、私達は温かい示唆を与えられたかも知れないんだけど。私は家族の崩壊を恐れ、大切な人を失ったのかも知れない……。

何故、あの時、伊藤さんは強引じゃなかったのかしら。手紙なんかを書く前にもっと……何故……。

小暮さんはデートの時、いつも紳士だった。目当ては私ではなく早知子さんだったのかしら。……それとも、私は無意識のうちに小暮さんを拒んだのかしら。私が拒まなかったのなら小暮さんは、早知子さんと浮気をしなかったかしら。思い過ごしだわ。どうして私にそのような魅力があるの。

しかし、ふと早知子さんをほのかに妬んだ。私は小暮さんが好きだったのかしら。朋子の胸の鼓動が激しくなった。男の人を好きになるってどのようなものかしら。思春期にプラトニックの恋はしたけど……その男の人が誰か別の女の人を好きにならなければ感じられないものかしら。男の人に好かれる——。朋子は胸がぼうっと膨れ上がるような気がした。

右向いのアパートのバルコンを見た。黄色の小菊が見事に咲いている。朋子は今更のように気がついた。その部屋の主人はパリ市庁に勤めている。来年の春、定年退職するらしい。近頃、急に白髪が増えた。彼には二十代の男と女の子供がいる。だが、男の子は彼が反対する娘と、女の子は彼が反対する青年と、去年の秋と、今年の春、出奔してしまったらしい。

朋子は四、五日前から毎日、アルバイト先のクレールに電話をかけた。誰も取らなかった。バカンス滞在が予定より延びたらしかった。

朋子さん、あなたは勝久兄さんと早知子さんの破綻をわざわざパリまで見にきた訳じゃないでしょう。……兄が生活しているパリを留学先に選択したのは私の甘えだったのかしら。いえ、私は高校生の時からフランス語が好きだったわ。……でも兄がフランスに渡っていたから、私はフランス語が好きになったのかしら。私は充分に意識しながら兄と早知子さんの関係に目を塞いでいたのでは？（このような生活には堪えられないから沖縄に帰る）などと自分自身が言い出さないために……。寝ても醒めても、私は勉学に夢中にならなければならないのよ。パリは男と女に魔法の粉を振りかけ迷わせるから（小暮さんは私という女をどのようにしたいと思っているのかしら）と思い悩むのは愚の骨頂だわ。何故こうなったのか、ではないのよ。どうしなければならないか、よ。

電話が鳴った。朋子は立ち上がった。

「欠席するなら、届けでてくれなくては困りますね」

細い男性の声だった。中年のようにも青年のようにも想像ができた。はるみの担任の教師だと名のったが、朋子は知らなかった。

「はるみ……ですか」

「お宅の子供さんでしょう」

「えっ……ええ……あの、ちゃんと登校したんですが」

「今、一時間目が終わりましたが、未だ席は空っぽですよ」

「ほんとです、いつもの時間に」

「いつもの時間なら、着いている筈でしょう。ま、とにかく学校までお越し下さい。詳しい話をお訊きしましょう」

教師は電話を切った。朋子は胸騒ぎがした。送っていくべきだった。失念してしまった。卓袱台に片肘をつき、日本茶を飲んでいる母が悠長にみえた。母には内緒にしようと思った。だが、どうしようか迷った。迷いが高じ思わず話してしまった。母の目が強張り、顔いっぱいに赤味がさした。また血圧が上がった、と朋子は気が気でならなかった。

「心配いらないのよ、お母さん」

「……事故だったら?」

母は胸を押さえている。息苦しいようだ。朋子は母の背中をさすった。

「大丈夫よ。事故だったら病院や警察からとっくに連絡が入っている筈よ。長い夏休みだったでしょう。怠け癖が抜けなくて、何処かで道草を食ってるのよ。マダムに電話してみるね」

朋子は立ち上がり、受話器を取った。ふと気づき、勝久の道場のダイヤルを回した。弟子の誰かが出た。すぐ勝久を呼びに行くと言った。受話器の向こうから力強い柔道の気合が微かにきこえた。勝久が出た。少し息をきらしている。はるみは学校に登校していない、との担任からの連絡が今、あった、しかし未だ近所も探していない、はるみの友人の家にも未だ電話をしていない、と言った。理路整然とは話せなかった。勝久はすぐ帰る、と電話を切りかけた。

朋子は〈はるみの学校に早く行って頂戴〉と勝久を促し、電話を切った。警察に電話しようか、近所を探そうか迷った。マダムに電話した。〈朝、キャロリーヌと手をつないで、確かに登校した〉とマダムは言い、〈じゃあキャロリーヌに訊いてみますから〉と電話を切った。朋子は母と手分けして、せめて隣の区辺りまで探しに出ようと思った。だが、母が道がわからなくてうろうろしてしまいそうな気がした。数分後、電話が鳴った。朋子はとびついた。〈キャロリーヌも登校していない〉〈キャロリーヌの友人にかたっぱしから電話で訊いてみる〉とマダムは言った。朋子もはるみの友人の家に電話帳を見ながら電話をかけた。フランソワーズの家族も〈心当たりがない〉と言った。

「お母さん何かあったの」

朋子は電話の横につっ立っている母を見つめた。

「……早知子さんは、はるみにも冷たかったんだね」

「どうして?」

「どうしてでもさ」

「でも、はるみが小さい頃は、早知子さん、寝ながらよく日本の昔話をきかせたらしいのよ。だから、はるみは今でも誰にでも〈私は日本人〉って言うんだって」

「はるみは、セーヌ河に落ちたんじゃないだろうね」

「はるみは赤ちゃんの時からセーヌを見ているから平気よ」

「でもセーヌ河には、いろいろな鳥が飛んで来るっていうだろ、見とれてさ」

「ね、何かあったんでしょ。言って。言わないと、はるみを探しようがないのよ」

朋子は母を見つめた。母は目を逸らせた。

「……一昨日さ、朋ちゃん、あんたが下のマダムの部屋に行ってた時間、昼三時頃だったかね」と母は話しだした。「私とはるみはテレビを見ていたんだが、急にはるみがね、〈ママ、ママ〉って慌てて廊下に飛び出ようとしたんだよ。目が虚ろだったから、私は追いかけたよ。でも、こんなに太っちょだろ。私が三、四歩はるみに寄った時にはもう、ドアの鍵を開け、階段を駆け降りていたよ。私は大声ではるみを呼びながらエレベーターのボタンを押したんだが、よく見るとはるみは階段の踊り場にしゃがみ込んでいたんだよ。私はすぐ感じたよ。この子はもう、知っているんだって」

「……」

「〈はるみ、ママは、やがて帰ってくるからね。ね、もう少し待っていようね〉と私ははるみの肩を抱いたよ。はるみは私の手を振り払わなかったけど、でもね、体はどこかに進もうとしていたよ。私ははるみの手を強く引っぱった。はるみは引っぱられながら顔を歪めて、じっと階段の下を見ていたよ」

「……勝久兄さんには話したの？」

母は首を横に振った。

「はるみに話したの？　早知子さんの事」

「話さないよ。でも、昨日ね、はるみが外に出ようとしたんだよ。神妙な顔だったから、〈はるみ、何処に行くの？〉と私訊いたよ。〈学校に〉ってはるみ、言うんだね。学校は九月一日からだろう。だから、私訊いたよ〈どうして？〉って。そしたらね、〈ママが迎えに行っているかも知れないから〉って言うんだよ。驚いたね。〈どうして、そんなことを考えたの〉って訊いたの。〈でも……〉って、はるみは何も言わないんだね。〈学校は休みでしょう。ママも知っているよ〉って私が言ったら、はるみは、〈うん〉と頷いたが、黙ったまま、俯いて、パズル遊びを始めたよ。だけど、あまり夢中になれなかったようだよ。時々、顔を上げて、あらぬ方を見ていたから」

「そう……」

電話が鳴った。朋子はすぐ取った。

「警察にも電話をいれましたよ」とマダムが言った。「今のところ、迷子は保護されていないが、手を打つ、と言っていましたよ」

「そうですか、どうも」

「午後には戻って来ますすよ。ひもじさに堪えかねて」

「……私、心配です」

「私は、どんなおしおきをしようか考えてるんですよ。心配いりませんよ。朋子さん」

「でも……」

「キャロリーヌには何度か前歴がありますよ。キャロリーヌと一緒だから心配いりませんよ」

シテ島の主人公は、アベラールとエロイーズー。朋子は勝久が運転する乗用車の窓から、シテ島の北東の端の岸辺に横たわる〈ケ・オ・フルール〉（花の河岸）という小径を見ながら思った。あの小径に在る不条理な愛に散った男と女の住居跡を去年の初秋、ちょうど今頃、朋子は訪ねた。花の河岸八番地、〈エロイーズーとアベラールの旧居、一一一八年〉という文字が刻まれていた。非凡な三十九歳の神学者と美貌の十七歳の娘の身震いするような悲恋の痕跡だった。

乗用車は〈ポン・ヌフ〉（新橋）を渡った。シテ島の先端に懸かるセーヌ河の橋の中でも最も古く最も大きい橋だった。一六〇四年の完成と朋子は憶えている。たしか、徳川家康が江戸幕府を開いた翌年だった。橋の袂に画家たちのキャンバスが立っている。昔から大道芸人や手品師たちが、橋の手すりの半円形のくぼみに集まってきた、という。橋の真ん中あたりに、アンリ四世のブロンズの騎馬像が立っている。アンリ四世はフランスを再建した不世出の名王と言われたが、原型の騎馬像はフランス革命の時、破壊され一八一八年の王政復古時代に再建されたという。

乗用車はシテ島から遠ざかった。朋子は窓から顔を出しシテ島を眺めた。パリの二千年の長い歴史の最初の幕が、あのシテ島の何処かで引き開けられた。シテ島とサン・ルイ島の住人は歴史の幕引きを担った誇りがとても強い、といつか小暮さんが言っていた。パリジャンはこの二つの島に住むのをいつも夢みている。だけど高嶺の花らしい。古めかしいアパートに一歩入ると、まるで宮殿のようなインテリアが現れて、誰でもびっくりする、という。

「俺たちの部屋のドアは閉めると勝手に鍵がかかってしまう仕掛けになっているんだ」と勝久が片手でハンドルを握りながら言った。

「はるみが幾つの時だったかな。俺もはるみも財布も鍵も持っていなかったのに、ドアが閉まってしまったんだ」

「ほんと」

助手席の朋子は勝久を向いた。

「早知子に電話をかけて来てもらおうにも電話代さえなかったんだな。あの時に、はるみがこう言ったんだ。〈パパ、人にお金貰ったら〉。俺は最初は一笑に付したがね、よく考えてみると、それが最良なんだな。晩まで待つわけにはいかないしな。通行人に事情を話して電話代を貰ったよ」

「マダムから借りなかったの?」

「あの時は今のアパートじゃなかったんだ。そこの管理人とは仲が悪かったからな」

「そう」

「あのアパートにはね、へんてこなお爺さんとお婆さんの夫婦がいたよ。俺たちと同じ階だったがね。お爺さんは〈自分は貴族の出身だ〉と誰かれとなく言うんだが、いつも少し顔を上げ、誰にも挨拶をしないんだ。庇のない帽子を被りステッキを持ち、黒と茶色の混じった大きい犬に引っ張られるように散歩するのが日課だった。やがて、彼は養老院に入り、死んだよ。お婆さんはずっとアパートに残っていたが、はるみが少しでも泣くと怒ったよ。お爺さんの死亡後は、犬の鳴き声が全く聞こえなくなったから、犬もお爺さんと一緒に死んだかも知れないな」

はるみは今頃アパートに帰っているんじゃないかしら。母の泣き笑いのような太った顔、はるみを抱きしめている太った体が思い浮かぶ。朋子は腕時計を見た。午後二時二十分。午前中に一時間ばかり一六区を中心に探しまわった。午後もすでに二時間、公園やセーヌを中心に探した。あと少し探してから母に電話をしよう、と朋子は思った。

「フランスの女は子供がいても平気で離婚するよ」と勝久が言った。

「みんながみんなそうじゃないんでしょう」

朋子は勝久の横顔を見た。「それに……早知子さんは日本人でしょう」

「ここの女は十八歳で成人になると、結婚する前に同棲するというのが普通だからね。うまくいくようだったら、結婚するという考えさ」

「じゃあ、未婚の母も多いんでしょう」

「幸か不幸か、社会保障がしっかりしているから、みんな平気だよ」

「……なにかおかしいね」

「とてもおかしいよ」

「でも、早知子さんを一緒にしちゃ……」

「あれはフランス人になったんだ。長時間喋らずにいられるフランス人はまずいないだろう。何も言うものがなくても、喋らないでは居られないのだから。相手の前で数分間、黙っているというのは相手に愛情を欠いているのと同じなんだ」

「でも、早知子さんは、お喋りじゃなかったわ」

「俺がフランス人になれなかったから、喋らなくなったんだ。小暮はフランス人だから、今頃は喋りまくっているよ」

「お喋りじゃなくてもいいけど、夫婦の会話は大切よ」

朋子は窓の外に注意した。はるみぐらいの背丈の女の子は石の壁に囲まれた路地にも石畳の歩道にも多かった。

「俺を責めるのか」と勝久は朋子を見た。

「そうじゃないけど、女の人は男の人が何か言ってくれるだけでとても安心するのよ」

「だから、口の上手いプレイボーイにころりと参ってしまうんだ」

「そんな意味じゃないのよ。温かい一言が欲しいのよ」

「どうして早知子の肩を持つんだ」

「そんな意味じゃないの」

「それとも、小暮を誉め称えているのか、間接的に」

「そんな意味じゃないったら」

マレー地区を乗用車は走った。十八、九歳の痩せた女性が石の舗道に片膝を立てて座っていた。銀のフルートを小さい唇にあてて、吹いていた。風の音と聴き違えるような細い音だった。小銭を投げ入れる帽子も見当たらなかった。乞食ではないらしい。朋子は少し申し訳ないと思ったが、窓から顔を出し、過ぎ去る女の姿を見た。彼女の膝元には小さい犬が這いつくばっていた。

小さくなっていく女性を見続けている内に朋子はふと、美穂子の声が蘇った。渡仏する直前、友人たちが催してくれた送別会の時だった。酒のせいか青ざめた美穂子が朋子に近づき〈フランスでは沢山セックスしていらっしゃい。そして、沖縄に帰って来たら知らん振りをして、いい人を見つけなさい〉。本気とも冗談ともつかなかった。でも、と朋子は思う。セックスなんて、何処だから出来る、何処だから出来ない、というものでもないわ。

「早知子はすっかりフランス人だよ」と勝久が言った。朋子は前方を見つめたままだった。

「すぐ興奮する。興奮すると、すぐ議論する。俺は議論はしたくない」

朋子はふと、外国人の滞在許可証（カルト・ド・セジュール）の手続きをするパリ警視庁の窓口のマダム、マドモアゼルを思い浮かべた。彼女たちは揃いも揃ってお喋りだった。連休明けやバカンス明けに行ったら、彼女たちのお喋りは火に油が注がれたように燃え盛り、事務は停滞し、二時間も余計に待たされる、と小暮さんが言っていた……。

「早知子と外食すると、二時間もかかるんだ。楽しみながら食べるっていうんだ。フランス人と全く同じだよ。俺はパリでそんな悠長な食事はしておれない。俺はパリでやらなければならない仕事があるんだ」

「ほんとにはるみは何処に行ったのかしらね」

「はるみは三歳の時、キャロリーヌと買い物に行ったよ。ホウレン草を買わせたんだが、ここではスーパーでも量って売るだろう。一キロじゃ多いだろうから、その半分と言ったんだよ。だが、はるみもキャロリーヌも半キロをフランス語で、どう言うのか分からなかったんだよ。とうとう買わずに帰って来たよ」

小さい公園のベンチに、老夫婦が腰かけている。じっと日向ぼっこをしている。はるみはこの二週間、何度か朋子や勝久に〈ママは?〉と訊いた。二週間もはるみが〈ママの失踪〉に気付かないのが不思議だった。

「はるみは小さい時は〈トイレに入れる〉と言えば何でも聞いたよ。だが、今は、トイレも平気だ」と勝久が片手運転のまま言った。

「今は何といったら聞くの?」と朋子は勝久を見た。

「そうだな、〈お利口さんの子供と交換するよ〉かな」

〈お利口さんの妻と交換するよ〉と早知子さんに言ってみたら? 勝久兄さん。朋子はかぶりを振った。何処か悲しくなった。勝久と早知子の仲を裂き、はるみを家出させた張本人は自分のような気がした。

「どうして早知子さんは変わってしまったの?」

朋子は勝久の目を見つめた。

「フランス人は精力がつくからと馬肉をよく食べるからさ。離乳食も生のままの鳥の挽き肉なんだ」

「いつだったか、マダムから聞いた……」

「鶏肉屋は家鴨、兎、鴨、鳩も売ってるよ。公園、寺院、美術館、街路樹の下、パリの何処にも鳩が遊んでいるだろう。足腰のたたないお年寄りは窓の鳩に固くなったパンを与えて喜んでいるだろう。にもかかわらずだよ、夕食のテーブルに、鳩の丸焼きがのったりするんだよ」

舗道を見た。一人の太った男が胸を張って歩いてくる。妙な体つきだった。陰気そうな中年の肩に痩せた黒い猫がのっていた。朋子は、猫の金色の眼に睨まれたような気がした。一瞬、沖縄に帰りたいと思った。何か訳が分からなかった。

「早知子はフランスの女と似ていない面もある」と勝久が言った。「フランスの女は夫を会社へ、子供を学校に送り届けると、掃除を始める。毛布も重い絨毯も窓に掛け埃を払う。それから何もかも磨く。ドアのノブ、手すりの金具、硝子窓、家具、食器類、何もかもピカピカに磨く」

「早知子さん、お勤めだったから、毎日は無理だったのよ」

「何も毎日とは言ってない」

「……」

「似ている面もある。パリの奥様は自分の顔もよく磨く。真っ白な白粉や真っ赤な口紅を塗り、頬を紅で染め、ネックレス、イヤリング、ブレスレット、指輪をはめる。俺の前のアパートの三階に七十歳近い老婦人が住んでいたが、窓際に干してあったパンツは一枚残らず桃色だったよ」

「……早知子さんは厚化粧じゃなかったわ。勝久兄さんのは極論よ」

「似たりよったりさ」

「私、お母さんに電話してみるね。あのカフェの前で停めて」

勝久はプラタナスの街路樹の木蔭に乗用車を停めた。朋子は駆け出し、石畳の歩道を横切り、小さいカフェに入った。

モンパルナスの灯

小柄なフランス人青年がしきりに〈愛〉を囁いていた。横目で朋子を見ながら、電話の相手の女に見えるはずもない手ぶりを繰り返し、詩のような文句をちりばめていた。朋子の背後のカウンターに座っている若い男と若い女が熱っぽい議論を交わしていた。朋子は振り向かなかった。大きな声ではなかったが、はっきりと聞こえた。〈より良いものより美しいものを希求する本能がこれほどまでに私たちを批判好きにさせている〉と女が言った。〈いやいや、そんな単純な理由に振りまわされるほど俺たちの賢明なる精神構造は単純ではない〉と男が言った。〈複雑な精神構造を解析してみせて頂戴〉と女が言った。〈よかろう、まず、フランスがヨーロッパの中央に在るという重要な事実を認識したまえ。まったく油断も隙もなかった四面楚歌の長い歴史のもがきの内から才気煥発なフランス人が造形されてきた事実を認識したまえ〉と男が言った。〈したわ〉と女が言った。〈海洋国イギリスに常に攻められ続けてきたし、隣の宿敵プロシヤ帝国に休む間もなく、いじめぬかれてきた〉と男が言った。〈この長い歴史が、フランス人を憂鬱にさせ、猜疑心の強い性格にした、と貴方は認識しているのね〉と女が言った。〈侵略につぐ侵略ですっかり混血民族になってしまった俺たちは信じるべきものを失った。俺たちに皮膚のように日夜まとわりついているものは強迫観念と将来への不安のみだ〉と男が言った。〈私たちには、そのような享楽志向、神経質、批判精神の先祖の血が流れていると結論するのね〉と女が言った。

求愛の青年はやっと電話を切り、振り向きざま朋子に肩をすぼめて見せた。朋子はすぐ電話器をとった。青年に会釈をしなかった。会釈をすると言い寄られそうな予感がした。青年はしばらく朋子の背後に立ちつくしていた。朋子は背中が小さく震えた。嫌悪感だけではなかった。男性に注視されているという新しい体験も一因だった。

「まだ、帰って来ないんだよ」と言う母の声は心細げだった「ほんとにどうしたんだろうね。勉強しないとフランス人に引き離されるからっていつも一生懸命だったのにね。勉強が嫌いになったんかね」

「はるみは勉強が大好きよ」

「私が来た頃さ。私は、はるみの教科書にA、B、C、Dを書いたんだよ。フランスでは教科書は自分の物じゃないんだってね。ペンで書いたから消すのが大変だったよ。私は〈ご免ね〉と謝ったけど、はるみは黙っているんだよ。〈わざと落書したんじゃないから〉と言っても、〈でも……〉と俯くだけなんだよ。私はあの時のはるみの顔を思い出すと、今でも胸が痛むんだよ。はるみは教科書には何も書いてなくてね、ブックカバーというのかい、あれもはるみが作ってね、丁寧に被せてあったんだよ。このまま、はるみが居なくなったら私は死んでも死にきれんよ」

「大丈夫よ。キャロリーヌと一緒だから。それにはるみはおりこうさんだから。たぶん少し遠出したために道に迷ってしまったんでしょう。あとしばらくしても見つからなかったら、勝久兄さんのお弟子さんにも探してもらうから」

「フランス人が勝久の言うままになってくれるかね」

「勝久兄さんは道場では人気があるのよ。生徒はよく勝久兄さんに骨董品をプレゼントするんだって。代々の先祖からもらいうけた大切な品よ。時々は父親から盗んだものをプレゼントする生徒もいるのよ。もちろん勝久兄さんは一つも受け取らないけど」

「勝久の血を引いているんだよ、はるみが心優しいのは。……いつか私が学校に迎えにいった時だよ。東南アジア系らしい同級生によくするんだよ、褐色の男の子にさ。私はてっきりいじめっ子と思ったよ。子供なりにいじめっ子の機嫌を伺っているとね。だけど、はるみに訊いたら、〈あの子は読み書きができない。可哀相だから〉と言うんだね。二回落第したらしいんだね。でも、その後その子は三回目の判定が下らない前に転校したそうだよ」

「話は後でね、もう切るね」

「探すの？」

「探すよ」

「気をつけてね。いつだったか、朋ちゃんがアルバイトの時、私一人ではるみを学校に迎えにいったよ。四時半にいくべきだったのに、時計を見間違えて三時にアパートを出てしまったんだよ。時間を潰さなければならないから、小さい公園に座ったよ。するとね、三十七歳ぐらいの男が私の隣に座るんだよ。ベンチはたくさん空いているのに。私はたまげたね。恐くなったよ。時計を見ながら立ち上がったよ。遠くの木の陰から振り返ったらその男はすぐに立ち去っていったよ」

「話は後でね。心配しないでよ、お母さん。じゃあね」と朋子は電話を切り、カフェの外に出た。

朋子は背後に先程の〈求愛者〉の気配を感じた。振り向いた。誰もいなかった。何故か、この街を歩きたくなった。この街はモンパルナスなのね。朋子は気づいた。去年の暮れ、祐子夫婦と来た街。勝久兄さんの車で……。母もはるみも一緒だった。朋子は、バルザック像が見たくなった。はるみとキャロリーヌが寝巻姿のバルザックを見上げている情景が目にうかんだ。ここにはるみが居る筈はない。朋子は思う。でも、勝久兄さんと二人で探したって同じだから、私は残ろう。それから持ち合わせのお金の分だけタクシーに乗って探そう。朋子は乗用車の窓に顔をつっ込んだ。

「おまちどうさま。まだ帰っていないって……ね、手分けして探さない？」

「手分けって、お前、どうするんだ」

「歩いたり、タクシーに乗ったりする」

「金は？」

「大丈夫」

「このモンパルナス大通りを右に曲がりしばらく歩いて、さらに斜め右に回るとダンフェール・ロシュロー通りにでるよ。その南側に広場があって、広場の西寄りの建物の中がカタコンブの入口だよ」

「私、そこには行かないわ」

「話さ。前に朋子はカタコンブの入口を訊いただろう」

「……まさか、はるみたち、そこの中じゃや……」

「馬鹿げた考えだ」

「大丈夫よね」

「じゃあ、俺はパリ中を乗り回すよ。公衆電話でマダムか母に連絡を取り合おう」

朋子は頷いた。勝久は乗用車を発進させた。

モンパルナス。〈南のモンマルトル〉といわれ一九二〇年から二〇年間パリの盛り場として賑わい、人々が青春を謳歌した街という。朋子も知っている。ルネサンス時代、学生たちがこの辺りの丘をギリシャのパルナソス山にちなみ、モンパルナスと名づけた、という。日の神、アポロと文学の女神、ミューズがいるという山の名にふさわしく、この界隈は詩人、小説家、画家、亡命家などがたむろしたという。ラスパイユ、モンパルナスの両大通りが交わるモンパルナスの〈核〉ヴァヴァンには〈ドーム〉、〈ロトンド〉、〈クーポール〉などの昔なつかしいカフェが今だに立ち並び若い芸術家の卵たちがたむろしている。これらの喫茶店の小さい椅子に腰かけ、トロッキーは革命論議を交わし、ヘンリー・ミラーやヘミングウエイは新しい文学を語り、モジリアニ、ピカソ、マチス、シャガール、ルオーは〈エコール・ド・パリ〉の議論を続けたという。

朋子の目の前を帽子を被った中年の男が歩いていた。男の前を小学生ぐらいの二人の少女がはしゃぎながら歩いていた。一人の少女の腰の小さいポケットからハンカチが落ちた。帽子の男が屈み、拾ってやった。まるで妙齢のレディにハンカチを渡すような仕種だった。朋子はふと微笑ましくなった。この紳士も妻と喧嘩をする時は一般のフランス人のようにぎゃあぎゃあ騒ぐのかしら。嫌いなものを勧められたら、

〈僕はこれは嫌いだから、いい〉と相手の気持ちも考えずに断るのかしら。〈何か食べていかない？〉と友人に誘われ、部屋に何もないと〈何もないじゃないか〉とはっきり言うのかしら。

朋子はふと足をとめ、石造の建物を見上げた。この建物の屋根裏部屋に一八六一年の暮、早熟な詩人、ランボーが泊ったという。ヴェルレーヌの若い妻、マチルドがランボーとの同居生活に耐えられなくなったためにヴェルレーヌが金を出し、借りてやった部屋だという。十八歳の天才詩人の部屋には鉄製のベッドと木製の椅子しかなく、壁にも二、三枚のデッサンがピンでとめてあっただけだという。

外界と遮断されたヨーロッパの住居は唯一、窓だけが外界に触れた。思い切り広く、両側に扉を開け放った窓は外側から見ると、両腕を広げた人間が人を迎え入れようとする姿に似ている。

朋子は歩き続けた。このような広いパリのどこをどう探していいのか分からなかった。朋子はただ石造りの街の石畳の道を歩きたかった。どの石壁にも落書はされていなかった。今更のように朋子は不思議がった。彫刻が割られるような事件も全くなかった。手を伸ばせば届く花に誰も手を触れなかった。……電車の中にも落書は殆んどなかった。ニューヨークは落書だらけだというのを何かで読んだ。……伊藤さんはどうしているのかしら。……ただ自動車はどれもこれも〈垢だらけ〉だし、あちらこちらにかすり傷が走っている。

或るアパートの入口の脇に灌木や花の植込みがあった。その中に数本の大輪の薔薇が咲いていた。ピンク色だった。朋子は歩きながら見とれた。一台の、珍しく傷ついていない新車の自動車が止まり、中から中年のすらりとした婦人が降り立った。婦人は薔薇を見つめるように少し屈んだ。と思うと、器用に二本折りとり、素早く自動車に乗り込み、走り去った。

朋子はヴァヴァンの交差点から、ラスパイユ大通りを少し南に下り、左手に折れ、カンパーニュ・プルミエール街に出た。人通りが少なくひっそりとしていた。

老人のカップルが目につく。沖縄では何処でも見られたお婆さんと孫、お爺さんと孫という風景がパリには殆どなかった。必ず老夫婦か、お婆さん独り、お爺さん独りだった。もしくは、お婆さんと犬というコンビだった。

朋子はいつのまにか〈バルザック像〉の前に立っていた。この像が建立された当時は「何だ、これは。寝間着姿のバルザックか」などと悪口と嘲笑がうず巻いたが、現在ではロダンの傑作という評価は固定しモンパルナスには欠かせない〈アクセサリー〉になっている。凱旋門からフリードランド通りを下り、左側のバルザック通りと交わる角の緑地にもう一つバルザック像が建っているらしいが、〃品のいいバルザック〃にすぎず〃バルザックらしさ〃に溢れていないといつか勝久が言っていた。

朋子は道向いのカフェに入った。このカフェにも青年が多かった。だが、電話は空いていた。客たちは〈議論〉に夢中だった。電話を母にかけようか、マダムにかけようか、少し迷ったが、マダムの電話番号を回した。

はるみもキャロリーヌもまだ行方不明だった。

「キャロリーヌはそろそろ年頃だから私は妊娠しないようにいろいろ教えようと思っているんですよ」とマダムが言った。朋子は黙った。

「心あたりないですよ、ほんとに。……あ、そうそう朋子さんのアルバイト先のクレールさんから電話がありましたよ。電話下さいって」

「そうですか……」

バカンスから帰って来たのね。朋子はマダムに礼を言い、電話を切り、クレールの電話番号を回した。クレールが出た。

「朋子です。バカンスから帰られたんですね」

「ええ、でも、また行きます」

「また……」

「九月の半ばを過ぎると運転は荒っぽくなるけど、日暮れも早くなり、一足飛びに秋に突入ですよ。マロニエの緑色がぬけはじめ、ウィークエンドの公園はバカンスの余韻に浸る人たちでいっぱいですよ」と婦人運転手が言った。私を観光客と勘違いしているのかしら、と朋子は思った。

モンパルナスの有名なカフェの前の小さい広場に観光客が群れていた。ジプシー風の若い女が帽子を持ち、中に入っていった。よく見ると街路樹に綱が張っている。綱渡りを見せたのねと朋子は思った。とするとカフェに入っていった女性は〈拝観料〉を集めているのね。

「私たちの大先輩は」と婦人運転手が朋子を振り返りながら言った。「この辺りを毎晩、とげとげの詩を書く男や、エスカルゴを食べるフォークで絵を描く色狂いの老人やアジア人の大学教授や女哲学者や催眠術師や富くじにかける青年や外套の仕立てが上手な亡命ロシア人などを運んだんですよ」

「そうですか」

「私もロシア系ですよ」

婦人運転手は今度はバックミラーを覗き込んだ。

「そうですか」

「ロシア革命の時パリに亡命した白系ロシア人のほとんどがハンドルを握ったんですよ。今は彼らの子供や孫や曾孫が稼業を継いでいる訳ですよ」

朋子は婦人運転手の横顔を注意深げに見た。色は白く滑らかで彫りが深かった。伯爵夫人に変身させるのもすぐ可能に思えた。突然、タクシーが警笛を鳴らした。タクシーのフロントガラスの直前を中年の男と若い女が横切った。

「歩行者側の信号は赤ですのにね」と朋子は言った。「青になるまで待てないかしら」

「赤信号だろうと、自分が安全だと判断したら当然渡りますよ」と婦人運転手が言った。

「でも決まりだし……」と朋子は言ったが、ふと婦人運転手の見解が正しいような気がした。

「人間の私たちが信号機という機械に自由を束縛されるのは馬鹿げていますからね」

「……でも危険じゃありませんか」

「判断力を持たない人間が危険ですよ。独裁者が出現する危険が増しますからね」

朋子はこの婦人運転手はロシア系だから政治意識が強いのかしらと思った。

「飲酒運転もそうでしょうか」

「フランス人の生活のよろこびは何ですか。美味しく食べる食事でしょう。そして、美味しい食事には何がつきますか。葡萄酒でしょう。昼食でも、夕食でも一人で葡萄酒一本は飲んでしまいますよ。食事が美味しい証拠です」

「でも、ほんとに飲酒運転でも捕まらないんですか」

「もし、捕まえるなら食後に車を走らせているフランス人は全部捕まってしまうし、パトカーの警官だって自分自身を捕まえなければならなくなりますよ」

朋子は車窓から外を見た。商店街の店と店の間に、手の平をくぼませ、ぐっと腕を伸ばし、黙ったまま立っている初老の男の物乞いが見えた。傍らのはるみの年頃の女の子が「パンを買う金をお呉れ」とでも言いながら通行人を追っかけた。二人とも小ざっぱりとした身なりだったが、夏の間の実入りが少なかったのか顔つきは必死だった。朋子は振り返った。初老の物乞いが力の無い欠伸をもらした。

樹木の上にリュクサンブールの宮殿が見え、背後にエッフェル塔がそびえ建っていた。塔の先にテレビ放送のアンテナが継ぎ足され、昔より二十メートル背が伸びたという。

「見えてきましたね」と朋子は言った。

「リュクサンブールですね。マリー女王はイタリアのメディチ家からアンリ四世にお輿入れをしたんですよ。でも、夫アンリ四世が亡くなった後はルーブルを嫌がり、あそこにイタリア風の庭を作らせ、移り住んだのですよ。故郷を偲んだんですね」と婦人運転手はまるで暗唱するように言った。老犬を共に散歩をしている上品な老紳士の胸には何かの勲章がついていた。人も犬も茜色に染るような夕焼だった。老人は立ち止まり、背を伸ばし美しい夕焼空を指差しながらしきりに、老犬に語りかけていた。犬も座りこみご主人を見上げた。

「助手席に犬を乗せているタクシー運転手もいるそうですね」と朋子は訊いた。今日の私は支離滅裂だわ、と朋子は思った。

「いますよ。用心棒ですよ。でも犬は吠えもしないし騒ぎもしませんよ。お客を一瞥しただけでどてっと寝そべってしまうのですよ」

「そうですか。……あのリュクサンブール宮殿は革命の時はどうなったんですか」

朋子は話をもどした。パリの大抵の話は〈革命〉をもちだせば、折れた話の腰もまっすぐになる、と朋子は見抜いていた。

「あの宮殿は革命のときは牢獄になりましたが……」と婦人運転手が言った。「革命の騒ぎも収まった夏の或る晩、あの宮殿で大パーティーが開かれたんですよ。ギロチンも過去の悪い夢となっていましたし、つながった首には微笑みが蘇っていましたよ。美しい宮殿の庭いっぱいに音楽が流れ、マダム・タリアンの美しさは高官たちを虜にしていましたよ。数知れない淑女の中にとび色の髪の一人の女性が目につきましたよ。この女性にマダム・タリアンが若い軍人を紹介したのですよ。これがナポレオンとジョゼフィーヌの世紀の馴れ初めだった訳ですよ」

間もなくタクシーはリュクサンブール公園に着いた。朋子は料金の一割を少しこえるチップを渡した。

「メルシー・ビヤン」と婦人運転手は微笑んだ。「もう夕方だから私は食事に行きますよ。行き付けの、レストランまで直行ですよ。誰も乗せません」

広い森だった。公園の概念ではなかった。朋子は小さい立ちくらみがした。入口附近のベンチに腰をおろした。目の前に種々の色彩を組み合わせた花壇が広がっていた。ネットに囲まれたテニス・コートではショートスカートを着た若いパリジェンヌたちがラケットを力一杯ふっていた。運動神経は敏感ではなかった。悠長な動きだった。何となくのどかだった。ベンチに座っている若い男女は何を口にしているのかしら。詩の言葉かしら。男性の膝には本が置かれている。子供たちがはしゃぎながら森に入っていった。森の入口にも秋が忍び寄っていた。マロニエの大木の葉が色を失いはじめていた。ほんとにはるみは何処に行ってしまったのでしょう。朋子は目を閉じた。この広い森の中をはるみとキャロリーヌがさ迷っている、と思うと身震いがした。朋子も広いパリをさ迷っているような気がした。キャロリーヌと一緒なのよ。朋子は胸に言いきかせた。だけど二人は何処かではぐれなかったかしら。いえそんなはずはないわ。二人は仲がいいんだから……だけど二人はお金を持っていたかしら。このリュクサンブール公園には子供の足では歩いては来られないはずだが……。

朋子は立ち上がり、近くのカフェに向い足早に歩いた。白壁に蔦がはっている小さいカフェだった。勝久の部屋のダイヤルを回した。何回も呼び出し音が鳴ったが母は取らなかった。再び掛けなおした。だがやはり誰も取らなかった。朋子は管理人室のダイヤルを回した。すぐマダムが出た。

「はるみたちは帰って来ていますよ。でもね、朋子さん、お母さんが倒れたんですよ」

「……」

「救急車で病院に運びました。勝久さんも一緒です」

「大丈夫ですか」

「よく分からないんですよ、今は」

「どこの病院ですか」

「十五区のオピタル・ブシコー病院ですよ」

「はるみは?」

「今キャロリーヌと一緒に寝ています。ここで」

「二人とも怪我は？」

「平気ですよ。ただ歩き疲れているようなんです」

「すみません。よろしくお願いします。じゃあ、私は病院に向かいますから」

死人のラッパ

「お医者さんは？」と朋子は訊いた。

「今まで居たよ」

勝久は溜息をついた。

「どうなの？」

「覚悟はして置きなさい、と言っていた」

母の入院室は看護婦詰所の斜め向いだった。金髪や栗色の髪の看護婦たちが、黙ったまま屯していた。お喋りのパリジェンヌのイメージがなかった。だが、今は看護婦たちの沈黙が不気味だった。看護婦詰所に近い入院室ほど患者の病状は危ない、と朋子が知っていたせいかも知れなかった。

病院全体が大雑把な、がらんどうのような気がした。どこも磨かれているようだった。沖縄の病院は小ぢんまりとしていた。だが、朋子はナース服を着け、ナース帽を被っているパリジェンヌたちを見ていると、やはり気が安らいだ。ただただ治療だけに専念します。と言う風に感じた。

「腕がたちそうなお医者さん？」と朋子は両手に点滴を受けている母を見つめながら訊いた。母の顔は赤くなっている。しかし、半開きの目は青白い膜がかかり、朦朧としている。

「若い痩せた医者だよ。唇は細長く、赤い……」と勝久も母を見つめたまま、言った。

「きっと治してくれるわよね」

朋子は話題をかえた。

「……はるみは犬に咬まれなかったかしらね。日本製の傘を持っていたんでしょう。犬にも変わった恰好に見えたかも知れないし……」

「はるみは、一番好きな服を着ていたよ」

「橋の上でビズをしている若夫婦らしいカップルの顔を交互にこうもり傘を両手で抱きかかえたはるみが見ていた、と言うのは誰が言ったの？」

「キャロリーヌだよ」

「二人とも朝から何も食べていなかったんでしょう？」

「キャロリーヌがはるみをおぶったりしたらしいよ」

「……ね、犬に咬まれていなかった？」

朋子は他愛のない話がしたかった。気を紛らわしたかった。

「フランスの犬は人並みに扱われているから咬みつかないよ」

「でも、野良犬もいるんでしょう？」

「飼い主が死んでしまって路頭に迷う犬はいる。だが、フランス人は他人の犬も可愛がるんだよ」

「勝久兄さんもパリで犬飼った？」

「俺は犬は嫌いだ」

「猫は？」

「もっと嫌いだ。フランスの猫は避妊手術をしているから、丸く太って大きいよ。気味悪いよ」

「……何故、はるみは白鳥の遊歩道に早知子さんを探しに行ったの？」

「あそこは俺がよくランニングをしているからだって。俺が走る所にどうして早知子が居るんだろうね」

「……でも、どう説明するの？　はるみに、早知子さんのこと」

「正直に言うさ」

「……そう……その方がいいんでしょうね」

朋子は後悔した。モンパルナスなんかをボヘミアンのようにぶらつかなければ良かった。アパートに真っ直ぐ帰れば良かった。そうしたらはるみを見た瞬間の母のショックにワンクッションをはさめたかも知れないのに……。朋子は勝久を見た。

「ほんとにはるみを見ただけで、お母さんは倒れたの？」

「お袋ははるみが死んだものとばかり思っていたんだよ。パリが不気味だって、何度も呟くように言ってたからね。それが突然、目をギラギラさせながらはるみが帰って来たから」

「……」

「少し、息抜きをしよう」と勝久が言った。二人は天井の高い廊下に出た。向かいの部屋の患者が廊下を行ったり来たりしていた。もし、駐仏大使と名のられても朋子も勝久も怪しまなかった。細い縦縞のズボンをはき、チョッキ付きのダーク・グレーの背広を着こなし、黒い帽子を被っていた。帽子から艶のある白髪がのぞいていた。朋子が二十数分前、母の病室を探していた時は彼は自分の病室のドアを開け放ち、椅子に腰かけていた。あの時もまるで油絵の肖像画を描いて貰っているかのように、真っ直ぐに背筋を伸ばしていた。彼は見知らぬ人間とは絶対に口をきかない、とあの時、母の病室を教えた看護婦が朋子に耳うちした。朋子はあの看護婦から訊くまでは、彼が入院患者だとは全く気づかなかった。何の病気かしら。朋子は気になった。ただ、彼も医者が検診する時間が近づくと、患者服に着替えるという。

「ね、祐子に電話しようか」と朋子が言った。

「心配かけるな」と勝久が言った。

「でも、もしも……の時、恨まれないかしら」

「俺に任せておけ」

母の病気は今日、明日にどうこうというものではないという主治医の言葉に安堵した。朋子は勝久をアパートに帰した。しかし、すぐ勝久に電話できるように小銭を準備した。

午後九時を過ぎた。だが、窓の外には夕日の照り反しが残っていた。いつ、日は暮れるのかしら、と朋子は思った。つい先程、勝久から〈はるみはぐっすり寝ているから心配するな〉との電話がかかってきた。窓の下は石畳の小さい路地だった。明るいが誰も通らなかった。

夜中の一時が過ぎた。朋子は寝つけなかった。病室の長椅子に座ったまま身動きしなかった。朋子はいつか伊藤とデートした時、セーヌ河遊覧船の船着場に座っていた老人たちを思い出した。母は幸福よ。朋子は自分に言い聞かせた。ずっと子供たちと一緒だったんだから。

朋子は立ち上がり、窓のカーテンを小さく開けた。青白い光が射し込み、床に落ち、ベッドの母の胸に伸びた。〈何も知らないんだね、母上は、それとも何もかもお見通しですかな〉と朋子は憎まれ口をたたきたかった。洸々と冴える神秘な光だった。柔和な月の光を含み、母の体は宙に浮いているようだった。

朋子は魅せられたように、カーテンの間から外を見た。だが、月は見えなかった。窓を開けた。夜の空気がひんやりと頰を撫でた。窓から顔を出した。向かいの建物の煙突のずっと上にくっきりと丸い月を見つけた。美しい月だった。朋子に光が降り注ぎ、朋子は浮かれたくなった。

この月は満月かしら、と朋子は思った。幼い頃、縁側に卓袱台を出し、すすきを飾り、お団子を供えた、あの十五夜はほんとに昔なんだわ。沖縄の十五夜はとても明るかった。私も祐子も勝久兄さんもはしゃぎだし、手拍子をとりながら踊ったわ。母も踊った。何の踊りだったかしら。私は父に泡盛を注いだ。硝子のコップだった。中のお酒に月の光が浸り、青く透けた。私は見とれていた。珍しかった。青い水が父の口に入った。

よく見ると、向かいの建物も同一の病院だった。病室の窓は一つ残らず暗かった。この部屋だって暗い。朋子は今更のように気付いた。入院患者は殆どいないのかしら。でも、母もバカンスシーズンに倒れなくてよかった。医者も看護婦もバカンスはバカンスなのだと割りきり、さっさと休暇をとってしまうんだから。

朋子は肌寒くなってきた。窓を閉め、カーテンを引いた。パリが母を〈女〉に変えたのかしら。戦争のためにお化粧もできなかった悔恨の若い日々を包んでいた薄い膜がふと裂けたのかしら。パリに来た母の化粧や服装が変わった訳ではないが……。

母は入院三日目に朋子たちの声がきけるようになった。十日ばかりは病院が出す流動食だけしか口にしなかったが、今朝、朋子に〈豚肉の入った味噌汁が飲みたい〉と言った。朋子は何もかもに感謝したくなった。母は生きる、病気は治ると信じた。

ヨーロッパの秋は想像もできないくらい物淋しかった。ヨーロッパの秋は短く、夏と冬をつなぐ一瞬の幕間にすぎなかった。夏の輝きが消え、間違いなくやってくる暗い冬に向かって、駆け足に走り抜けていく秋。

週末だった。朋子はマロニエの並木の下を通った。木洩れ日がざわめく木々の葉からこぼれ、石畳道に薄いまだら模様をおとしていた。空はよく晴れていた。穏やかな秋の日射しを浴び、紅葉がきらきら輝いていた。〈食欲の秋〉という定義はパリにも通用する。青空市場は午前中だけしか開かれないが、約三十軒の店が集っていた。青空市場はコンヴァンスィオン大通りに開設されているが、日頃コンヴァンスィオン大通りの周囲にはパン屋、肉屋、魚屋、八百屋などが建ち並んでいる。だが、これらの常設店は市日の臨時店を別に煙たがってはいなかった。市日の市に客を取られると言うより、青空市場にひかれた客が、常設店にも相当入って来ると考えていた。

数軒の肉屋は広場に店を出し、盛んに客を呼び合っている。パリの肉屋は売る品物別に専門化している。朋子はパリに来て間もなく知った。牛肉店、羊肉店、豚加工肉店、馬肉店、内臓専門店という具合だった。

日本のたいがいの人は、西洋人は肉食だから、牛や羊の肝臓、腎臓、耳、足、尻尾など何でも食べてしまうと、驚き、軽蔑するが、朋子は不思議ではなかった。朋子は豚の耳の酢味噌和えなどを沖縄ではよく食べた。しかし、さすがに、パリの人は羊の脳味噌も食べていると聞いた時は気味悪くなった。肉屋の専門化。朋子はパリに来た当時は不便だと感じたし、戸惑った。だが、時間の無駄だとは考えなかった。何もかもが珍しかった。衝動買いもなく、いいシステムだ、と近頃は思う。臓物店の店主は、臓物に関する権威は誰にも譲らないから本物の顧客が増加する。客と店主は臓物を媒介にし、人間の信頼を高めるという。

ビニール栽培と養殖術が発達している日本では食べ物の季節感が失われてしまった。松茸や筍などはまだ無理のようだが、大抵の野菜は年中店頭に出ている。朋子は〈フレッシュ・チェーン〉のパリに来て初めて食べ物の季節感を取りもどした。時計が急速に逆に回り、少女の昔にかえったような気がした。

朋子は菌茸《きのこ》屋に入った。菌茸だけが並んでいた。黒い色のモリーユだの、白い色のジロールだの、黄色く小さいラッパ型のトロンペット・ド・ラ・モール（死人のラッパ）やら、ピエ・ド・ムトン（羊の足）など種類は豊富だった。フランス人はこのような菌茸を肉、鳥、魚にかけるソースに煮こんだり、にんにくとパセリを混ぜバター炒めにするという。菌茸の季節になると、朝のラジオは重大なニュースのない日は、〈注意報〉を流す。〈菌茸狩りの時は毒菌茸に注意しましょう。見慣れない菌茸を慌てて食べないようにしましょう〉

朋子は買物を済ませた。ルクルブ通りを通った。花屋の角の家の老婦人の番犬がはしゃぎながら庭を走り廻っていた。突然、仔犬を叱りつける声が聞こえた。仔犬が鉢植の花をかじったようだった。叱り声は優しかった。チュ・エ・ヴレモン・ベエトゥ。日本語だと、あなた、全くお馬鹿さんね、とでもなるのだろうが、ベエトゥの本当の意味は、獣、または動物だわ。朋子はふと微笑んだ。動物の犬に、あなたはベエトゥ（動物）だって言ったって、しょうがないのよね。仔犬ちゃん。

九月も末になった。パリも次第に寂寥の空気が濃くなった。寂寥を霧散させるかのようにヨーロッパの秋は文化の華が一斉に咲く。演劇、音楽、文学、美術……などの凡てが秋に激しく息づく。そしてその胎動の中心がパリなのだ。文学ではゴンクール賞、ルノードー賞、フェミナ賞などが次々に決定する。このような賞を目指し、文学の若き獅子たちが才能を競い、しのぎを削る。

朋子も無性に何かが書きたかった。書けばパリの秋の空のような陰鬱な気分もふっきれるような気がする。疲れた時など、朋子は、〈私は母の看病をするためにパリに来たのかしら〉とふと思い、頭を激しく振った。〈私には時間がいっぱい残されている。今は母の病気に全力を集中しなければ駄目じゃないの〉。朋子は自分を叱りつけた。

日曜日、勝久とはるみとマダムとキャロリーヌが母の見舞いに来た。マダムもキャロリーヌも勝久も病室に入ったが、はるみは廊下の隅に立ちすくみ、なかなか入って来なかった。朋子は廊下に出た。はるみは窓際にしゃがみ込んでいた。朋子もはるみの傍にしゃがみ、顔を覗き込んだ。

「どうしたの、はるみ」

「……はるみのせいなの」

はるみの少し見開いた澄んだ瞳を不安気味の影がかすった。朋子ははるみの肩に優しく手をおいた。

「違うのよ。おばあちゃんは、年でしょう。それに、とても太っていたでしょう。だからね、病気になってしまったのよ」

「おばあちゃん、死ぬの?」

「大丈夫よ。病気をやっつけるために入院しているんだから」

「はるみは死にたくない」

「何いってるの。はるみは、とてもとても長生きするわよ」

「ほんと」

「ほんとよ、さあ、おばあちゃんの部屋に行きましょう」

朋子ははるみの手をとった。

「でも……」

「何？」

「死ぬ時は目玉が飛び出るんだって？」

「誰から訊いたの」

「キャロリーヌよ」

「キャロリーヌの間違いよ。人は眠るように亡くなるのよ」

「はるみ、眠りたくない」

「はるみは何も考えなくていいのよ。はるみがお婆ちゃんになるまでには、とてもとても長い年月がかかるのよ」

「うん」

「さあ、行きましょう」

はるみは立ち上がった。

「……でも、はるみ、何て言えばいいの？」

はるみは朋子を見上げた。

「そうか。はるみがパパときた時は、おばあちゃん眠っていたね。そうね、簡単よ、おばあちゃん、早く元気になってね、でいいのよ」

はるみは微笑んだ。二人は病室に入った。キャロリーヌがはるみに駆け寄ってきた。二人は手を取り合い、ベッドに近づいた。

「……おばあちゃん」

はるみは横たわっている祖母の顔を恐わ恐わと覗き込んだ。

「はるみ、来てくれたのかい」

母は弱々しく手を伸ばした。朋子がはるみの手を取らせた。

「おばあちゃん、早く元気になってね」

母は小さく頷いた。顔を動かすのがきつそうだった。キャロリーヌははるみと朋子の母の顔を交互に見つめている。

「おばあちゃん、これ、あげる」

はるみは小さい赤いバッグを開け、写真を取り出した。母は手をゆっくり伸ばし、受け取った。だが、写真はひらりと床に落ちた。朋子が拾いあげた。

「ご免ね、はるみ。おばあちゃん、手に力が入らなかったから」

はるみは微笑み、頷いた。妙に大人っぽい、と朋子は感じた。朋子も母に顔を寄せ、写真を覗き込んだ。はるみと母がシャン・ド・マルス公園のベンチに座っていた。二人とも笑顔だった。

「有り難うね、はるみ」

母は写真を胸に弱々しく抱いた。不意に母の目が曇り、涙が流れた。

「お母さん」

朋子が母の肩に手をおいた。

「夜になると恐いんだよ。いつもぼうっとしているんだけど、時々、頭がはっきりするんだよ。そんな時は気が狂いそうだよ」

母の肩が小刻みに震えるのが、朋子の手に伝わった。

「めし食べてないからだよ」と勝久が屈み込んだ。「腹に飯が入っていないと誰だって、恐い夢もみるし、おかしくなりそうな気もするもんだよ」

「……私も遠い所に行くんかね。お前たちの父親も沖縄のハブに咬まれて遠くに行ってしまったし……ついこの間のような気がするよ」

「そんなこと考えちゃ駄目よ。お母さん。明るい事を考えるのよ、ね」

朋子は手に力をこめ、母の肩を押さえた。すっかり肩の肉がおちていた。

「私は考えまいとしているんだがね、後から後から思い浮かぶんだよ。止めようがないんだよ。不思議だね」

母の肩の震えは次第に弱くなった。

「元気になる、元気になる、楽しい、楽しいって、口の中で繰り返すのよ。恐くなる時でも我慢して繰り返すのよ。何百回も。何千回も、ね」

「お前たちにも心配かけたね、もう大丈夫だよ」

「沖縄では治らんもんでも、フランスでは治るよ」と勝久が言った。

「そうだといいんだがね……勝久、はるみたち連れて帰っていいよ、明日。学校があるんだろう」

「いいお友達になれたんですから、長生きして下さいよ。またいろいろ話を聞かせて下さいよ」とマダムが言った。朋子が通訳した。

「有り難うマダム。……キャロリーヌちゃん、元気で良かったね。しばらく見ないうちに、キャロリーヌちゃん、急に大きくなったような気がするよ。もうすっかり、姉々だね。これからもはるみと仲良くしてね」

朋子が通訳した。キャロリーヌは微笑みながら朋子の母の手を包みこむように握った。ませた仕種に見えた。マダムもしきりに頷いた、

「私たちは先に失礼しますね。お元気で、沖縄のマダム」とマダムが言い、キャロリーヌの手を引いた。

「ほんとうにありがとうございました。マダム」と朋子が言った。

マダムとキャロリーヌは手を取り合い、出口に向かった。

「……はるみの顔を見たら、急に淋しくなってね」と母が言った。

「私はこの世より、あの世に知り合いが多いんだからね。何も淋しくないよ」

「何よ、お母さん」と朋子が言った。

「あんたたちも、もうすっかり一人前だしね……」

「でも、長生きして頂戴よ、ね」

「そうだよ、もっと、もっと」と勝久が言った。

母は弱々しく笑った。息が苦しそうだった。

「前よりずっと元気になったじゃない。前は少しの話も出来なかったのよ」

朋子は母の手の甲を摩った。

「最後の力を与えてくれたんだよ。……もう、帰っていいよ……はるみ」

「……おばあちゃん」

「あ、はるみ、しっかり勉強するんだよ」

「うん、はるみ。勉強する」

「パパの言いつけをよくきくんだよ」

「うん、はるみ、よくきく」

母の呼吸は苦し気だった。

「じゃあ、はるみ、今日はもう帰りなさい」と朋子が言った。

「うん、おばあちゃん、さようなら」

「はい、さようなら」

母は小さく手を振った。朋子ははるみの肩に手をおき、廊下に出た。勝久がついてきた。

「脳の血管がぼろぼろになっているそうだ」と勝久が声を潜め、言った。

「私が世話するわ。勝久兄さんは、道場とはるみを見て」

「お前の勉強はどうするんだ」

「今はそれどころじゃ……」

「力をつけなければ、生きてはいけないんだよ。このパリでは」

「大丈夫よ。若いんだから」

「若さなんか、一瞬の花火と同じだよ。消えてしまったら、後は暗い夜空だけだ」

「うん、一生懸命頑張るから」

「今夜は俺が泊まろう。お前も毎日だと大変だ」

「心配しないで。若いんだから。クレールさんが田舎に帰ったでしょう。私ね、幸運だと思うの。お母さんの看病に専念できるから」

「……」

「勝久兄さんも仕事に専念して。ここの病院、お母さん、保険がきかないんでしょう。とても高いんでしょう」

「どんなに高くてもいいよ。治るんだったら」

「勿論よ。でも、道場にお弟子さん待ってるんでしょう。何かあったら連絡するから、ね」

「……じゃあ、頼む」

はるみも一緒に泊まると言い出さないかしら、と朋子は思ったが、はるみは勝久に肩を抱かれながら、二、三度振り返り、朋子に手を振り廊下を曲がった。朋子は急に淋しくなった。青黒い作業着を着た初老の清掃婦が廊下の床にモップをかけていた。〈のんびり掃除ができて……羨ましい〉と朋子はぼんやり思った。

朋子は病室に戻った。母は目を閉じていた。胸元を覆っている白いシーツが動かなかった。朋子は慌ててベッドに寄った。

「お母さん」と耳元で囁いた。母は目を開いた。

「……もう、みんな帰ったかい?」

「うん」

「いつから、こんなに弱気になったのかね。昔は、早く死にたいとさえ思ったもんだよ。……父ちゃんのせいだよ。父ちゃんが死んだ時、私はおかしくなりそうだったよ。あの頃」

「昔の出来事を考えちゃ駄目よ。今から起こるとても楽しい出来事を考えるのよ」

「分かるよ。これから、朋ちゃんも結婚するだろうし、可愛い孫もみられるんだし……」

母の瞼は重いようだった。

「もう、寝て、お母さん」

母はまた目を開いた。

「……戦場では怪我するのがとても恐かった……死ぬよりも……怪我人はとても残酷だった。私たちも一思いに死にたいと考えたよ……」

「うん、もう寝て、楽しい夢をみてね。お母さん。私、ずっと傍に居るからね」

母は目を閉じた。

サ・セ・パリ

十月になり、ヨーロッパの市場の様子が一変した。狩猟が解禁になり、ジビエが登場した。肉屋の店先はさながら狩場の獲物陳列場のようだった。鳩、鶉、鴨、雉子、ヤマシギ、兎、猪、鹿などがまるで、つい十数分前まで野や山を飛んだり跳ねたりしていた姿のままショーケースに横たわっていた。獲りたてですよと言わんばかりだった。

朋子は毎日、二時になると勝久のアパートに立ち寄り、勝久やはるみの夕食を作った。殆ど毎日病院から市場に出かけた。パリの外気もしんしんと冷え込むようになった。

生牡蠣のシーズンが到来した。海産物レストランの店頭には生牡蠣が山のようにつまれ、青い作業服を着た殻あけ専門の太った男が忙し気に動いていた。殆どの牡蠣が黒々としていた。磯にあがったばかりのようだった。夏のブルーマリン色の日よけのかわりにhomard（海老のような甲殻類）やFruitsdemer（海の幸）と白く書かれた赤いのれんが軒先に下げられたレストランもあった。軒先から、ガリッ、ガリッ、ガリッ、という音がきこえた。鍔付きナイフを刺し込み殻をはがす音だった。殻をはがれた牡蠣は大きな銀盆の上に盛りつけられた。別のレストランの店先の硝子ケースは実物のメニューが並んでいた。殻が丸く、身が赤っぽい〈ブロン〉、青味がかっている〈マレンヌ〉、殻が舟底のように深くて長い〈ポルテュゲーズ〉。

朋子はマダムの手料理の牡蠣を思い出した。手料理というのかしら。生の牡蠣にレモン汁をかけ、冷した白葡萄酒を飲みながら食べた……。去年の今頃だった。母はまだパリに来ていなかった。来ていたかしら。

〈肉類や葡萄酒で肝臓を悪くするフランス人が増えているから、牡蠣を食べるフランス人も増えた〉とあの時マダムは言っていた。パリの秋はこのように美味しい物が山のようにいっぱいなのに、母は流動食さえ受けつけなくなってしまった……。朋子は牡蠣を四人分買った。勝久とはるみとマダムとキャロリーヌの分だった。自分の分は買わなかった。母だけ食べさせないのは忍びなかった。

市場を出た。朋子は歩きながら石の階段に腰をかけているアベックを何気なく見た。すると中年の男がすうっと近づき、青年の肩に仲むつまじく寄りそっている女の子の膝にいきなり鼠をポイと投げた。女の子は、悲鳴をあげ青年に抱きついた。周りにいた老若男女が思い思いに大笑いをした。やがてアベックの男も笑い、当の女の子も笑いだした。ゴム製の鼠だった。マダムにいつか聞かされた〈鼠男〉だった。〈鼠男〉も腹を抱えて笑っている。私はいつ笑えるのかしらと朋子は思った。

並木の葉っぱの周りから内側へだんだん茶色く色づき秋を告げた。セーヌ河のほとりの並木は川風を受けるせいか別の場所の並木より幾分早目に黄色くなった。

病院の構内に入った。横の石造りの病棟をみた。四角い病室の窓が行儀よく並んでいた。一つの窓にベゴニアやゼラニウムの鉢が飾られていた。どのような人が入院しているのかしら。朋子はぼんやり思った。緑色のカーテンは閉じていた。中庭を通った。かなり広かった。若い女性と看護婦がポプラの大木の下に佇みにこやかに話しあっていた。女性はセーターを着ていたが患者に違いなかった。柔らかそうなブロンドの髪を看護婦が時々優しく撫でた。母はもうこのような風景を永遠に失うのだわ。朋子は急いで通りすぎた。窓際に上品な老婦人が立っていた。豊かな白髪をふっくらと昔風に結い、胸に少女のように本を抱いていた。朋子が下を通りかかると、窓硝子をあけ朋子に微笑んだ。朋子も微笑み小さく会釈をした。中庭の黄葉を渡って吹く風が老婦人のほつれ髪を優しく撫でた。

母の病室に入った。勝久がいた。母は寝入っているようだった。

「気持ちよさそうに寝ているでしょう。道場は？」

「弟子に任せてあるよ、二、三時間」

朋子は母のベッドの脇の椅子に腰を下ろした。

「アパートに夕食、準備してあるから……今日はとりたての牡蠣よ」

「美味そうだな」

「……私、小学校一年生の時、勝久兄さんにアイスケーキ（キャンディ）食べたいとねだったの」

母の寝顔を見つめているうちに朋子は、急に昔の思い出話がしたくなった。

「そうだったかな」

勝久も母の顔を見ている。

「そしたら、二本買って来いって、お金を渡したの」

「よく覚えてないな」

「でも、アイスケーキ屋が遠かったの。真夏でしょう。帰ってきたら棒に少ししか残ってなかったの」

「そうか」

「勝久兄さん、おまえ、嘗めてきただろう、って、私、自分のも一回も嘗めなかったのに」

「そうか」

「楽しかったね」

勝久は頷いた。

「でもたった十何年前なのよ。遠い昔のようだけど」

母は目を閉じたまま、遠い沖縄の青い空を見ているんじゃないかしら。母は入院以来、沖縄に帰りたがっているようだった。しかし、顔に出さないように必死に堪えているようだった。

「……お袋が倒れたのは俺の結婚が失敗したからだよ」と勝久が言った。

「勝久兄さんのせいじゃないわ」

朋子は勝久の太い腕に手をおいた。「きっと良くなるわ……良くなって欲しい」

「さっき、医者が来たよ……とても危険な状態に向かっていると言っていた」

「……そう」

「注射も薬も体が受けつけないそうだ」

「……どうしてなのよ」

「だから、お袋自身が治しきれないそうだ」

母の病気が悪化しているのははるみの目にも明らかなようだった。はるみは確かに祖母の顔に死相を見たのか、祖母に近づくのを微かに怯えた。数日前、朋子は勝久にはるみを病院に連れて来ないように言った。数日前から母は誰が枕元に来たのか分からなかった。朋子は母が安心立命の境地になって欲しいと願った。あの世には母をとても愛した父もいるのに……。朋子は頭を振った。髪が目をおおった。

母が目を開けた。油のようなものが浮いている目だった。焦点が合わないようだった。だが、母の目には朋子たちが映っていた。

「お前たちだね……」

「そうよ、元気だしてね、お母さん」

「まだ、生きてるんだね」

「あたりまえよ。何いってるの」

朋子はシーツの上から母の腕に触れた。骨の形が判った。

「死に顔が苦しそうでも、病気のために皮膚が歪んでいると思っておくれよ」

「………」

「私は安らかにいくからね」

母は朋子の顔を見ていたが、ベッドの脇につっ立ったままの勝久が小さく頷いた。悲痛な顔だった。

「死ぬ前は昔のいろんなもんがぐるぐるかけ回るって言うだろ。私の目の中にもいろんなものが出たりへっこんだりしたよ。色つきでね、気味悪かったよ」

「楽しい出来事を思い浮かべるのよ、お母さん。そうしたら、楽しい夢をみるわ」

朋子は大声で泣きたかった。

「したんだよ、私も。夜中に目が醒めた時、あの窓が気味悪くなったから、あの窓から顔を出すのはサンタクロースのお爺さんだよと自分に言いきかせたんだけど……でも、そうしたら鬼のようなサンタクロースになってしまったんだよ」

「そんな時、どうして私を起こさなかったの。すぐ傍に寝ているのに」

「起こそうとしたんだよ。でも、声が出なかったんだよ、どうしても」

「どうして……」

「こんな小さいベッドから落ちかけただけでね……夢の中じゃ、とても高い崖から真逆様に落ちるんだよ。長い長い間、落ちるんだよ。岩だらけの崖から、きっと下も海じゃなく、岩だったんだね……夢じゃなかったかも知れないね……また眠くなった……もう死ぬんだね……」

勝久が不意に母の耳元にしゃがみ、言った。早口だった。

「俺も朋子も祐子もみんな立派に育っているんだ。何を迷う必要があるんだ」

朋子は驚いて顔をあげた。

「どうして迷っていると言うの。何も迷っていないわ、お母さんは」

「苦しそうじゃないか」

勝久は母を見つめたまま強く言った。

「おまえたちの父ちゃんの死に顔はとても綺麗だった、唇は微笑んで頬は赤味がさしていた、といつも言っていたじゃないか、お袋は」

勝久は立ちあがった。

「今、お母さんは闘っているのよ。歯をくいしばっているのよ」

朋子も立ちあがった。

「……お母さんは、とても幸せだったよ……」と母が言った。朋子はすぐ振り向いた。母は目を閉じている。口元は半開きのまま、ずっと動かなかった。

「お母さん」

朋子は母の耳に口を近づけ、呼んだ。返事はなかったが、寝息がきこえた。

「お医者さん、呼んで」

朋子は勝久を見上げた。勝久はかがみ、母の呼吸や顔色をみた。

「いつもと変わらないよ」

「違うわ。今まであんなに喋っていたのに」

朋子は立ちあがった。

「……眠たいだけだから……」

母がうわ言のように言った。朋子と勝久は目を見合わせた。二人はしばらく母を見つめていたが、ようやくベッドの脇の椅子に腰かけた。長い間黙った。母は今。起きているかも知れないと朋子は思った。母の心の中の葛藤は何なのだろう。何と闘っているのだろう。朋子は声をかけたかった。小さい声でも目を醒ます気がする。目を醒ますと母はまた恐ろしさに震えるような予感がする。

「……祐子に電話しようか」と朋子は言った。弱々しい声だった。勝久も弱々しく頷いた。朋子は立ちあがった。

「コインはあるか」

勝久がコインを差し出した。朋子は受けとった。

「もっと両替えして来ようか」

「大丈夫よ。引き出しにもあるから」

朋子は中庭に出た。珍しく青く澄んだ空だった。病院の庭を看護婦が駆けて行った。母の病棟の方向に看護婦は向かっていた。朋子は胸騒ぎがした。朋子も看護婦の後を駆けた。看護婦は母の病棟とは違う病棟に駆け込んだ。朋子は大きく息をついた。あの看護婦の顔は真剣だった。フランス人も亡くなる時には亡くなるのね。朋子は妙な感慨がわいた。

病院の正門の前の公衆電話ボックスに入った。このようなボックスは沖縄のように何処にでもあるという訳ではなかった。だが、このようなボックスから国際電話がかけられるというのは、朋子は今でも信じがたかった。ボックスの硝子面を滑るように何かが落ちた。ボックスの屋根にのっかっていたプラタナスの枯葉だった。硝子面の向こうの石畳道から若い女性が近づいてきた。朋子は目をみはった。祐子にとてもよく似ていた。朋子はボックスの扉をあけた。女性はすぐ石壁の角に消えた。祐子じゃなかったわ……あの人は西洋人だったのよ。朋子は思いなおし、手帳を見ながらダイヤルを回した。四、五回の呼び出し音が鳴った。祐子が出た。声が少し遠かったが、声質は鮮やかだった。

「朋子、元気?」

「元気よ。祐子は?」

「元気よ。みんな元気?」

「……お母さんが倒れたの。血圧で」

「……ひどいの?」

「医者が覚悟しておきなさいって」

「どうして……あんなに元気だったのに」

「……」

「いつなの?」

「もう、一カ月ぐらい」

「……ずっと危篤?」

「ううん、時々は回復の兆しもみえたけど……」

「今、危篤状態なの」

「うん」

「朋子、大変でしょう。私、飛んで行こうか」

「いいのよ。私と勝久兄さんで看取るから……」

「もう駄目なのね」

「覚悟していてね」

「どうして……どうして、そんな……何もしないのに。お母さんは何か悪いことをしたの？」

「落ち着いてね、祐子。潔さんにも話して。少しは気が安らぐと思うから。もう、コインがないから電話きるね。九死に一生を得るという諺もあるから、ね」

「うん、大丈夫よ、朋ちゃんも体、気をつけてね」

「うん、祐子もね」

公衆電話ボックスを出た。ふと斜め向かいの街角に焼栗屋を見つけた。匂いが朋子の口元に流れてきた。朋子はふらふらと焼栗屋に近づいた。不思議と不謹慎だという気はしなかった。三角袋の中の熱い焼栗を唇や舌をしきりに動かし、しきりに息をふきかけながら食べた。食べながら病院に戻った。


〈美猫コンテスト〉で〈世界で最も美しい猫〉に選ばれた猫の披露がコンチネンタル・ホテルで催され、パリが華やいだ日の午後、母は亡くなった。何日か前にはブローニュの森のほとり、オートイユ公園、メトロで菊の展示会、郊外のソー公園でダリアの展示会が開かれた。パリ中が華やかだった。しかし間違いなく天の摂理は長く暗い冬に向かっていた。

今日も秋の雨が降っていた。寒々とした午後だった。朋子とはるみは道場に向かう勝久の乗用車に乗った。途中のＪＴＢに降ろしてもらうつもりだった。日本までの航空券を買うために。

「何十年もしぶとく生きてきたのに、たった三、四週間で死んでしまった。人間の運命って馬鹿げていると思わないか、朋子」と勝久がハンドルを片手で握ったまま、言った。

「馬鹿げては……優しくて、気丈夫で、子供たちの頼みを何でも聞いてくれたお母さんだったけど、死なないでって一生懸命たのんだのに、聞いてくれなかったのね」

「……」

「みんな居なくなってしまったね。……お母さんも早知子さんも、小暮さんも伊藤さんも……たった四人いなくなっただけで、世界中の半分の人が居なくなった感じ……」

早知子の名が出た時、はるみは顔をあげ朋子を見た。まだ朋子を見つめている。朋子は微笑んでみせた。

「はるみ、沖縄に行っている間、小鳥のミスカーはどうするの？」

「キャロリーヌが世話してくれるって」

「ほんと、よかったね」

パリの紅葉の寿命はあっという間だった。十月末だというのに、街路樹のプラタナスやマロニエはすっかり枯木に変わっていた。丸坊主の枝もあった。黒っぽい冬枯れの枝からしきりに雨の滴が落ちた。

雨は大降りではないが降り続けた。乗用車は雨の飛沫を舗道の街路樹に跳ね上げながら進んだ。売春婦がいた。中年の女が素足にピンクのサンダルをつっかけ木の幹に寄り添うように立っていた。冷たげに濡れているピンクのサンダルが、傘で隠したりする細い顔よりも、朋子の目に焼きついた。朋子は売春婦を振り向けなかった。自分の運命にもどこかで重なるような気がした。

「お母さん、私ぐらいの年の頃、石運びの仕事もしたって」と朋子が言った。「それが終わったら、機を織ったのよ。お爺さんもお婆さんも早死したでしょう、だから、お母さん、勉強したり遊んだりできなかったのよ」

「……」

「私たち、お母さんが生きていると思って一生懸命に生きなくちゃいけないと思うの」

「今日のパリの街はとても静かだ。相変わらずラッシュだが……」

勝久はワイパーが動くフロントガラスのずっと先を見ている。

「お母さんにもっと優しくしてあげればよかったね」

「花の都パリで死ねたから……」

「一、二カ月で祐子姉さんの所に帰っていたら……違っていたかしら」

「運命だよ。何処にいても死ぬ運命の時は死ぬ」

淋しく暗い灰色の空は低く垂れ込め淋しい雨はいつまでも降り続いている。レインコートで身を包んだ人も傘を深くさした人も寡黙だった。だが、朋子は黙りたくなかった。

「私がパリで生きていくのを、お母さんがずっと見守ってくれるような気がするの」

「沖縄の人はパリには合わない、と時々だが、思うよ」

「合うよ。勝久兄さんは成功しているし……きっと私も成功するわ」

「……」

「青春時代をパリで送るのよ。何ものにも変えがたい気がするのよ」

「朋子はまたパリに来るのか」

「お母さんがパリで亡くなったから、ここにいるような気がするのよ。納骨が済んだらすぐ戻るわ」

「……」

「お母さん。あんな遠い外国で死んでしまったのね、といつも私、嘆き悲しむと思うの。沖縄にいたら」

「……」

「マダムが、お葬式の準備をやりかけたけど、カトリックの形式だったし、何より、私、沖縄に遺骨を持って帰りたかったの。だから、勝久兄さんに何も相談せずに、火葬だけをお願いしたの」

「祐子が葬式の準備は済んでいると言っていたから、後は俺たちが帰るだけか」

「マダムの大きなブルーの瞳から涙が溢れていたよ。〈もう、沖縄のマダムのお話は二度と訊けないんですね〉って。私は無理に微笑んだけど、涙がにじんで大声で泣き出したくなったの」

今朝、歯を磨いた時、歯ブラシを握った手が小刻みに震え、力が入らなかった。洗面所の水もいつもと同じ水なのだが、どこかが違っていた。朝、目覚めた時は、ほんの一瞬、母が生きているような気がした。悲しみは次第に実感になった。乗用車の窓から、いつもの石造りの街の風景が去っていく。月日が去って、朝が来て、夜が来て――。

勝久は八区のＪＴＢの前で乗用車を停めた。

「ここでいいか」

「うん」

朋子とはるみは降りた。朋子は運転席の窓に寄った。

「早知子さんの家にも行く？　沖縄の」

「自然だろう」

「どう言うの？」

「早知子はパリの家の留守番をしている……」

「そうね。離婚した訳じゃないもんね。早知子さんのお父さん、病気だから、心配かけないようにね」

朋子は切符を買った。とうとう沖縄に帰るのね……。腰がぬけるような気がした。シートに座った。はるみは旅行社の中を歩き回ったり、カウンターの中を覗き込んだりしている。朋子はふと、あのセーヌ河遊覧船乗り場の待合室を思い浮かべた。あそこのベンチに座っていた孤独なお年寄りたちは母よりもずっと不幸なのよ。朋子は自分に言いきかせた。朋子はショルダーバッグを開け、潔からの手紙を取り出した。潔の手紙は六日前に届いた。母の火葬を済ませた翌日だった。

朋子さん、お元気ですか。お元気でなければいけませんよ。お母さんが亡くなっても、〈もし、母が生きていたら〉とか、〈なぜ死んでしまったのか〉などとは瞬間たりとも考えてはいけないのです。死んだという厳粛な事実をじっくりと受け入れるのですよ。〈一日ただの二ページしか書かない作家も長い一生の終わりには、才能の上ではなく量の上で、バルザックやヴォルテールの作品に匹敵する〉とアンドレ・モロアは言っています。草刈る人は決して野の果てを見ません。朋子さんもお母さんが亡くなると、人生がとてもとても短いものに感じるでしょう。そして何を見ても、聞いても、やってもはかないと感じるでしょう。先を見てはいけません。一日だけを見つめなさい。一日だけを充実して生きなさい。決して野の果ての草を見てはいけないのですよ。私はヨーロッパ遊行の際、飛行機に乗った時、窓から雲海を眺め、海原を眺め、連峰を眺めて十数時間を充分に楽しみました。さて、例えばですが、今の朋子さんは、ベルトを締めたまま、いつ落ちるかと憂鬱に塞ぎ込んでいるようなものです。人生は飛行機に乗っているのです。私と朋子さんのどちらが賢明か、朋子さんはもう察したでしょう。私は今、朋子さんが気が滅入り、運命を呪い、毎晩、眠れないという事実を認識しています。しかし、世の中には親を亡くした子供というのは星の数ほどいるのに、その中で自分だけが親を亡くしたと思うのは虫がよすぎやしませんか。（斯くいう私の両親は既にあの世です）悩みというものは物事の一面の一面のみを見、一面のみに囚われているから生じます。一面がマイナスならば必ず他面にプラスがあります。ところで朋子さんは空気に感謝していますか。数分間、空気がなくなったら、朋子さんも死んでしまうでしょう。〈いえ、死んでもいい、母も死んじゃったんだから〉と朋子さんは言うかも知れない。しかし、自然（神といってもいいし、仏でもいい）は朋子さんを生かそうとしているんですよ。そうでしょう。そうでなければ、どうして綺麗な空気が朋子さんの周りに満ち、明るい太陽が朋子さんの頭の上に輝き、澄んだ水が朋子さんの足元に流れますか。一切のものに感謝しなさいと私は言いたいのですよ。母上だけに感謝してはいけません。私の今の場合に例えると、モンブラン万年筆（祐子が結婚祝いに買ってくれた物）、白い封筒、薄い青い罫線の入った便箋、花の図柄の切手、それから、頭脳に感謝してますよ。遠いフランスに居る朋子さんに助言ができるんですから。いいですね、とにかく感謝できるものを探すのです。いや、何もかもに感謝するのです。朋子さんが恋に焦がれた時、もしくは嫉妬に燃えた時を無理矢理に思い起こしてごらんなさい。すれば、朋子さんは人生に押し潰されないでしょう。出来たら朋子さんが夢中になる作品を私が書き、送りたいのですが、もう時間もありません。とにかく今は過去に夢中になった出来事、事件を懸命に思い起こすのです。いや、過去じゃなくてもいい。未来でもいい、未来の方がいい。朋子さんは今こそ世界をまたにかける翻訳の夢を実現させなければなりません。どうしても上にのぼりたいという、熱意が梯子を思いつかせ、階段を作り上げたのです。朋子さんはお若いから今までは人生の傍観者でいたかも知れない。しかし、これからはお母さんの死を無駄にせずに、人生の彫刻家になって欲しいと私は思うのです。

追伸……お母さんに同封の写真を見せて下さい。心が安らかになれるでしょう。祐子と僕の写真です。

朋子は涙がにじんだ。勇気が出るような気がした。この手紙の消印は母が死ぬ十日前だったが、てっきり母は死んだという文意だった。朋子は潔の人柄を思い、小さく微笑んだ。

外に出た。石畳道の一つ一つが雨に濡れ、微妙に光っていた。何十年、何百年もの雨を吸い込んだ丸っぽい石だった。レインコートを着た老婦人とすれちがった。朋子は以前はパリの通行人が無表情だから、逆に心がほっとしたが、今は、無性に、誰からも関心をもたれたかった。

「ママ、淋しくないかなあ」

はるみが赤い小さい傘を傾け、朋子を見上げた。

「どうして?」

朋子は優しくはるみを見た。

「だって、みんな沖縄に行くのに、ママ、一人ぼっちだから」

「大丈夫よ。ママは今ね、とても楽しいのよ。心配いらないのよ」

「でも……」

「はるみも、もう少し大きくなったら分かるから、ね」

「……うん」

早知子さんはパリに居る筈だわ。広くもないパリなのに、早知子さんは母が死んでも変わりなく暮らしているのね。朋子ははるみを見ながら思った。

「はるみ、沖縄に着いたら、また、海で泳いでいい？」

「いいよ」

「朋子おばさんも一緒に？」

「そうね。おばあちゃんのお葬式があるし……十一月でしょう。沖縄も寒くて泳げないのよ」

「……でも、海つれてってね」

「うん、行こうね」

果物屋の前を通った。朋子は葡萄が食べたくなり買った。実は形よくしまり、両手に受けた一房はちょっとびっくりするぐらいに重かった。色は濃く、それでいて透き通っているようだった。朋子とはるみは一粒一粒食べながら歩いた。

「おばあちゃんが入るお墓は昔、琉球の王様が住んでいたお城のすぐ下にあるのよ」

「シュノンソー城よりも大きいの？」

「ううん、お城といっても、石垣が少し残っているだけよ。あとは木や草が覆っているのよ」

「どうしてお城って分かるの？」

「そうね、偉い先生が調べたのよ。沖縄に着いたら登ってみようか」

「うん、はるみ、登りたい」

セーヌ河畔に出た。河は雨に煙り、近くも霞んでいた。朋子は河を見つめながら歩いた。岸辺に恋人たちや孤独な老人が佇んでいた。セーヌの水はゆっくり流れている。恋が流れ、死が流れ、時が流れ……。パリを生み、パリを育て、パリを見守り……。そうそう、セーヌ河と船を型どったパリの紋章。紋章に記された言葉、「たゆたえども、沈まず」

人が生きようが死のうが、おまえは頓着せずに流れているのね。朋子は胸のうちで呟いた。それでいいのよ。パリを生んだ時にあなたの務めは終わったのね。そして、あなたは自分の息子や娘をみせびらかすように言うのね。

「サ・セ・パリ」（これがパリさ）と。

朋子とはるみはミラボー橋を渡った。母がパリに来て間もない頃、私と母とはるみはこの橋を渡った。朋子は立ち止まり。下を流れるセーヌ河を覗き込んだ。朋子は記憶を繰り寄せた。去年の今頃……いえ万聖節から三週間ぐらい後だった。私はこの橋の上で、はるみに向かって訊いた。そうそう。アポリネール。

「はるみ、アポリネールのミラボー橋、知っている？」

「うん」

「暗唱できる？」

「うん」

はるみは少し恥ずかし気に、しかし自信たっぷりに暗唱した。淀みがなかった。ほんとに流れるようなフランス語だった。

手と手をつなぎ
顔と顔を向け合おう
こうしていると
われらの腕の橋の下を

無窮のまなざしの
疲れた時が流れる
日も暮れよ　鐘も鳴れ
月日は流れ　私は残る

流れるように
恋も死んでいく
いのちばかりが長く
希望ばかりが大きい
日も暮れよ　鐘も鳴れ
月日は流れ　私は残る

又吉栄喜小説コレクション1　巻末解説

人と人／文化と文化を織り上げる〈語り〉の世界

与那覇恵子（東洋英和女学院大学名誉教授）

はじめに

『日も暮れよ鐘も鳴れ』のタイトルはギョーム・アポリネールの詩「ミラボー橋」（一九一二年発表）の一節から採られている。「ミラボー橋」は、マリー・ローランサンとの恋と別れを謳った詩として名高い。冒頭や文中、そして最後にも詩句が引用されている。「花の都」「恋の街」パリを舞台とした本書は、そんな〈恋〉を背景とした小説と見做すことができるだろう。しかし、この作品で描かれるのは甘い恋の物語ではない。ミラボー橋の下を流れるセーヌ川が「流れるように／恋も死んでいく」。戦争や苦い経験を経た大人の入り組んだ不可解な恋愛心理と、未だ恋の何たるかに惑う少女の揺れる心理をモザイク状に織り上げた、まさに「いのちばかりが長く／希望ばかりが大きい」恋物語なのである。そこでは沖縄人、日本人、フランス人など、多様な歴史を負った世代の異なる人々が登場し「自分」を語る。登場人物たちの語る物語には、それぞれの人生観や哲学、思想、現在の立ち位置が映し出されており、恋と人生模様が展開されている。

中心となる人物「語り手」は十九歳の仲田朋子。生や性に揺れ動く少女の感性を持つ一方で、周りを観察する視る者であり話を聞く者でもある。そして彼女は、他者の語りに反応し「私は男の人を愛せるかしら」「戯れに恋をしたのかしら」「私はほんとに恋の体験はないのかしら」と自問する。その問いは読者にも向けられている。つまり読者との対話を求めているかのような表現方法が、この小説の最大の魅力といえるのである。

小説の現在時は一九八三年から八四年。朋子は沖縄の高校を卒業した八三年四月に渡仏。既に七年間をパリで過ごしている兄・勝久とその妻・早知子、娘のはるみが住むパリのアパートに居候しながら通訳、翻訳者を目指し学校に通っている。十一月には朋子を追うように母・志津も訪れ、一緒に暮らすようになった。新年には姉・祐子と夫・仲松潔も旅行で訪れる。だが、その年の十月末に母は急逝する。二年近いパリ生活で朋子は、文化背景の異なる様々な人々と出会いつつ沖縄の家族の新たな顔にも出会う。〈通訳者・翻訳者〉朋子を通して、二五〇〇年の歴史という多層な時間（記憶）の連なりがパリの中で並置され交差していく。

混淆する文化

この小説は恋愛小説を基調として多様な読みの可能性をはらませている。その一つは歴史・文化小説としての側面である。朋子は気晴らしに単独で、時には観光気分で友人や家族とパリの街を歩く。さらにパリ市民の一大イベントであるバカンスでノルマンディーに滞在する。街の通りの名や建物の由来、出会った人の話を通してパリ、フランス、さらにヨーロッパの歴史にも触れていく。アンリ四世、ジャンヌダルク、普仏戦争、ロシア革命、アウシュヴィッツ、ノルマンディー上陸作戦、アルジェリア戦争……、そこからは宗教問題、権力闘争、革命、亡命、戦争など、悲惨な殺戮の歴史が浮かび上がってくる。その歴史を背負って人々は生きているのである。

一方で文化都市パリについては、多くの芸術家や物語中の人物名によって言及されている。アベラールとエロイーズーの悲恋物語。通りの名として何度も登場するエミールゾラ。革命の英雄ヴィクトル・ユーゴー。さらにモンパルナスのカフェやモンマルトルの「洗濯船（ハリー・ラヴォワール）」に集い芸術談議や文学談議に花を咲かせた芸術家たちの面影も垣間見える。スペイン戦争に関わりパリにも滞在したアメリカの小説家ヘミングウェイ。乳母に預けられ寄宿舎に入れられ母に愛されずに育ったバルザック。恋と絵に夢中だった母に見捨てられ祖母に押しつけられアル中になったユトリロ。アポリネールとマリー・ローランサンの恋と破局。モジリアニとジャンヌ・エビュテルヌの同棲と死。ヴェルレーヌとランボーの保護者と被保護者というような奇妙な関係。これら歴史上の人物たちのイメージは『日も暮れよ鐘も鳴れ』の登場人物たち、例えば勝久と早知子、祐子と潔の夫婦関係に微妙な形で投影されている。

勝久はフランスで柔道を教える資格を取り、パリで柔道道場を開いている。ある意味で安定した生活だが、早知子は勝久の「匂い」が自身の身体になじまないという理由で新しい恋を求め、はるみを置いて家を出る。勝久は「あれはフランス人になった」と突き放す。潔は教師をしながら作家を目指しているが、彼の文学論は周りから嘲笑の的であった。詩作を試みていた祐子は、「彼には創作の才能はない」と考えつつも、まだ「開花」してないだけではとも思っている。潔に「〈この子は小説家以外なら、どのような仕事につけてもいい〉」と言われたというバルザックの習作時代のエピソードが重ね合わされている。三十歳を過ぎても「本物」の芸術について熱く語る潔には、モンマルトルで議論する未だ芸術家になりえていない若者たちの姿も投影されているのだろう。祐子は十一歳年上の既婚者であった潔と結婚し、仕事を辞め家事を担う「小説家の妻」となった。

伊藤と小暮はパリで挫折した者たちを象徴しているのだろう。伊藤は岡山の桃園の息子で映画監督を夢みて三年前にパリに来た。北支で戦った祖父のように「強くならなければ」と考えているが思うようにいっていない。「アルコールを飲むと人間らしい人間になる」とアルコールを飲みながら朋子に恋心を綴った手紙を書き、それを投函してアメリカに渡った。小暮は母が男と逃げた後、父は病死。妹と親戚に引き取られたが、妹は中学卒業後アメリカ兵のオンリーになったという。三十四歳の小暮は労働許可証を取得できず「もぐりの通訳」の収入と、金持ちと再婚した母の送金で何とか暮らしている。フランス娘パスカレットと屋根裏部屋で同棲しているが、関係はうまくいっていない。アポリネールやユトリロの人生が透けて見える二人である。

女たちの人生

歴史上の人物たちと作中人物を重ね合わせて読むのも本書の楽しみの一つだが、女の身体性への言及やジェンダーの視点、さらに世代の異なる女性たちを通して〈女の一生〉が語られる点も興味深い。

女の身体性については、性体験のない者と結婚し出産経験のある者に大別できる。前者はフランスの小学校で一年生であるはるみ、小学校高学年で第二次性徴期を迎えたらしいキャロリーヌ、そして朋子。胸のふくらみなど、彼女たちの微かな差異が描写される。後者の女性たちの体験は様々だ。小説内で語られているようにフランスでは「結婚する前に同棲」して相手との相性を確認することが行われているという。そのために「未婚の母も多い」。しかし「社会保障がしっかりしている」ので「子供がいても平気で離婚する」。さらに「強制売春」は禁止されているが個人の意志による売春の行為は認められ合法化されている。女性の身体も性欲動は起こるし、結婚していてもいなくても子供を産むことはありうる、と認識されているのだ。「性」に関する出来事を個人の「自由」と見做しながら、何か問題が起こった時にはその「自由」を援助するシステムも考えられているのである。

四十三歳のアパートの管理人アニー（マダム）は五人の女の子を産んでいるが、夫以外の男性との子も含まれている。暴力を振るう夫と別れ、一番下のキャロリーヌは手元に残し、四人は里親に預けた。結婚した四番目の娘ジネットは親にも夫にも依存しない意思を持つ。女性の「経済的な独立」を重視し「収入の少ない男性を選んだ責任は自分にある」と考えている。朋子のアルバイト先のクレールも未婚で子供を産み育てている。はるみにセーターを編んでくれた八十代の一人暮らしのダニエルお婆さんは、クリスマスイヴに独りひっそりと死んだ。遺骨の引き取り手もいない。彼女は孤独に死んだのか、それとも家族の絆に縛られずに生きたのか。その問いは、志津の死と表裏を成す。志津は三十七歳の時に受けた避妊手術の影響なのか異常に太り、はるみの失踪事件の心労から倒れ、パリの病院ではあったが家族に感謝され看取られながら六十歳間近で生涯を終えた。子供や夫に尽くしてきた人生だったともいえるが、遺骨は父のいる家族の墓に葬られることになった。

ダニエルお婆さんと志津の最後には、個人の生き方を尊重する文化と家族の絆を重視する文化の相違が読み取れる。それはバカンスの過ごし方にも表れている。「陽の射さない石造りの高層アパートに住む人間たち」が病気にならないために出かけるバカンスは、妻・夫や母・父という役割から「自分」を解放する期間でもある。多くの者は家族と共に過ごすが、夫や妻が家族と離れてひと時のアヴァンチュールを楽しむこともある。家族より自分の楽しみを優先するのを互いが認めてもいる。家族より〈個人〉を尊重した晩年の様相が、アパートや公園、街で見かける独りで佇む老人たちの姿なのだろう。一方、沖縄のバカンスと言えば死者も生者も集う清明祭（シーミー）ではないだろうか。その場所には家族、一族が集うのである。

小説ではどちらがいいとは語られていない。朋子を通して社会的・文化的影響のもとにあっても自分自身の体験に根差した妻や母という役割、個としての女を体現する年上の女性たちに注目させながら、選択できない朋子の揺れる心と逡巡をも同時に描く。未来の選択は朋子を含め、まだ何も語らないキャロリーヌやはるみ、そして読者に委ねられているのである。

〈語り〉の妙味

既に述べたように本書の読みどころは作中人物たちの個人語りと読者へ向けた語りの方法である。人は自分が体験してないことや実際には見ていないものも、言葉で紡がれることによって自分が体験したような、あるいは自分のイメージで物や人を出現させる空間を創り出すことができる。小説はその最たるものである。小説の前半で朋子と早知子を前にして勝久が語る早知子との行き違いのストーリーは、すべて仮想空間に存在するものである。とはいえ、早知子との間に思い描かれた会話や想起した身振りや表情は、早知子との関係性を強調しながら、朋子や読者にストーリーの解釈も迫っている。

また朋子は幼少の頃、勝久兄さんの語る沖縄戦で死んだ「〈旧盆の少女〉の寝物語」を聞いて、あたかも自分がその現場にいるような衝撃を受けた。この小説には小・中学生の頃の朋子の健一君への思いや勝久兄さんの「〈中城公園の話〉」など、過去の出来事や記憶を伝聞という形式ではなく想起し語る場面が多い。記憶は、他者の体験ばかりでなく自分の体験さえも自由にイメージを飛翔させ再構成されるものだが、この小説でさらに特徴的なのは、その場を幻視しているかのような朋子の視線と語りで表現されていることである。そこには聞いた話からでさえ、その場所にいたかのように感受するリアリティある身体が伴われる。それは人と人、異なる文化と文化を繋ぐ通訳・翻訳者としても象徴されている。しかし作者は、他者の体験を自分のことのようにイメージし共感する身体性は、すべての人間に備わっているとも語っている。朋子の母の沖縄戦の話を聞いたマダムの反応にそれはよく示されている。

互いの言語に精通していない志津とマダムは、朋子の通訳を通しお互いの立場を分かり合っている。朋子の通訳の仕方は独特だ。もちろん正確を期すためだろうが、朋子は母が話した沖縄戦と母の妹が体験した米兵との遭遇をフランス語に翻訳しながら物語のように纏め、それをマダムに語る。一九四五年クリスマスイブに闇を抱えたような米兵と遭遇した妹の話は一編の小説のようにマダムの心に響く。そしてマダムも「外国の占領軍に裸にされた」母たちの体験だと断りながら「冬だったのですよ。寒さは感じなかったけど、みんな一人残らず白い肌に赤味がさしていましたから」と、自身の体験のように語る。ここに描かれているのはマダムの母の話がマダムの身体に刻まれ、マダムの体験として甦っている〈言葉〉である。この語り（言葉）は、歴史の継承者としての表現ともいえる。

朋子の翻訳と通訳を介して志津とマダムは全く異なる戦争の話を、人間性を踏みにじる悲惨な出来事として認知し理解し合う。しかしいつしか朋子の介在なしで、二人は語り合っている。作者は、言葉だけでなく身体による理解の方法もさりげなく挿入しているが、どちらかと言うと〈言葉〉の喚起力に重点を置いているようである。それは勝久が幼いはるみにある状況や物事を理解させようとするとき語る「想像してごらん」という言葉に表れている。発せられた言葉から、その状況を想像、イメージするのである。物事を理解する上で想像力がいかに重要かが示されている。潔の「イメージは人間を変革する」「詩人は世界を変革する」という言葉は、作者から読者に向けられたメッセージとして読むことも可能だろう。

この小説では、会話ではない「手紙」もまた自分を、そして他人を解き明かすための物語であり語りとなっている。弱い自分を綴った伊藤から朋子への手紙。恋と性への憧れや怯えを悲恋の物語として記した朋子から伊藤への手紙。さらに情熱を失くしたような伊藤から朋子への手紙。勝久から離れ小暮に引き寄せられていった早知子の勝久への手紙。それぞれの手紙が自身と向き合った「自分自身」との対話の物語の産物であり、自分自身を翻訳した翻訳書といえる。その手紙（翻訳書）を受け取った者は、その内容を自身で解釈するしかない。それは一方的に他者に理解を委ねているともいえるが、そこには確かに「自由」と「自立」を志向してあがく「私」が残っている。

おわりに

この小説は、パリの街とその近郊の情景、四季の変容を表す靄や樹木の雰囲気も見事に捉えられている。パリに旅したことのある人は旅した人なりに、そうでない人も石畳道を歩いてカフェやマルシェ、公園、美術館を訪れている陽気な気分に浸ることができる。もちろん、アパートに来た「見知らぬ男」、地下鉄の中の物乞い、オートバイの盗難といった不安な気持ちにさせるパリの怖さも十分に堪能できる。さらに〈エコール・ド・パリ〉と呼ばれた詩人や小説家、画家、亡命家にも関心を持つようになるだろう。

又吉氏は一九八三年に実際にパリを訪問しており、小説中のパリの情景は、その時の体験が元になっているという。様々な資料や自身が撮った写真、記憶などを駆使して描いたのであろうが、当然のこと又吉氏が捉えたパリのイメージが生かされているのだろう。小説の舞台が又吉作品でお馴染みの沖縄や浦添をイメージさせる場所ではないパリに設定されたのは訪問した地であるという要件以上に、「自由」と「自立」を志向する人物たち、とくに女性を描くのに適していたからだと考えられる。小説の最後、パリで生きることを決意する朋子。「たゆたえども　沈まず」存在するパリは、未来の朋子の姿を示しているといえる。「月日は流れ」ても「私は残る」のである。

本書『日も暮れよ鐘も鳴れ』は、一九八四年十月二十五日から八五年七月十日まで琉球新報に連載された同名の小説を大幅に削除、改稿したものである。新聞連載では登場人物の戦争体験が多く載っていたが、ロタ島での戦争場面などは削除された。しかし、全編を貫く戦争のエピソードは、自由と自立を阻む影としてはっきりと描きこまれている。また伊是名島、那覇市、浦添市などの地名も架空の名称に変更されパリ中心になっているが、歴史の流れは沖縄とも重なっている。

初出

「日も暮れよ鐘も鳴れ」（琉球新報、1984年〜1985年）

引用

ギヨーム・アポリネール「ミラボー橋」（堀口大學訳）

本コレクション収録にあたり、初出から改稿しました。

又吉栄喜　年譜

西暦	年齢	できごと
1947	0歳	沖縄県中頭郡浦添村字城間出身。戦争中、各地に避難していた浦添出身者を一時的に収容した仲間のテント幕舎で7月15日に生まれる。父仁栄は警察官、母光子は幼稚園教諭。幼いころの「遊び場」は半径2キロメートル以内にあった浦添グスクや防空壕、ガマ、カーミージー（亀岩）、闘牛場など。これらを舞台にした作品がのちに描かれる。
1960	13歳	4月、仲西中学校に入学。バレーボール部に入部。（首里高校でも継続）。
1963	16歳	4月、首里高等学校に入学。
1966	19歳	3月、弟の努が病没。 4月、琉球大学法文学部史学科に入学。大学時代は、沖縄本島北部や離島に頻繁に旅行。
1970	23歳	3月、琉球大学を卒業。
1973	26歳	4月、浦添市役所に採用。以後、福祉事務所、文化課、市中央公民館、市民課、市立図書館、国際交流課、市美術館等に勤務する。 5月、肺結核を患い、琉球政府立金武療養所に入院（約1年間）。入院中、小説の習作を始める。
1975	28歳	11月、「海は蒼く」で第1回新沖縄文学賞佳作を受賞。「新沖縄文学」30号に掲載される。
1976	29歳	11月、「カーニバル闘牛大会」で第4回琉球新報短編小説賞を受賞。「琉球新報」に掲載される。

西暦	年齢	できごと
1978	31歳	1月、「ジョージが射殺した猪」で第8回九州芸術祭文学賞最優秀賞を受賞。 2月、同作品が『九州芸術祭文学賞作品集8号』と「文學界」に掲載される。同月、第13回沖縄タイムス芸術選賞奨励賞を受賞。 6月、「パラシュート兵のプレゼント」を「沖縄タイムス」に連載。 7月、「窓に黒い虫が」を「文學界」に発表。
1980	33歳	6月、「シェーカーを振る男」を「沖縄タイムス」に連載。 8月、「シェーカーを振る男」の原画展がクラフト国吉ギャラリーで開催される。 10月、「ギンネム屋敷」で第4回すばる文学賞を受賞。「すばる」12月号に掲載される。
1981	34歳	1月、『ギンネム屋敷』を集英社から刊行。 2月、演劇「ギンネム屋敷」沖縄公演。 4月、「拾骨」を「すばる」に発表。「憲兵闖入事件」を「沖縄公論」に発表。 8月、「アーチスト上等兵」を「すばる」に発表。 12月、「ジョージが射殺した猪」をロックバンド（コンディショングリーン）が上演。
1982	35歳	1月、「船上パーティー」を「すばる」に発表。 5月、演劇「ギンネム屋敷」京都、大阪、東京公演。 9月、知念栄子と結婚。 10月、「牛を見ないハーニー」を「青春と読書」に発表。 11月、「島袋君の闘牛」を「青い海」に発表。 12月、「爪」を「沖縄パシフィックプレス」に発表。

1983	36歳	2月、「潮干狩り」を「沖縄パシフィックプレス」に発表。 3月、「崖の上のハウス」を「すばる」に発表。「盗まれたタクシー」を「青い海」に発表。 「春の悪戯」を「沖縄パシフィックプレス」に発表。 5月、「闘牛場のハーニー」を「沖縄公論」に発表。 6月、「冬のオレンジ」を「沖縄パシフィックプレス」に発表。 8月、「経塚橋奇談」を「琉球新報」に発表。 10月、「大阪病」を「青い海」に発表。 12月、フランスのバルザック文学館、バルザック像（ロダン作）を見学。
1984	37歳	6月、父仁栄が病没。「告げ口」を「青い海」に発表。 10月、「日も暮れよ鐘も鳴れ」を「琉球新報」に連載。同月、「少年の闘牛」を「沖縄パシフィックプレス」に発表。
1985	38歳	8月、ロシア、レニングラードで「ドストエフスキーの肖像画」を見学。
1986	39歳	4月、「水棲動物」を「季刊おきなわ」に発表。同月、「軍用犬」を「沖縄タイムス」に連載。 10月、「訪問販売」を「新沖縄文学」秋季号に発表。
1988	41歳	1月、『パラシュート兵のプレゼント』を海風社より刊行。「白日」を「月刊カルチュア」に発表。 6月、「黒い赤ん坊」を「プレス沖縄」に発表。「青い女神」を「月刊カルチュア」に発表。 12月、「陳列」を「読売新聞」に発表。
1989	42歳	1月、オランダでアンネ（隠れ家）資料館を見学。 7月、「陳列」が『掌編小説集ｐａｒｔ２』（創思社出版）に収録される。 8月、「Ｘマスの夜の電話」を「すばる」に発表。

西暦	年齢	できごと
1990	43歳	1月、祖母ウタ没。 5〜6月、「尚郭威」を「琉球新報」に連載。 8月、「カーニバル闘牛大会」「ジョージが射殺した猪」が『沖縄文学全集』（国書刊行会）に収録される。
1991	44歳	4月、浦添市立図書館に異動。以降、1997年3月まで、資料担当主査・沖縄学研究室主査として勤務。
1993	46歳	9月、「カーニバル闘牛大会」が『沖縄短編小説集』（琉球新報社）に収録される。
1994	47歳	9月、「ジョージが射殺した猪」が『ふるさと文学館』第54巻（ぎょうせい）に収録される。
1995	48歳	10月、「豚の報い」を「文學界」に発表。
1996	49歳	1月、「豚の報い」で第114回芥川賞を受賞。 2月、第30回沖縄タイムス芸術選賞大賞を受賞。 3月、対談「土地の輝き、霊の力」（又吉栄喜・池澤夏樹）が「文學界」に収録され、小説「ボート釣り」を同雑誌に発表。 3月、『豚の報い』を文藝春秋から刊行。 6月、『木登り豚』をカルチュア出版から刊行。

1997	50歳	1月、「果報は海から」を「文學界」に発表。 4月、浦添市役所国際交流課に異動。 7月、エッセイ「豚の底力が『エッセイ'97 待ち遠しい春』（日本文藝家協会編）に収録される。エッセイ「インドの境界」が'97年版ベスト・エッセイ集『司馬サンの大阪弁』（日本エッセイスト・クラブ編）に収録される。 10月、「士族の集落」を「文學界」に発表。
1998	51歳	2月、『果報は海から』を文藝春秋から刊行。 3月、宮本亜門監督「BEAT」に出演。同月、崔洋一監督一行と沖縄の離島をロケハンティングに。 4月、浦添市美術館に異動。「果報は海から」が『文学1998』（日本文藝家協会編）に収録される。「見合い相手」を「うらそえ文芸」に発表。 6月、「亜熱帯の海」を「しんぶん赤旗」に連載。 7月、エッセイ「小説の風土」が『エッセイ'98 夜となく昼となく』（日本文藝家協会編）に収録される。 7月、崔洋一監督一行と浦添市、知念村を表敬訪問。浦添市民会館で映画「豚の報い」のオーディションの審査。 8月、『波の上のマリア』を角川書店から刊行（書き下ろし。宮本亜門監督作品映画「BEAT」の原作、2月〜3月、糸満市、那覇市、宜野湾市、勝連町、名護市辺野古など県内各地でロケが行われた。映画公開は9月。） 9月、浦添市美術館で「豚の報い」制作発表会。崔洋一監督一行とロケ現場の浦添市、久高島に。

西暦	年齢	できごと
1999	52歳	2月、文庫版『豚の報い』を文藝春秋から刊行。映画「豚の報い」完成試写会。「土地泥棒」を「群像」に発表。太宰治文学館を見学。 3月、浦添市役所を退職。 5月、シルクロードのトルファンで「西遊記」の舞台を見学。 7月、崔洋一監督作品映画「豚の報い」公開（清明祭のシーンに出演）。 8月、「二千人の救助者」を「毎日新聞」に発表。 9月、「運転」を「中日新聞」に発表。
2000	53歳	1月、「ガニ（蟹）オバー」を「明日の友」に発表。 6月、『海の微睡み』を光文社から刊行（書き下ろし）。『陸蟹たちの行進』を新潮社から刊行。 7月、エッセイ「老女ウメー」が『エッセイ2000歌のいろいろ』（日本文藝家協会編）と'00年版ベスト・エッセイ集『日本語のこころ』（日本エッセイスト・クラブ編）に収録される。エッセイ「名護湾／現在の名護から、私の原風景と重なるものを探し」を「青春と読書」に発表。 12月、「ギンネム屋敷」をかながわ舞台芸術工房（ASK）が公演（演出・加藤直）。「果報は海から」（英訳）が『SOUTHERN EXPOSURE』に収録される。同月、森鷗外記念館、正岡子規記念館、坊ちゃん電車を見学。

2001	54歳	3月、「巡査の首」のイメージ形成のために講談社の編集者と与那国島に飛ぶが着陸できず断念。 4月、サウジアラビアの歴史資料館見学。 5月、文芸評論家の与那覇恵子氏、4人のドイツ人文学研究者と文学論を語り合った。 7月、上江洲書店文化講演会で講演。読売新聞記者を「豚の報い」の舞台の浦添市、久高島に案内。 6月、エッセイ「マングース売り」が『ベストエッセイ集2001年度版　新茶とアカシア』（日本文藝家協会編）に収録される。「落し子」を「すばる」に発表。 9月、「ギンネム屋敷」をうらそえ演劇ワークショップが公演（演出・加藤直）。 12月、エッセイ「インドの境界」が小学校統一学力テストに出題される。同月、ベトナム戦争資料館を見学。
2002	55歳	2月、「案内人」を「明日の友」に発表。エッセイ「時のかたち」を「朝日新聞」に連載。 3月、漢詩ゆかりの中国・黄鶴楼に登る。 5月、「ヤシ蟹酒」を「うらそえ文芸」に発表。 6月、『人骨展示館』を文藝春秋から刊行。エッセイ「基地と海綿―復帰三〇年の沖縄」を「世界」に発表。「i feel：読書風景」に「緑色のバトン」を発表。 9月、「巡査の首」を「群像」に発表。同月、旧満州の映画資料館で「李香蘭」を見学。同月、すばる文学賞（集英社）選考会。 12月、エッセイ「満州と軍歌」を「すばる」に発表。

西暦	年齢	できごと
2003	56歳	1月、宮沢賢治文学館を見学。 2月、『鯨岩』を光文社から刊行。 3月、「『巡査の首』のモデル」を雑誌「本」に発表。エッセイ「寒緋桜」を「文藝春秋」に発表。 4月、東京新聞記者を「豚の報い」の舞台浦添市と久高島に案内。 5月、鼎談「沖縄文学の現在と課題―独自性を求めて」（又吉栄喜・新城郁夫・星雅彦）が「うらそえ文芸」に収録される。 7月、インド・ブッダガヤの釈迦悟りの菩提樹を見学（後に「仏陀の小石」の舞台に）。 8月、「士族の集落」が舞台公演（照屋京子氏演出）。 9月、「野草採り上」を「明日の友」に発表。 10月、エッセイ「遊びの中の方言」を城間字誌第3巻『城間の方言』に発表。 11月、エッセイ「ガジュマルと菩提樹」を「沖縄タイムス」に、エッセイ「シュガートレイン」を「日本経済新聞」に発表。 12月、「野草採り中」を「明日の友」に発表。
2004	57歳	1月、エッセイ「言葉を生きる」を「読売新聞」に連載。 3月、エッセイ「雑草の花」を「沖縄タイムス」に発表。「野草採り下」を「明日の友」に発表。「窯の絵」を「一枚の繪」に発表。 4月、「アブ殺人事件」を「すばる」に発表。「コイン」を「野生時代」に発表。 5月、エッセイ「砂糖黍と旧正」を「うらそえ文芸」に発表。 9月、「宝箱」を「世界」に発表。 12月、コラム「賞味期限切れ　サンマ」を「群像」に発表。

2005	58歳	3月、「村長と娘」を「文化の窓」(沖縄市文化協会)に発表。 5月、エッセイ「海の家」を「うらそえ文芸」に発表。 7月、エッセイ「夏の釣り」を「ラメール」(海と船の雑誌)に発表。 8月、『鯨岩』を光文社から刊行。 10月、南新物産文化講演会で講演。 11月、フランス文学研究者パトリック氏の取材を受ける。
2006	59歳	5月、エッセイ「処女作の舞台」を「うらそえ文芸」に発表。 7月、「海浜の風景 第2話 ケミボタル」を「ラメール」に発表。 9月、「海浜の風景 第3話 塩煮」を「ラメール」に発表。 11月、「海浜の風景 第4話 毒草」を「ラメール」に発表。『人骨展示館』がフランス語で翻訳出版される。
2007	60歳	1月、エッセイ「海浜の風景 第5話 一文字」を「ラメール」に発表。エッセイ「(空)手」が『手をめぐる四百字』に収録される。 2月、エッセイ「遊び場と自作」を「すばる」に発表。 3月、エッセイ「海浜の風景 第6話 正月の釣り」を「ラメール」に発表。『夏休みの狩りを光文社から刊行。 4月、エッセイ「月遅れ号」を雑誌「本の旅人」に発表。エッセイ「マーンカイガ」が『私が好きなお国ことば』(小学館)に収録される。 5月、エッセイ「ムーチーガーサ」を「うらそえ文芸」に発表。エッセイ「ギンネムと珊瑚礁」を「新刊展望」に発表。 6月、エッセイ「消えた海岸」が『ベストエッセイ2007 老いたるいたち』に収録される。 8月、「ターナーの耳」を「すばる」に発表。 12月、文藝春秋の記者をようどれ等「私の原風景」に案内。

西暦	年齢	できごと
2008	61歳	2月、記事「わが街・私の味（62）那覇・浦添」を「文藝春秋」に発表。『呼び寄せる島』を光文社から刊行。 3月、仲西中学校60周年の録画、撮影、サイン等を受ける。 4月、エッセイ「消えた集落」を「新刊ニュース」に発表。「ターナーの耳」が「文学二〇〇八」（日本文芸協会）に収録される。同月、琉球大学入試課のインタビューを受ける。 5月、エッセイ「英祖王の巨像」を「うらそえ文芸」に発表。 11月、「司会業」（第1回）を「明日の友」に発表。同月、琉球新報記者と石川闘牛場に。インタビューを受ける。『豚の報い』がイタリア語で翻訳出版される。
2009	62歳	1月、「司会業」（第2回）を「明日の友」に発表。 2月、「テント集落奇譚」を「文學界」に発表。 3月、「司会業」（第3回）を「明日の友」に発表。 5月、琉球大学アメリカ文学学会で講演。同月、エッセイ「薩摩芋」を「うらそえ文芸」に発表。 7月、NHK（東京）番組に出演。 9月、「凧の御言」を「すばる」に発表。 10月、エッセイ「ふたつの灯り」を「かまくら春秋」に発表。 11月、「コイン」が『ひと粒の宇宙』に収録される。 12月、「夜の海」を「潮」に発表。
2010	63歳	5月、エッセイ「競い合い」を「うらそえ文芸」に発表。 11月、エッセイ「三十年前、コーヒー屋を開くといった先輩への手紙」が『作家の手紙』に収録される。

2011	64歳	1月、エッセイ「新春エッセイ丘」を「すばる」に発表。 5月、エッセイ「砂浜の宝」を「うらそえ文芸」に発表。
2012	65歳	3月、「サンニンの苔」を「文化の窓」に発表。 5月、エッセイ「火」を「うらそえ文芸」に発表。 7月、沖縄県立芸術大学で文学の講演。琉球大学ワークショップで講演。同月、エッセイ「私の黎明の王」を「本郷」に発表。 8月、ドイツ人文学者オリバー氏の取材をうける。 12月、エッセイ「冒険物」を「詩とファンタジー」に発表。
2013	66歳	2月、エッセイ「思い出　浦添グスク・浦添ようどれ・為朝岩」を「うらそえよりみち帖」に発表。エッセイ「広大な集落」を「文學界」に発表。 4月、九州文化協会「文学カフェ」で角田光代氏と対談。同月、エッセイ「嵐が丘」を「星座―歌とことば」に発表。 5月、那覇文芸講演会で講演。同月、エッセイ「映画のリアリティー」を「うらそえ文芸」に発表。 8月、ドイツ人文学者オリバー氏のインタビューを受ける。同月、韓国の文学者郭氏と対談。 9月、「招魂登山」を「すばる」に発表。
2014	67歳	3月、「猫太郎と犬次郎」を「江古田文学」に、「松明綱引き」を「文學界」に発表。 5月、名桜大学文化講演会で講演。 6月、エッセイ「処女作」を「うらそえ文芸」に発表。 10月、韓国チェジュ大学で「沖縄文学」を講演。『ギンネム屋敷』が韓国語で翻訳出版される。

西暦	年齢	できごと
2015	68歳	1月、琉球大学でソウル大学教授・学生に「沖縄文学」を講演。 2月、「文学カフェ鹿児島」「文学カフェ熊本」で中江有里氏（女優・小説家）と対談。2月、初のエッセー集『時空超えた沖縄』を燦葉出版から刊行。 3月、鹿児島で公開小説選考会。同月、「へんしんの術」を「詩とファンタジー」に発表。 4月、琉球放送ラジオに出演。ジュンク堂で講話とサイン会。東京新聞記者を「原風景」の浦添グスク、カーミージー等に案内。うらそえ文芸講演会で講演。「松明綱引き」が「文学二〇一五」（日本文芸協会）に収録される。 5月、那覇文芸講演会で「エッセイの書き方」を講演。エッセイ「沖縄戦　極限状況を追体験する」を「週刊文春」に発表。エッセイ「韓国語版ギンネム屋敷」を「うらそえ文芸」に発表。 6月、琉球新報記者が「原風景」のようどれ、カーミージー等を取材。日本経済新聞記者が「原風景」を取材。 7月、韓国の文学者・郭氏他数人を「原風景」に案内。 8月、「冥婚」を「すばる」に発表。 11月、エッセイ「戦死者の声」を「神奈川大学評論」に発表。 12月、「慰霊の日記念マラソン」を「越境広場」に発表。「憲兵闖入事件」が韓国語で翻訳出版される。
2016	69歳	1月、退職女性校長会で講演。同月、「エッセイへの誘い」を講演、「那覇文芸　あやもどろ」に収録される。 4月、エッセイ「ゆうな」を「星座―歌とことば」に発表。「努の歌声」を「季刊文科」に発表。 9月、エッセイ「小説が語る後世への伝言」が『団塊世代からの伝言』に収録される。「カーニバル闘牛大会」が韓国語で翻訳出版される。

2017	70歳	1月、韓国人学者・大学生15人を「原風景」の浦添グスク、カーミージー等に案内。 4月、琉球新報で「仏陀の小石」が連載スタート。『ジョージが射殺した猪』が韓国語で翻訳出版される。 7月、九州文化協会スタッフを「原風景」に案内。同月、韓国の研究者郭氏、高氏ら数人を「原風景」に案内。 9月、日本ペンクラブ大会主催者と沖縄県庁で記者会見。 9月9日、「文学カフェ」（浦添市てだこホール）で講演。 9月30日、浦添市立図書館に又吉栄喜文庫が開設される。
2018	71歳	1月、九州芸術祭文学賞選考会（東京）。 2月、沖縄県知事訪問（日本ペンクラブ一行と）。 3月、南日本文学賞選考会（鹿児島県）。母光子死去。 4月、沖縄国際大学で文学講演。 5月、北京大学で「私の小説」を講演。日本ペンクラブ「平和の日の集い」シンポで発言。中国の文学研究者・関氏を「原風景」に案内。 6月、宮森小学校米軍ジェット機墜落事故慰霊祭に参列。 8月、浦添市立図書館「又吉栄喜文庫」担当者三人が「原風景」を取材。 9月、那覇市の船員会館で韓国の文学研究者十数人に文学講演。 10月、YA文芸賞（浦添市立図書館主催）選考会。 11月、「原風景」が沖縄テレビで放映。NHK「日本人のお名前」の撮影が自宅で。後日全国放映。新沖縄文学賞選考会。 12月、琉球新報短編小説賞選考会（東京）。

西暦	年齢	できごと
2019	72歳	2月、琉球新報、沖縄タイムス、南日本新聞から「県民投票」インタビューを受ける。琉球大学で郭氏他数人の韓国人文学研究者に文学講演。 3月、『仏陀の小石』をコールサック社から刊行。 5月、琉球放送ラジオ出演。浦添市立図書館で文学講演。ジュンク堂で『仏陀の小石』のサイン会、佐藤モニカ氏と対談。 6月、短編小説集『ジョージが射殺した猪』を燦葉出版社から刊行。 8月、琉球放送ラジオ出演。ジュンク堂で文学講演。 10月、フランス人映画監督ジェルバール氏のインタビューを受ける。 11月 ジェルバール氏が「私の原風景」を取材、撮影。上江洲書店主催「私の原風景を歩く」で二十数人を案内。 12月、城間寿大学で文学講演。
2020	73歳	2月、金在湧氏他数人の韓国文学研究者と那覇市で文学談義。沖縄の文学研究者一行と渡嘉敷島の戦跡調査。 6月、国立劇場おきなわの取材を受ける。
2021	74歳	6月、『亀岩奇談』を燦葉出版社から刊行。 7月、『亀岩奇談』出版記念対談（作家・大城貞俊氏と）。
2022	75歳	3月、読売新聞記者の取材を受ける。記者とカメラマンが「原風景」を取材。 4月、共同通信記者の取材を受ける。 5月、『又吉栄喜小説コレクション 全4巻』をコールサック社から刊行。

年譜提供　浦添市立図書館

母とテント幕舎で　1947年

栄喜さん5歳　右から2人目　家（城間）の近くで

首里高校1年生　木に手を置いている栄喜さん

成人記念　1967年1月15日

芥川賞授賞式にて　1996年2月14日

カーミージーでの栄喜さん　1998年

写真提供　浦添市立図書館

著者略歴

又吉栄喜（またよし　えいき）

1947年、沖縄・浦添村（現浦添市）生まれ。琉球大学法文学部史学科卒業。1975年、「海は蒼く」で新沖縄文学賞佳作。1976年、「カーニバル闘牛大会」で琉球新報短編小説賞受賞。1977年、「ジョージが射殺した猪」で九州芸術祭文学賞最優秀賞受賞。1980年、『ギンネム屋敷』ですばる文学賞受賞。1996年、『豚の報い』で第114回芥川賞受賞。著書に『豚の報い』『果報は海から』『波の上のマリア』『海の微睡み』『呼び寄せる島』『漁師と歌姫』『仏陀の小石』『亀岩奇談』など。南日本文学賞、琉球新報短編小説賞、新沖縄文学賞、九州芸術祭文学賞などの選考委員を務める。2015年、初のエッセイ集『時空超えた沖縄』を刊行。2022年、『又吉栄喜小説コレクション 全4巻』を刊行。

［映画化作品］「豚の報い」（崔洋一監督）「波の上のマリア」（宮本亜門監督「ビート」原作）

［翻訳作品］フランス、イタリア、アメリカ、中国、韓国、ポーランドなどで「人骨展示館」「果報は海から」「豚の報い」「ギンネム屋敷」等

石炭袋

又吉栄喜小説コレクション１　日も暮れよ鐘も鳴れ

2022年5月30日初版発行
著　者　　　　又吉　栄喜
編集・発行者　鈴木比佐雄
発行所　株式会社 コールサック社
〒173-0004　東京都板橋区板橋 2-63-4-209
電話 03-5944-3258　FAX 03-5944-3238
suzuki@coal-sack.com　http://www.coal-sack.com
郵便振替　00180-4-741802
印刷管理　（株）コールサック社　制作部

紅型イラスト　吉田誠子 ／ 装幀　松本菜央

落丁本・乱丁本はお取り替えいたします。
ISBN978-4-86435-505-6　C0393　￥2500E